D0730120

# Giorgio Bassani

# Gli occhiali d'oro
# Les lunettes d'or

*Traduit de l'italien
par Michel Arnaud*

*Traduction revue et complétée
par Muriel Gallot*

*Préface et notes
de Muriel Gallot*

Gallimard

La nouvelle *Les lunettes d'or* est disponible
dans le recueil *Les lunettes d'or et autres histoires
de Ferrare* (Folio nº 1394).

# PRÉFACE

## LE LEGGI RAZZIALI

La magnolia che sta giusto nel mezzo
del giardino di casa nostra a Ferrara è proprio lei
la stessa che ritorna in pressoché tutti
i miei libri

La piantammo nel'39
pochi mesi dopo la promulgazione
delle leggi razziali con cerimonia
che riuscì a metà solenne a metà comica
tutti quanti abbastanza allegri se Dio
vuole
in barba al noioso ebraismo
metastorico[1]

## LES LOIS RACIALES

Le magnolia qui se trouve juste au milieu
du jardin de notre maison à Ferrare est précisément
celui qui revient dans presque tous
mes livres

Nous le plantâmes en 1939
peu de mois après la promulgation
des lois raciales en une cérémonie
qui se révéla mi-solennelle mi-comique
tous relativement joyeux si Dieu
le permet
à la barbe du triste hébraïsme
métahistorique

1. *Epitaffio*, dans Giorgio Bassani, *Opere*, Mondadori, 1998, p. 1438.

UN COMPARTIMENT DE TROISIÈME CLASSE

*Longtemps, le jeune Bassani prit le train entre Ferrare et Bologne pour se rendre à l'université, et plus particulièrement, à l'automne 1935, alors qu'il était en deuxième année de lettres, pour assister aux cours d'histoire de l'art de Roberto Longhi*[1]. *Ce trajet fut suffisamment marquant pour être l'objet du premier texte de prose que publia Bassani à dix-neuf ans, daté du 1er mai 1935, dans le* Corriere Padano, *intitulé « Terza classe ». Il en parlera plus tard comme d'une sorte de matrice des*

1. Roberto Longhi (1890-1970) est une des plus importantes figures de la critique d'art du XXe siècle. Professeur d'histoire de l'art à l'université de Bologne, il est à l'origine de la redécouverte des caravagesques, de Piero della Francesca, de nombreux peintres ferrarais et lombards. Des générations d'étudiants en sont restées marquées, comme le poète Attilio Bertolucci, Pier Paolo Pasolini et Bassani lui-même. Dans *Le jardin des Finzi-Contini*, le narrateur décrit avec enthousiasme son professeur d'histoire de l'art au père de Micòl, pendant qu'il travaille dans la bibliothèque de la *magna domus*. Roberto Longhi, avec sa femme, l'écrivain Anna Banti, fonda l'importante revue *Paragone* en 1950, revue d'art et de littérature, où l'on pouvait lire Montale, Ungaretti, Gadda, Pasolini, etc.

Lunettes d'or : «*Je terminai le lycée en juillet 1934. À partir de l'automne suivant, je commençai à faire des études de lettres*[1] *à Bologne, en prenant chaque matin ce train, objet de mon premier récit intitulé IIIᵉ classe, dont je me souviendrais plusieurs années après, en 1957, à l'époque où je rédigeais* Les lunettes d'or[2].» *L'imaginaire bassanien se plaît aux lieux clos, avec tous les degrés qui vont du lieu d'exclusion, le ghetto*[3], *au lieu d'exception, l'*hortus conclusus *du jardin des Finzi-Contini, où la clôture sépare autant qu'elle distingue. Une étude des titres de Bassani rend compte de son œuvre comme d'une sorte de forteresse :* Le roman de Ferrare, *dont la première section s'intitule* À l'intérieur des murailles, *inclut aussi* Mur d'enceinte, Derrière la porte, Au fond du couloir, Dans le puits, *etc., textes éparpillés qui changent souvent de nom, mais qui contiennent toujours l'obsession des limites*[4]. *Le compartiment de troisième classe revient fré-*

1. Le choix n'allait pas de soi : Giorgio Bassani, né à Bologne en 1916, appartenait à une famille de médecins, dont le grand-père et le père, même si ce dernier n'exerçait pas.

2. Tiré de *Di là dal cuore, Un vero maestro*, dans *Opere, op. cit.*, p. 1073, interview faite par Anna Folli en 1979.

3. Ainsi l'avocat Lattès, dans *Les dernières années de Clelia Trotti*, chap. 3 : «Du ghetto de la via Madama, où il s'était renfermé avec une douloureuse volupté.» Dans la même nouvelle, Clelia Trotti dit à propos de la prison : «La solitude, le recueillement, le fait de ne pas avoir d'autres compagnies que soi-même, sont des choses bienfaisantes et se connaître soi-même, lutter contre ses propres tendances et les combattre souvent, on ne peut arriver à cela qu'entre les quatre murs d'une cellule.» Dans Giorgio Bassani, *Les lunettes d'or et autres histoires de Ferrare*, trad. de Michel Arnaud, Gallimard, coll. «Folio», nᵒ 1394, 1998.

4. Symptomatiquement, Bassani renonça à donner une suite aux *Lunettes d'or* qui aurait formé un triptyque, où le narrateur

*quemment dans ses souvenirs, lieu de complicité ou de solitude. Dans un texte important de* Di là dal cuore (Au-delà du cœur) *où il parle du printemps 1942, Bassani fait naître aussi sa première poésie du sentiment d'exclusion qu'il éprouvait durant ces voyages :* «Et ainsi dans le train qui me ramenait chaque soir à Ferrare de Bologne où j'avais suivi mes cours à l'université, et où, même après, j'avais continué à me rendre avec la même fréquence qu'avant, le déroulement des amours étudiantes dont je me voyais tout à coup exclu, se faisait sous mes yeux, enchanteur mais lointain, lointain pour toujours. Une des premières poésies que j'écrivis concerne ce train du soir[1].» *Pour en revenir aux* Lunettes d'or, *c'est dans le compartiment de troisième classe que les rôles vont se distribuer. Ce lieu on ne peut plus autobiographique, où les étudiants forment une petite bande complice, est pour le docteur Fadigati, fameux oto-rhino-laryngologiste ferrarais, qui les a tous connus dans leur enfance, un lieu de convoitise. Pour y arriver, il lui faut se déclasser (passer de seconde en troi-*

---

faisait de la prison, puis était épargné par Deliliers, devenu nazi-fasciste ; la troisième partie se serait déroulée à Rome, dans l'après-guerre : le narrateur apprenait, de la bouche de Nino Bottecchiari, qu'avec un groupe de partisans, il avait exécuté Deliliers. Voir Lanfranco Carretti, *Un vecchio appunto su Bassani*, in AA. VV., *Bassani e Ferrara. Le intermittenze del cuore*, atti del convegno, Ferrare, G. Corbo, 1995.

1. Il s'agit du poème *Verso Ferrara*, paru dans le recueil *Storie di poveri amanti* (1945). *È a quest'ora che vanno per calde erbe infinite / verso Ferrara gli ultimi treni, con fischi lenti / salutano la sera, affondano indolenti / nel sonno che via via spegne pievi rosse, turrite.* «C'est l'heure où vont par les chaudes herbes sans fin / vers Ferrare les derniers trains, sifflant avec lenteur / ils saluent le soir, plongent avec indolence / dans le sommeil qui peu à peu assombrit les villes tourelées et rouges» (*Opere, op. cit.*, p. 1363).

sième), franchir l'obstacle de l'administration, le groupe des employés des chemins de fer qui jouent aux cartes, à qui il doit demander de lui ouvrir (pourquoi donc ?) la porte du wagon. « Le contrôleur le précédait le long du couloir, sa clé à la main, avançant d'un pas de geôlier, maugréant et ronchonnant sans le moindre égard » (chap. 5). Il choisira finalement de prendre le risque de descendre sur le quai à l'arrêt de Poggio Renatico pour rejoindre les jeunes gens. En fait, il passe d'une prison à une autre : dans le wagon, son destin va se sceller, son masque d'homme de bonne compagnie, spécialiste respecté, amateur éclairé d'opéra et d'art contemporain, se fissure. Son homosexualité était déjà connue, qui expliquait le mystère de son célibat. Mais, jusqu'alors, il avait évité tout scandale et le chapitre 3 émettait des hypothèses amusées sur ses conquêtes éventuelles. Dans le wagon de troisième classe, le docteur Fadigati succombe au charme du jeune Deliliers, à moins que ce ne soit le contraire, et entame un jeu qui sera mortel : celui des délices de l'humiliation et du retournement des rôles. C'est dans le wagon que le jeune homme demande au distingué laryngologue d'examiner son sexe, sans doute infecté d'une chaude-pisse, déplacement des compétences qui met au jour le rêve même du docteur. « Et puis, après tout, les yeux ronds du docteur étaient-ils vraiment atterrés ou bien n'étaient-ils pas plutôt, brillant avec vivacité derrière ses lunettes, pleins d'une âpre satisfaction, d'une gaieté puérile, inexplicable et aveugle ? » (chap. 7). Il faut remarquer que le narrateur fait le compte rendu de ces trajets, mais ne prend aucune part à ce qui s'y déroule. L'amitié entre Fadigati et le jeune homme se décide plus tard, et principalement sur la plage de l'Adriatique où le docteur s'est laissé entraîner par Deliliers qui affiche leur

12

liaison. *Refusant une virée avec son condisciple, le narra-*
*teur voit arriver le docteur. «Et un peu plus tard, sur la*
*plage, apercevant de loin le docteur sous son parasol en*
*proie à une solitude qui, soudain, me sembla immense,*
*sans remède, je me sentis intimement payé de mon sacri-*
*fice. Moi, du moins, je ne l'avais pas trompé» (chap. 11).*

    *Le personnage est extraordinairement vraisemblable,*
*une des créatures les plus humaines de Bassani. On*
*notera qu'il n'est pas ferrarais, qu'il a la distinction des*
*Italiens du Nord, esthète, un rien précieux. Pourrait se*
*profiler comme modèle le maître par antonomase, Roberto*
*Longhi, le but en fait du déplacement du jeune narra-*
*teur vers Bologne, tout comme celui de Bassani au même*
*âge. L'auteur l'a admirablement décrit dans* Un vero
maestro *: «On se sentait à un certain moment observé*
*par ses yeux très noirs, qui brillaient, petits et mélanco-*
*liques, comme fiévreux derrière la découpe aiguë du pince-*
*nez*[1]*.» Personnage fascinant, qui savait aussi changer*
*de rôle, durant les parties de tennis auxquelles le jeune*
*Giorgio le conviait : «Dans ce domaine, je crânais, natu-*
*rellement, et Longhi jouait volontiers en couple avec moi,*
*me regardait avec admiration, acceptant avec une grande*
*humilité mes conseils*[2]*.» Dans ce même texte, qu'on*
*pourrait analyser à l'infini, le Ferrarais cite un voyage*
*de trois jours à Assise, en 1941, avec son ami le poète*
*Attilio Bertolucci, sous la tutelle de Roberto Longhi. Et le*
*retour en train : «Durant tout le voyage, j'avais flirté*
*avec une fille : de Parme si je m'en souviens bien. Dans*
*le compartiment de troisième classe qui nous ramenait*

    1. Dans *Di là dal cuore, op. cit.*, p. 1075.
    2. Bassani excellait au tennis, tout comme son ami et parte-
naire Michelangelo Antonioni.

*tard dans la nuit à Bologne, Longhi nous observait tous deux, assis devant lui, et souriait, sarcastique, dans l'ombre bleutée de la lumière voilée.* » Par ailleurs, Les lunettes d'or, *comme les autres romans, n'est pas écrit à Ferrare, mais à Rome où Bassani habite depuis 1944 (il ne retournait que très rarement dans sa ville, pour aller voir sa mère dans la fameuse maison de famille, via Cisterna del Follo, 1). En 1950, il rencontre Pier Paolo Pasolini, qu'il introduit dans les milieux de cinéma — Bassani, ami de jeunesse d'Antonioni, collabore au scénario du film* I vinti *(1952), ainsi qu'à* La provinciale *(La marchande d'amour, 1953) de Mario Soldati. Il fait publier un des plus beaux textes du jeune poète sur le Frioul,* I parlanti, *dans la revue internationale* Botteghe oscure, *dont il est le rédacteur*[1]. *Leurs vies se croisent souvent : Bassani, mis à l'épreuve de l'exclusion, comprend d'autant mieux les parcours déviants. Il présente en juin 1951 dans* Paragone *des ébauches de* Ragazzi di vita (Les enfants de la vie, *1955). Pasolini, lui, écrit dès 1952 sur Bassani dans cette même revue (on retrouve ces articles dans les recueils* Passione e ideologia, *1960, et* Descrizioni

---

1. La revue romaine *Botteghe oscure* (1948-1960) a été fondée par Marguerite Caetani, qui avait dirigé *Commerce* à Paris, entre les deux guerres, et publia aussi bien Joyce que Svevo. « Toujours est-il qu'entre ces trois exilés descendus de leur Émilie natale — le Parmesan Bertolucci 1922, le Ferrarais Bassani 1916 et le Bolonais Pasolini 1922 — allait se confirmer un certain nombre d'affinités destinées à déboucher sur une indéfectible amitié, que renforçait en outre le souvenir impérissable que chacun avait conservé de l'enseignement de Roberto Longhi à l'université de Bologne » (F. S. Gérard, *Littérature et cinéma : allers et retours*, in *Giorgio Bassani, l'homme, l'artiste, l'intellectuel engagé*, département d'Italien, université de Haute-Bretagne, 2000).

14

di descrizioni, *1979*[1]). *On peut penser que les expériences bolonaise et romaine de Bassani ne sont pas absentes des* Lunettes d'or, *livre trop souvent considéré comme spécifiquement ferrarais.*

## LA CHAMBRE CLOSE

*La composition de l'œuvre de Bassani a été complexe et tentaculaire : un petit noyau de base n'a cessé d'être réaménagé et augmenté, changeant parfois de titre, avec un texte modifié*[2]. *Tout commence par* L'histoire de Deborah *qu'il publie en 1940 dans* La città di pianura *(Une ville de la plaine), au plus fort de la persécution raciale, sous le nom de Marchi (Giacomo) emprunté à sa grand-mère catholique. Qu'avait d'essentiel ce texte qui va essaimer tout au long de la minutieuse construction de son œuvre ? peut-être la rencontre d'une petite Ferraraise avec David, et son amour pour le jeune bourgeois d'origine juive, qui finit par la laisser* «sedotta e abbandonata», *avec un petit garçon. C'est un brave artisan qui la recueille, l'épouse et finalement la rend heureuse. Les amours mixtes, exogames,*

---

1. Dans sa recension du *Roman de Ferrare* (1974), Pier Paolo Pasolini écrit : « Durant la rédaction des *Cinq histoires de Ferrare*, dont j'ai suivi l'apparition au monde, on peut le dire, page après page […] » (Turin, Einaudi, 1979, p. 346).
2. Avec humour, Bassani note dans *Laggiù, in fondo al corridoio* (1974) : « Le fameux don [d'écrivain] je ne l'ai jamais eu. Même maintenant, en écrivant, je bute sur tous les mots, au milieu de chaque phrase, je risque de perdre la boussole. J'écris, j'efface, je récris, j'efface encore. À l'infini (*Opere, op. cit.*, p. 935). Évidemment, les difficultés de Bassani tiennent avant tout à son perfectionnisme.

sont *fréquentes dans son œuvre, pour signaler sans doute ce que les lois raciales de 1938 avaient de cruellement saugrenu. Le seul amant de Micòl Finzi-Contini est sans doute le* goy *Giampiero Malnate. En 1956, dans les* Cinq histoires de Ferrare, *le Ferrarais reprend le texte sous le titre de* Lida Mantovani, *réuni avec* La promenade avant dîner, Une plaque commémorative via Mazzini, Les dernières années de Clelia Trotti, Une nuit de 43. *Plus compact, en 1960, le volume* Histoires de Ferrare *comprend trois textes de plus. C'est en 1974 que Bassani renferme toute son œuvre dans un titre définitif :* Le roman de Ferrare[1]. *L'édition ultime, celle de 1980 chez Mondadori, reprend les mêmes titres, en modifiant encore plus ou moins légèrement les textes.*

*L'édition des* Lunettes d'or *est plus simple que celle de* Lida Mantovani, *qui fut remaniée six fois : le texte est publié dans la revue de Longhi,* Paragone, *en février 1958 ; cette même année, l'auteur, directeur de collection chez Feltrinelli, imposait la publication du chef-d'œuvre de Tomasi di Lampedusa,* Le guépard, *précédemment refusé par deux éditeurs.* Les lunettes *est repris par Einaudi, avec une dédicace à Mario Soldati, puis réédité dans les* Histoires de Ferrare *en 1960. En 1970, le petit roman est republié à part, avec des modifications, puis il devient la section II du* Roman de Ferrare *(1974), avec quelques variantes, et rentre en 1980 dans le corpus définitif, avec à nouveau des modifications. On peut donc considérer qu'il y a quatre ver-*

---

1. *Le roman de Ferrare* comporte six sections : I. *À l'intérieur des murailles*, qui reprend les *nouvelles*, II. *Les lunettes d'or* (1958), III. *Le jardin des Finzi-Contini* (1962), IV. *Derrière la porte* (1964), V. *Le héron* (1968), VI. *L'odeur du foin* (1972).

sions, plus ou moins différentes, du roman. La première traduction de Michel Arnaud, publiée en 1962, est faite d'après la première rédaction, celle de 1958.

Une première conclusion s'impose. Très vite, le texte n'est pas considéré comme une nouvelle, mais un court roman ; en 1974, il ne se trouve pas dans À l'intérieur des murailles, *première section du* Roman de Ferrare, *à juste titre puisqu'il se passe en partie sur une plage de l'Adriatique. En le publiant pour la première fois en 1958, Bassani eut l'impression qu'il terminait une période : dans ses nouvelles, il avait élevé un décor (Ferrare), à l'intérieur duquel il pouvait se glisser, sous la forme d'un* je *qui, bien sûr, était et n'était pas l'auteur lui-même. Il l'écrit très précisément dans un des textes publiés dans* L'odore del fieno *(1974),* Laggiù, in fondo al corridoio *(Là-bas, au fond du couloir) :* «Désormais, Ferrare existait. À force de la caresser et de l'examiner de toute part, il me semblait que j'avais réussi à la mettre debout, à en faire petit à petit quelque chose de concret, de réel, en somme de crédible.» *Ou encore :* «Au point où je me trouvais, Ferrare, le petit univers isolé *(segregato) que j'avais inventé, ne pourrait plus rien me révéler de substantiellement neuf. Si je voulais qu'il me dise quelque chose à nouveau, il fallait que je réussisse à y inclure celui qui, après s'en être séparé, avait persévéré durant plusieurs années à dresser à l'intérieur des murs rouges de sa patrie le théâtre de sa propre littérature, c'est-à-dire moi-même*[1].» *Bassani venait d'avoir le prix Strega pour ses cinq premières nouvelles ferraraises. L'auteur abandonne donc en partie la troisième personne, très spécifique chez lui, qui sert à

---

1. *Op. cit.*, p. 941.

exposer, souvent avec un discours indirect libre, l'opinion commune, la doxa *ferraraise à l'époque fasciste, et ses aberrations. Certains passages sont restés célèbres :* telle cette présentation des fascistes de la république de Salò qui, en décembre 1943, viennent à Ferrare en commando prendre et exécuter onze otages. « Que diable, les fascistes étaient italiens, eux aussi ! Et même, pour dire la vérité — et ici un sourire et un clin d'œil étaient devenus obligatoires —, plus italiens que beaucoup d'autres, lesquels étaient tout juste bons à se gargariser avec le mot liberté et qui, pratiquement, n'étaient soucieux que de cirer les bottes de l'envahisseur étranger. Non, non, il n'y avait rien à craindre. Les fascistes faisaient un peu de boucan, bien entendu ; ils se donnaient des airs féroces ; ils se baladaient avec une tête de mort sur leur calot : mais tout cela surtout pour faire tenir tranquilles les Allemands, qui, si on les avait laissé faire (et au fond on ne pouvait pas tellement leur donner tort à eux non plus, la guerre est la guerre [...][1]. »*

Sans doute lassé du procédé, très employé dans cette dernière nouvelle, Bassani va se servir de la première personne, donnant au texte tout le charme d'une mémoire personnelle. Sont écrits à la première personne les romans qui suivent, Le jardin des Finzi-Contini, Derrière la porte — Le héron, *laissant de côté le point de vue choral, réutilise une troisième personne, limitée au point de vue d'Adriano Limentani, l'homme mûr aux plaisirs simples, dérouté par l'après-guerre, qui va sans doute se suicider. Dans* Les lunettes d'or, *Bassani renonce progressivement à la* doxa *ferraraise. Ce n'est qu'au troisième chapitre que la* voce *narrante se précise ; le*

1  *Une nuit de 43* (chap. 3).

18

texte qui précède rapporte systématiquement les informations « mises en circulation par on ne sait qui » avec des tournures génériques ou impersonnelles : « nos concitoyens, on en parlait à mi-voix, on y faisait allusion, etc. » Le narrateur apparaît au chapitre 3 : « Aux alentours de 35, je me rappelle que l'on associait d'ordinaire au nom de Fadigati [...] », le texte ne devenant vraiment personnel qu'au chapitre 4. « Je me rappelle, non sans frissonner, les matins de décembre sur la plaine du Pô [...] », où est évoqué ce qu'on peut considérer comme le noyau central du récit, le trajet dans l'omnibus Ferrare-Bologne de six heures cinquante. Pour ménager une transition, on trouve une première personne du pluriel, celle du petit groupe d'étudiants qui font le trajet. Les premiers contacts personnels entre le narrateur et Fadigati ne se forment qu'au chapitre 5 : « Je garde l'impression que la chose se passa à Bologne, dans la rue, même si, comme on le verra ensuite, je suis incapable d'indiquer avec précision dans quelle rue exactement. » Tout cela respecte la vraisemblance ; le docteur Fadigati, venant de Venise, s'installe à Ferrare en 1919. Le narrateur, alias[1] l'auteur, aurait à cette date trois ans, il ne peut donc connaître cette période que par des « on-dit ». Par ailleurs, bien que soigné dans son enfance par le

---

1. Cependant, Bassani ne s'assimile jamais au *je*. « Le deutéragoniste des *Lunettes d'or* est un personnage, ce n'est pas moi. Il s'agit d'un jeune homme très proche de ce que j'étais dans ces lointaines années, mais pas vraiment de moi : la preuve en est qu'il n'est jamais appelé par son nom, il n'a pas de nom » (*Di là dal cuore, op. cit.*, p. 1322). Le même procédé est employé dans *Le jardin des Finzi-Contini*. Quoi qu'en dise l'auteur, c'est justement parce que le protagoniste n'a pas de nom que le lecteur a tendance à l'identifier avec l'écrivain : c'est ce qui fait un des charmes du *Jardin*.

docteur, comme tous les enfants de la bourgeoisie, il ne rapporte aucun souvenir personnel de cette époque. La découverte de Fadigati se fait, comme nous l'avons vu, dans l'espace privilégié du compartiment.

L'emploi d'une première personne n'avait pas spécialement pour fonction de rapprocher narrateur et romancier. Bassani dira d'un personnage, Bruno Lattes (dans Clelia Trotti), qu'il était son alter ego. L'abandon de ce qu'on appelle le narrateur omniscient, détesté par Sartre, qui s'autorise à sonder les lieux, les consciences et les reins, permet au texte de respecter ce qui tenait tant à cœur à Bassani : le mystère des êtres. Et également quelque chose de bien particulier, l'intégrité des lieux clos. Dans Une nuit de 43, pour savoir ce qui se passait chez le pharmacien Barilari, qui assiste derrière sa fenêtre à l'exécution des otages, il lui faudra recourir à un procédé assez gauche, qu'il va abandonner par la suite. « On s'imaginait des tas de choses. Tout d'abord : l'intérieur de l'appartement qui était au-dessus de la pharmacie où personne à Ferrare [...] ne pouvait dire avoir mis une seule fois les pieds. » Dans son entretien avec Fernando Camon[1], Bassani analyse ainsi la scène étonnante des Finzi-Contini où le narrateur, au chapitre 10, après avoir vu, la nuit, le chien de Micòl garder la Hütte[2], où sans doute se trouve la jeune femme avec Giampi Malnate, repart dans une désespérante incertitude. « "Ciò che in camera si puote[3]" est pour

1. Fernando Camon, *Il mestiere di scrittore*, Garzanti, 1973, p. 66.
2. « Cabane » en allemand, il s'agit de la petite maison qui sert de vestiaire près du tennis, ainsi appelée dans le langage spécifique de Micòl et de son frère, le *Finzicontinico*.
3. Citation de Dante (*Paradis*, ch. xv, v. 108), où le Poète

moi ineffable, si je ne suis pas allé dans cette pièce, et donc je ne peux pas en parler. » Cette nécessaire obscurité amène Bassani à ne présenter sur la vie privée du docteur Fadigati que des suppositions : « Vers les trois ou quatre heures du matin, un peu de lumière filtrait presque toujours par les persiennes de l'appartement de Fadigati » (chap. 3). On ne saura jamais si se trouvait là l'huissier Trapolini ou l'ex-footballeur Baùsi, susceptibles d'« en être »... L'écriture de Bassani fait une part énorme au non-dit, aux indices dissimulés dans la trame, qui peuvent parfaitement rester inaperçus du lecteur comme ils l'ont été des protagonistes. La présence, comme chez Henry James, d'une « image dans le tapis » est manifeste au long du récit interrompu du docteur dans le compartiment au chapitre 6 : celui-ci, faisant preuve d'une remarquable culture littéraire — évidemment celle de Bassani —, cite de manière floue et incomplète une nouvelle anglaise (ou américaine) du XIXᵉ siècle située à Padoue au XVIᵉ... Le sujet est exemplaire : dans l'étrange jardin de la nouvelle[1], poussent des plantes qui sont à la fois médicinales et vénéneuses, sur lesquelles veille la jeune Béatrice. Son jeune amoureux napolitain, Giovanni, qui en subit incidemment les effets déplorables, se guérit grâce à un antidote, qu'il a le malheur d'administrer à titre préventif à la jeune fille : le poison étant devenu chez elle nature, l'antidote la tue. Tout le récit de

figure métaphoriquement la décadence de Florence : « *Non v'era giunto ancor Sardanapalo / a mostrar ciò che in camera si puote*» (« Sardanapale encore n'était venu / Montrer ce qu'on peut faire en chambre close », traduction d'André Pézard). La phrase s'utilisait souvent de manière humoristique.
1. Il s'agit de la nouvelle *Rappacini's Daughter* de Nathaniel Hawthorne (1844).

*Hawthorne naissant d'un* «inveterate love of allegory», *on peut y voir une figure secrète du récit de Bassani : l'être juif comme l'être homosexuel ne connaissent aucun antidote qui permette d'échapper à la mort.*

*L'emploi de la première personne avait un autre effet rassurant pour Bassani : elle lui permettait d'ancrer le texte à une certaine date, celle de l'écriture, correspondant plus ou moins à celle de la publication. Un des tourments du Ferrarais était la nécessité qu'il éprouvait de mettre à jour son œuvre. L'exemple le plus symptomatique se trouve au début d'une des histoires de Ferrare,* La promenade avant dîner, *qui commence par un périlleux «Aujourd'hui… ». De quel aujourd'hui s'agissait-il, une fois passé la première publication, celle de 1956 ou celle, considérée comme définitive, de 1980 ? «Aujourd'hui encore, quand on farfouille dans certaines vieilles boutiques de Ferrare, il n'est pas rare de mettre la main sur des cartes postales vieilles d'au moins cinquante ans. » Vingt-quatre ans après, dans l'édition de 1980, la phrase se termine ainsi : « […] mettre la main sur des cartes postales vieilles de presque cent ans ». On conçoit combien était exténuant ce souci de voir le texte comme un organisme vivant, qui n'arrêterait pas de se développer, de vieillir. L'emploi de la première personne bloquait le texte au moment de l'écriture, c'est-à-dire plus ou moins de la première édition. Le prologue du* Jardin des Finzi-Contini *se passe en 1957 (moment de l'écriture), et au chapitre 6, quand le narrateur se demande combien d'années se sont écoulées depuis sa première rencontre avec Micòl en 1929, il en reste sagement à un «plus de trente», ce qui correspond à la date de la première édition, 1962. Pour* Les lunettes d'or, *l'auteur «ajustera» légèrement le texte.*

22

*Bassani a souvent, dans ses souvenirs, isolé cinq années de sa vie, les années fatales :* « [...] *au cours de ces années pour moi fatales, celles, je répète, qui vont de 1937 à 1943, je me détachai complètement soit de ma famille, soit de ma ville, devenu par certains côtés étranger à tout ce qui m'avait entouré jusqu'alors*[1]. » *Les cinq premiers récits ferrarais ne couvrent pas vraiment cette période : ils sont situés soit avant* (Lida Mantovani), *soit après* (Une nuit de 43 *se passe principalement au retour de Geo Josz du camp, soit en 45*). Les dernières années de Clelia Trotti, *qui se déroule en 1939, n'aborde pas vraiment le sujet des lois raciales.* Les lunettes d'or *est le premier texte situé au cœur des années fatales (on peut en dire autant du* Jardin des Finzi-Contini, *qui naît de l'ostracisme fasciste ferrarais qui oblige les familles juives à se fréquenter). De manière très systématique, Bassani a calé son histoire sur les mois de la montée de l'antisémitisme fasciste en Italie, soit d'avril 1937, où le narrateur devient ami de Fadigati (chap. 6), à un lundi de fin novembre, où il lit dans le journal la disparition de l'honorable spécialiste, tandis que son père se réjouit des bonnes nouvelles qu'il a apprises de Rome (dernier chapitre). Novembre est en fait le mois où Mussolini signe avec Ribbentrop son entrée dans le pacte antikomintern et envisage des lois raciales, pour démontrer aux nazis que son parti a rompu tout lien avec la France et la Grande-Bretagne. La deuxième*

1. Dans *In risposta V*, entretiens avec Anna Folli, *Di là dal cuore, op. cit.*, p. 1321.

*partie du* Jardin des Finzi-Contini *débute à peu près au moment où* Les lunettes d'or *se termine. L'insomnie du père du narrateur dans le* Jardin *commence à l'été 1937, avec le début de la « campagne de la race ». Les parties de tennis chez les parents de Micòl se déroulent de fin octobre 1938 à l'été 1939. L'histoire du docteur Fadigati et de la famille du narrateur se situe au début de la campagne de presse raciste*[1] *(mi-septembre 1937), moins d'un an avant le* Manifeste de la race *: le 14 juillet 1938, l'auteur et sa famille auraient la surprise d'apprendre qu'ils n'appartenaient plus au peuple italien, grâce à un nouveau «Décalogue», le* Manifeste racial des hommes de sciences[2]. *Ce dernier proclamait entre autres : « 1) Les races humaines existent. 2) Il existe de grandes races et de petites races. 4) La population de l'Italie d'aujourd'hui est en majorité d'origine aryenne et sa civilisation est aryenne. 9) Les juifs n'appartiennent pas à la race italienne. »* Italo Calvino, *dans une lettre à François Wahl du*

1. Elle se déroula entre autres dans la revue de l'ordre des Jésuites *Civiltà cattolica*, dirigée par Alfredo Romanini, ainsi que dans celle de Roberto Farinacci, *Il regime fascista*.
2. Le texte était signé par dix scientifiques, anthropologues, ethnologues, professeurs de médecine, de réputation modeste. Le Grand Conseil, le 6 octobre 1938, ratifie les premières mesures antisémites. C'est le 17 novembre 1939 que les lois raciales entrent en vigueur, instaurant une discrimination sociale sévère (voir Renzo De Felice, *Storia degli ebrei italiani sotto il fascismo*, Nuova edizione ampliata, Einaudi, 1993). Les Italiens d'origine juive ne pouvant plus être fonctionnaires, Bassani dut, la même année, abandonner son enseignement au lycée Arioste à Ferrare pour une école juive, dans l'ancien ghetto, via Vignatagliata, à côté de la synagogue. On sait qu'il lui fallut changer de nom et prendre celui de sa grand-mère catholique pour être édité en 1940 (tout comme, à cette époque, Natalia Ginzburg ou Alberto Moravia).

*22 juillet 1958, considère que l'œuvre de Bassani dérive d'un «traumatisme fondamental» : la persécution antisémite vécue dans la société bourgeoise ferraraise. Bassani quitte sa ville en août 1943, et n'oubliera jamais*[1]. *Dans un poème,* Les anciens fascistes *de Ferrare, du recueil* Epitaffio *(1974), il écrit : «Les ex-fascistoni de Ferrare / vieillissent / certains / de ceux qui en 39 / ne me reconnaissaient évidemment pas / traversent et me jettent, / comme à Geo*[2]*, les bras autour du cou.»*

*C'est dans* Les lunettes d'or *que pour la première fois la «blessure indicible» se manifeste dans toute sa complexité. Mme Lavezzoli, digne représentante de la bourgeoisie catholique de droite, se délecte des articles de la revue jésuite qui voit dans la persécution des juifs un secret dessein divin, punissant le peuple déicide. Les accusations contre les Ferrarais se trouvent déjà dans* Une nuit de 43. *«Aucune ville de l'Italie du Nord n'avait fourni à la république de Salò un plus grand nombre d'adhérents, aucune bourgeoisie n'avait été plus prompte à s'incliner devant les sinistres étendards les mitraillettes et les poignards de ses diverses milices et corps spéciaux*[3]*» (chap. 4). Plus subtil, le cas de l'ami*

1. Giorgio Bassani a vécu principalement à Rome, où il est mort le 13 avril 2000. Il est enterré au cimetière juif de Ferrare.
2. Geo Josz, le protagoniste d'*Une plaque commémorative via Mazzini.*
3. Ferrare jouissait du triste privilège d'avoir vu la première manifestation publique d'antisémitisme en juin 1936. La population juive à Ferrare était peu nombreuse (moins de huit cents personnes), bien assimilée et représentée à quelques postes clés de l'administration et de l'économie de la province : le *podestà* de Ferrare était d'origine juive. Renzo De Felice, dans le livre déjà cité, y voit une pression de la part des fascistes antisémites pour précipiter la législation raciste qui permettrait le rapprochement avec les nazis.

Nino Bottecchiari qui, au début de la campagne anti-juive, feint d'hésiter à accepter un poste au ministère de la Culture. Nino considère par ailleurs que les Italiens ne sont pas assez « sérieux » pour suivre le modèle nazi... Plus douloureuse encore, l'attitude du père du narrateur, qui peut accepter un pseudo-alignement du fascisme sur le nazisme à condition que le sort des juifs italiens n'en soit pas affecté (chap. 18). La solitude du personnage se fait absolue : « Le sentiment de solitude qui ne m'avait pas quitté un seul instant, ces deux derniers mois, devenait si possible, maintenant justement, encore plus atroce : total et définitif. Moi, de mon exil, je ne reviendrai jamais. Jamais plus. »

La grandeur de Bassani est d'avoir décliné la tragédie humaine de la différence et de l'exclusion, sous tous ses aspects, sans qu'il y ait une tragédie par excellence. On a souvent noté que le destin de Fadigati et celui du narrateur se rapprochent inexorablement. Le malheur sans grandeur de l'homosexuel n'est compris que par le narrateur, ce qu'Attilio Fadigati avait bien noté : être juif en 1937 donnait au jeune homme une sensibilité qu'il ne pouvait partager qu'avec d'autres exclus. « Cher ami, si le fait d'être ce que vous êtes vous rend tellement plus humain (sinon, vous ne seriez pas là, maintenant, avec moi !), pourquoi refusez-vous, pourquoi vous révoltez-vous ? » (chap. 15). De la mort d'Attilio Fadigati, le narrateur restera seul témoin[1], tout comme de celui des

---

1. Bassani « qui n'est pas mort ("avec les autres", "comme les autres") et qui est plus mort que les morts ; et c'est précisément ce qui lui donne le droit de ressusciter les morts, de parler avec eux, de les faire parler ; jusqu'au dernier souffle » (Jean-Michel Gardair, *Les romans d'*Epitaffio, dans *Giorgio Bassani, l'homme artiste, l'intellectuel engagé, op. cit.*, p. 19).

*Finzi-Contini, dont le dernier chapitre du livre dit sobrement la disparition. «Les autres, en septembre 43, furent arrêtés par les* repubblichini. *Après un bref séjour dans les prisons de la via Piangipane, ils furent dirigés, en novembre suivant, vers le camp de concentration de Fossoli, et de là expédiés en Allemagne.» Le Ferrarais ne fut jamais satisfait des adaptations cinématographiques de ses œuvres : il renia celle du* Jardin *par Vittorio De Sica (1970), principalement parce que le film faisait partir les parents du narrateur en camp de concentration — et que, sur ce sujet douloureux, Bassani n'admettait pas les variantes, ni l'idée d'un narrateur qui tirerait «l'encre de son écriture des cendres de son père»* (Il giardino tradito[1]). *Quant à l'adaptation des* Lunettes d'or *(1987) par Giuliano Montalto, Bassani trouvait qu'elle rendait insuffisamment compte de cette «union de deux marginalisés» qui était au cœur de son œuvre.*

«JE FAIS, J'EFFACE, JE REFAIS, J'EFFACE ENCORE»

*Le long travail de Bassani sur ses textes, qui s'étale parfois sur vingt ans, est un des aspects les plus émouvants et les plus intrigants de son écriture. Émouvante, cette difficulté à trancher tout lien entre le créateur et sa créature, qui doit sans cesse être réactualisée. On a vu que l'usage de la première personne permettait au moins d'ancrer (encrer) le texte à la date de sa publication. Méticuleux, Bassani marque plus exactement, dans* Les lunettes d'or, *l'écart entre la date de l'histoire (1936)*

1. Dans *Opere, op. cit.*, p. 1261

*et la parution (1958). Le début du chapitre 4 dit, dans la version de 1970 comme dans celle de 1980 : «En 1936 — ce qui veut dire il y a vingt-deux ans» — alors que l'édition de 1958 marquait de manière erronée : «En 1936, il y a exactement vingt ans de cela.»*

*Les modifications entre les différentes versions des* Lunettes *appartiennent souvent à ce que le grand critique Franco Contini appela dans ses* Saggi critici «la nevrosi della riscrittura», *nourrie principalement de la tentative d'une restitution totale des faits. C'est à ce fantasme que nous attribuerons les précisions plus réelles que la perception du réel lui-même, de la version de 1980, où il est écrit par exemple : «Une double fêlure traversait le verre* gauche *de ses belles lunettes d'or», tandis que, dans les versions précédentes, il s'agissait «d'un des verres[1]». «Je devais rendre compte de cette réalité dans toute sa profondeur», dit encore Bassani en 1991, dans un entretien avec Anna Dolfi, qui s'appuie sur l'espoir clairement exprimé dans les* Lunettes *d'une restitution intégrale du passé. «Comme si elles avaient été enregistrées sur une bande magnétique, je retrouve l'une après l'autre dans ma mémoire toutes les paroles de cette lointaine matinée» (chap. 9).*

*La confrontation des textes permet aussi de suivre l'évolution d'une esthétique. Dans les années soixante, Bassani se méfie du dialecte, également pour n'avoir rien en commun avec le mouvement dit néoréaliste. Dans un entretien de 1959 sur l'emploi du dialecte, tout*

---

1. Dans une des premières analyses faites sur les variantes, le critique I. Baldelli parle à ce propos de *«realistico sortileggio»* (sortilège du réalisme). Dans *La riscrittura «totale» di un'opera : da «Le storie ferraresi» a «Dentro le mura» di Bassani, Lettere italiane*, n° 2, avril-juin 1974.

en reconnaissant que Pasolini comme Gadda en ont montré la légitimité, il les définit comme des «ghettos linguistiques[1]». La première édition des Lunettes *(1958)* est presque dépourvue d'expressions dialectales, tout comme celle de *1970*. Dans la version définitive, timidement, quelques mots se glissent, en particulier dans la bouche de Nino Bottecchiari, sans doute pour en faire une figure plus ferraraise encore, et pour manifester son appartenance à une communauté linguistique — au moment même où le narrateur, comme ses coreligionnaires, est soupçonné d'être apatride[2].

Nombre de transformations opérées par Bassani gardent leur secret, mises au point anxieuses d'un écrivain jamais satisfait d'une matière à laquelle il ne jugeait pas utile de donner une suite. Le héron *(1968)* est son dernier roman et Bassani n'a que cinquante-deux ans. En revanche, il continue à écrire de la poésie, Epitaffio *(1974)*, In gran segreto *(1978)*, qui sont placés sous le signe de la mort et où se profilent des projets de romans non écrits. D'où peut-être la résonance de certains poèmes sur l'œuvre jamais définitive. À cette époque, il faut lire Le roman de Ferrare *à travers la poésie de l'auteur.* Le poème essentiel, Le leggi razziali, *nous apprend l'existence d'un magnolia, planté en 1939 dans le jardin de la via Cisterna del Follo, en une volonté conjuratoire des temps, et nous dit sa présence dans l'œuvre. Au début du chapitre 17 des* Lunettes d'or, *alors que le mauvais temps de novembre s'est installé, le narrateur*

---

1. *Di là dal cuore, op. cit.*, p. 1172.
2. Micòl Finzi-Contini emploie le dialecte pour décrire les fruits de son jardin : «Il n'y avait que le dialecte pour parler de ces choses (II, 5).»

*contemple les arbres du jardin :* «*Seul le grand sapin, au centre, plus noir et plus barbu que jamais, ruisselant littéralement d'eau, semblait apprécier toute cette humidité.*» *C'est la version de 1958. À partir de l'édition de 1970, on peut lire :* «*Seul le magnolia au centre, littéralement ruisselant, semblait apprécier toute cette humidité.*» *Le texte bouge encore légèrement en 1980, pour mieux s'adapter à un arbre qui n'était plus nordique. Deux choses sont intéressantes, la volonté d'unifier l'œuvre, jusqu'à l'édition finale de 1980, afin que le magnolia comme signe soit présent dans ce livre très proche de l'autobiographie — et cela confirme que le roman de Ferrare doit se lire comme une sorte de* Comédie humaine, *où lieux et personnages se répondent. Mais aussi le fait que Bassani, en grand écrivain, n'est pas un réaliste ingénu, ce que l'on a parfois pensé. Ici, le symbole l'emporte sur l'éventuelle réalité historico-familiale*[1] *: en novembre 1937* (Lunettes d'or)*, il n'y avait pas encore de magnolia dans le jardin de l'auteur ; il y fut planté seulement en 1939, si l'on en croit la cérémonie décrite dans le poème... mais le magnolia de papier avait la capacité de remonter le temps.*

Droit de la base au sommet comme une épée
désormais il dépasse les toits alentour
désormais il peut regarder

1. On peut trouver un autre exemple : dans un entretien, Bassani reconnaît avoir volontairement fait une erreur historique dans *Une nuit de 43*, en situant le massacre des otages le 15 novembre (en fait le 15 décembre, dans le texte) et non le 15 octobre, ce qui lui permettait de placer les corps sans vie des fusillés sur la neige. Dans *In risposta VI, Di là dal cuore, op. cit.*, p. 1326.

la ville de toute part et l'espace
vert infini qui l'entoure[1].

Muriel Gallot

---

1. *Le leggi razziali,* dans *Epitaffio, op. cit.*

# Gli occhiali d'oro

## Les lunettes d'or

*A Mario Soldati*

*À Mario Soldati*

È la fine, o figliuolo! Non potrò
piú tenerti celato il male. Ahimè!
Che trafitture! Ahimè! Che trafitture!
Come mi sento disgraziato! Ohi, misero!
Sono perduto, o figlio! Mi divora
quest'orribile male, o figlio! Ahimè!
Ah, ah, ah, ahi! Ah, ahi! Ah, ah, ah, ahi!
Prendi una spada e tagliami giú, in fondo,
il piede maledetto! Presto, troncalo!
Per la mia vita non temere! Via,
fa' presto, o figlio!

SOFOCLE, *Filottete*

(trad. Domenico Ricci).

Je suis perdu, mon fils! Je ne peux plus te dissimuler mon mal. Ciel!
il me transperce, il me transperce de part en
   part!
Infortuné, malheureux que je suis!
Je suis perdu, mon enfant! Ce mal horrible
   me dévore, ô mon fils! Ah! Ah!
Oh! Oh! Ah! Oh! Oh! Ah!
Prends une épée et tranche-moi,
tranche-moi ce pied maudit! Vite, tranche-le!
Ne crains pas pour ma vie! Allons, fais vite,
   ô mon fils!

SOPHOCLE, *Philoctète.*

# 1

Il tempo ha cominciato a diradarli, eppure non si può ancora dire che siano pochi, a Ferrara, quelli che ricordano il dottor Fadigati (Athos Fadigati, sicuro — rievocano —, l'otorinolaringoiatra che aveva studio e casa in via Gorgadello, a due passi da piazza delle Erbe, e che è finito così male, poveruomo, così tragicamente, proprio lui che da giovane, quando venne a stabilirsi nella nostra città dalla nativa Venezia, era parso destinato alla più regolare, più tranquilla, e per ciò stesso più invidiabile delle carriere...).

Fu nel '19, subito dopo l'altra guerra. Per ragioni di età, io che scrivo non ho da offrire che una immagine piuttosto vaga e confusa dell'epoca. I caffè del centro rigurgitavano di ufficiali in divisa;

---

1. Le docteur Fadigati revient dans divers romans : le narrateur du *Jardin des Finzi-Contini* (1962) raconte à son ami Malnate au chap. 8 de la troisième partie, dans un débit de vin de la via Gorgadello, toute l'histoire du docteur Fadigati et son amitié pour lui, ce qui marque la continuité entre les deux

# 1

Le temps a commencé à éclaircir leurs rangs, et pourtant on ne peut encore dire qu'ils soient peu nombreux, à Ferrare, ceux qui se rappellent le docteur Fadigati[1] : ils revirent certainement Athos Fadigati, l'oto-rhino-laryngologiste dont le cabinet médical et le domicile se trouvaient via Gorgadello[2], à deux pas de la piazza delle Erbe, et qui a fini si mal, le pauvre homme, si tragiquement, lui qui, quand il était jeune et qu'il était venu de sa Venise natale s'établir dans notre ville, avait paru promis à la plus normale, à la plus tranquille et, par cela même, la plus enviable des carrières...

Ce fut en 19, tout de suite après l'autre guerre. Pour des raisons d'âge, je ne puis, moi qui écris ces lignes, donner qu'une image plutôt vague et confuse de cette époque. Les cafés du centre regorgeaient d'officiers en uniforme ;

romans. Dans le texte suivant, *Derrière la porte* (1964), qui se passe à la fin des années vingt, c'est le docteur Fadigati qui soigne le jeune héros d'une infection aux amygdales.

2. La via Gorgadello, qui a pris le nom de via Adelardi, longe la cathédrale.

39

ogni momento lungo corso Giovecca e corso Roma (oggi ribattezzato corso Martiri della Libertà) passavano camion sventolanti di bandiere rosse; sulle impalcature che ricoprivano la facciata in costruzione del palazzo delle Assicurazioni Generali, di fronte al lato nord del Castello, era steso un enorme, scarlatto telone pubblicitario, che invitava amici e avversari del socialismo a bere concordi l'APERITIVO LENIN; le zuffe fra contadini e operai massimalisti da una parte, ed ex combattenti dall'altra, scoppiavano quasi ogni giorno... Questo clima di febbre, di agitazione, di distrazione generale, entro cui si svolse la prima infanzia di tutti coloro che sarebbero diventati uomini nel ventennio successivo, dovette in qualche modo favorire il veneziano Fadigati. In una città come la nostra, dove i giovani di buona famiglia riluttarono più che in qualunque altro luogo a ritornare dopo la guerra alle professioni liberali, si capisce come avesse potuto mettere radici senza quasi farsi notare. Fatto sta che nel '25, quando la scalmana anche da noi cominciò a placarsi, e il fascismo, organizzandosi in grande partito nazionale, fu in grado di offrire vantaggiose sistemazioni a tutti i ritardatari, Athos Fadigati era già solidamente impiantato a Ferrara, titolare di un magnifico ambulatorio privato, e per di più direttore del reparto orecchio-naso-gola del nuovo Arcispedale Sant'Anna.

à chaque instant, dans le corso Giovecca et dans le corso Roma (aujourd'hui rebaptisé corso Martiri della Libertà), passaient des camions pavoisés de drapeaux rouges; sur les échafaudages qui recouvraient la façade en construction de l'immeuble des Assurances Générales, face au côté nord du château, était tendu un énorme calicot publicitaire écarlate qui invitait amis et adversaires du socialisme à boire ensemble l'apéritif lénine; des bagarres entre paysans et ouvriers maximalistes d'une part et anciens combattants d'autre part éclataient presque tous les jours... Ce climat de fièvre, d'agitation et d'insouciance générales dans lequel se déroula la première enfance de tous ceux qui devaient devenir des hommes au cours des vingt années suivantes de fascisme, dut en quelque sorte favoriser le Vénitien Fadigati. Dans une ville comme la nôtre, où les jeunes gens de bonne famille répugnèrent plus que partout ailleurs à revenir après la guerre aux professions libérales, on comprend qu'il ait pu facilement s'implanter, presque sans se faire remarquer. Toujours est-il qu'en 25, lorsque, chez nous aussi, l'agitation commença à s'apaiser et que le fascisme, s'organisant en grand parti national, fut en mesure d'offrir des situations avantageuses à tous les retardataires, Athos Fadigati était déjà solidement établi à Ferrare, médecin titulaire d'une magnifique clinique privée et, de plus, directeur du service nez-gorge-oreilles du nouvel Hôtel-Dieu Sant'Anna.

Aveva incontrato, come si dice. Non più giovanissimo, e con l'aria, già allora, di non esserlo mai stato, piacque che fosse venuto via da Venezia (lo raccontò una volta lui stesso) non tanto per cercare fortuna in una città non sua, quanto per sottrarsi all'atmosfera angosciosa di una vasta casa sul Canal Grande nella quale aveva visto spegnersi in pochi anni ambedue i genitori e una sorella molto amata. Erano piaciuti i suoi modi cortesi, discreti, il suo evidente disinteresse, il suo ragionevole spirito di carità nei confronti dei malati più poveri. Ma prima ancora che per queste ragioni, dovette raccomandarsi per come era : per quegli occhiali d'oro che scintillavano simpaticamente sul colorito terreo delle guance glabre, per la pinguedine niente affatto sgradevole di quel suo grosso corpo di cardiaco congenito, scampato per miracolo alla crisi della pubertà e sempre avvolto, anche l'estate, di soffici lane inglesi (durante la guerra, a causa della salute, non aveva potuto prestar servizio che nella censura postale). In lui ci fu di sicuro, insomma, a prima vista, qualcosa che subito attrasse e rassicurò.

Lo studio di via Gorgadello, dove riceveva dalle quattro alle sette di ogni pomeriggio, completò più tardi il suo successo.

Si trattava di un ambulatorio davvero moderno, come fino allora a Ferrara nessun dottore ne aveva mai avuto di uguali.

Comme on dit, ça avait marché. On apprécia que, plus très jeune et avec l'air, alors déjà, de ne l'avoir jamais été, il eût quitté Venise (il le raconta lui-même un jour) non tant pour chercher fortune dans une ville autre que sa ville natale, que pour fuir l'atmosphère angoissante d'une vaste maison sur le Grand Canal, où il avait vu s'éteindre en peu d'années son père, sa mère et une sœur très aimée. Ce qui avait plu, c'étaient ses manières courtoises et discrètes, son évident désintéressement et son esprit de charité raisonné vis-à-vis de ses malades les plus pauvres. Mais plus encore que ces raisons, c'est la manière dont il se présentait qui dut lui servir de recommandation : ces lunettes d'or qui scintillaient sympathiquement sur le teint terreux de ses joues glabres et l'embonpoint nullement déplaisant de son gros corps de cardiaque congénital, échappé par miracle à la crise de la puberté et toujours enveloppé, même l'été, de douillets lainages anglais (pendant la guerre, il n'avait pu, pour raisons de santé, servir que dans la censure postale). Bref, il y eut certainement en lui quelque chose qui, dès le premier abord, attira et rassura.

Le cabinet de la via Gorgadello, où il recevait tous les après-midi de quatre heures à sept heures, compléta plus tard son succès.

Il s'agissait d'un lieu de consultation vraiment moderne, tel que, jusqu'alors à Ferrare, aucun docteur n'en avait jamais eu de pareil.

Fornito di un impeccabile gabinetto medico che quanto a pulizia, efficienza, e perfino ampiezza, poteva esser paragonato soltanto a quelli del *Sant' Anna*, si fregiava oltre a ciò di ben otto stanze dell'attiguo appartamento privato come di altrettante salette d'aspetto per il pubblico. I nostri concittadini, specie quelli socialmente più ragguardevoli, ne furono abbagliati. Divenuti all'improvviso insofferenti del disordine pittoresco, se si vuole, ma troppo familiare e in fondo equivoco, nel quale gli altri tre o quattro anziani specialisti locali continuavano a ricevere le rispettive clientele, se ne commossero come per un omaggio particolare. Dove erano, da Fadigati — non si stancavano mai di ripetere —, le interminabili attese ammucchiati l'uno sull'altro come bestie, ascoltando attraverso le fragili pareti divisorie voci più o meno remote di famiglie quasi sempre allegre e numerose, mentre, alla fioca luce di una lampadina da venti candele, l'occhio non aveva da posarsi, scorrendo lungo i tristi muri, che su qualche NON SPUTARE! di maiolica, qualche caricatura di professore universitario o di collega, per non parlare di altre immagini anche più melanconiche e iettatorie di pazienti sottoposti a enormi clisteri davanti a un intero collegio accademico, o di laparatomie a cui, sogghignando, provvedeva la Morte stessa travestita da chirurgo? E come poteva essere accaduto, come!, che si fosse sopportato fino allora un simile trattamento da Medio Evo?

Comprenant un cabinet médical impeccable, qui, quant à la propreté, à l'équipement et même aux dimensions, ne pouvait être comparé qu'aux locaux analogues de l'Hôtel-Dieu Sant'Anna, il disposait en outre des huit pièces, pas moins! de l'appartement privé contigu, ainsi du même nombre de salles d'attente pour les clients. Nos concitoyens, surtout les plus notables socialement, en furent éblouis. Ne pouvant tout à coup plus supporter le désordre, pittoresque, si l'on veut, mais trop familier et, au fond, équivoque, où les trois ou quatre autres vieux spécialistes locaux continuaient de recevoir leurs clientèles respectives, ils y virent comme un émouvant hommage personnel. Où étaient, chez Fadigati — ne se lassaient-ils jamais de répéter — les interminables attentes, entassés les uns sur les autres comme du bétail, à écouter, à travers de minces cloisons, les voix plus ou moins lointaines de familles presque toujours joyeuses et nombreuses, cependant qu'à la faible lueur d'une ampoule de vingt bougies, l'œil, en parcourant les lugubres murs, ne trouvait pour l'arrêter qu'un DÉFENSE DE CRACHER! en majolique ou la caricature d'un professeur de Faculté ou d'un confrère, pour ne pas parler d'autres images, encore plus mélancoliques et de mauvais augure, représentant des malades en train de recevoir d'énormes clystères sous les regards d'un plein amphithéâtre ou des laparotomies auxquelles, ricanante, procédait la mort elle-même, déguisée en chirurgien? Et comment, comment était-il possible que l'on eût supporté jusque-là d'être traité, en somme, comme au Moyen Âge?

Andare da Fadigati costituì ben presto, più che una moda, una vera e propria risorsa. Specie nelle sere d'inverno, quando il vento gelido si infilava fischiando da piazza Cattedrale giù per via Gorgadello, era con schietta soddisfazione che il ricco borghese, infagottato nel suo cappottone di pelliccia, prendeva a pretesto il più piccolo mal di gola per imbucare la porticina socchiusa, salire le due rampe di scale, suonare il campanello dell'uscio a vetri. Lassù, oltre quel magico riquadro luminoso, alla cui apertura presiedeva un'infermiera in camice bianco sempre giovane e sempre sorridente, lassù lui trovava termosifoni che andavano a tutto vapore, come non dico a casa propria, ma nemmeno, quasi, al Circolo dei Negozianti o a quello dell'Unione. Trovava poltrone e divani in abbondanza, tavolinetti sempre forniti d'aggiornatissima carta stampata, *abat-jours* da cui si effondeva una luce bianca, forte, generosa. Trovava tappeti che quando uno si fosse stancato di rimanere lì, a sonnecchiare al calduccio o a sfogliare le riviste illustrate, lo invogliavano a passare da un salotto all'altro guardando i quadri e le stampe, antichi e moderni, attaccati fitti fitti alle pareti.

1. *Il Circolo dei Concordi* (version de 1958) ou *Circolo dell'Unione* (version de 1980) est cité dans *Lida Mantovani* (1956) au chapitre 5 : « Le Cercle de l'Union, celui de la noblesse ». Dans *Una lapide via Mazzini*, en 1945, il est transformé en

Aller chez Fadigati fut bientôt plus qu'une mode : cela devint une véritable distraction. Les soirs d'hiver, en particulier, lorsqu'un vent glacial, venu de la piazza del Duomo, s'engouffrait en sifflant dans la via Gorgadello, c'était avec une nette satisfaction que tel riche bourgeois, emmitouflé dans son gros manteau fourré, prenait comme prétexte le moindre mal de gorge pour franchir le seuil de la petite porte qui était entrouverte, gravir les deux rampes d'escalier et sonner à la porte vitrée. Là-haut, de l'autre côté de ce magique rectangle de lumière, à l'ouverture duquel présidait une infirmière en blouse blanche, toujours jeune et toujours souriante, là-haut, donc, il trouvait les radiateurs d'un chauffage central qui marchait à toute vapeur, et cela, non pas comme chez lui, mais même pas, ou presque, comme au Cercle des Commerçants ou à celui des Amis[1]. Il trouvait des fauteuils et des divans en abondance, des guéridons où s'amoncelaient des revues toujours récentes et des abat-jour d'où pleuvait une lumière blanche, forte et généreuse. Il trouvait des tapis qui, si l'on était fatigué de rester là à somnoler bien au chaud ou à feuilleter les revues illustrées, lui donnaient envie de passer d'un salon à l'autre, en contemplant les innombrables tableaux et gravures, anciens et modernes, accrochés aux murs.

---

«Cercle des Amis de l'Amérique », et il accueille Geo Josz, le rescapé de Buchenwald, pour l'en expulser en 1947, devant son attitude scandaleuse et sa tenue vestimentaire choquante.

Trovava infine un medico bonario e conversevole, che mentre lo introduceva personalmente «di là» per esaminargli la gola, pareva soprattutto ansioso, da quel vero signore che anche era, di sapere se il suo cliente avesse avuto modo di ascoltare alcune sere prima, al *Comunale* di Bologna, Aureliano Pertile nel *Lohengrin*; oppure, che so?, se avesse visto bene, appeso a quella data parete di quel dato salotto, quel tale De Chirico o quel tale «Casoratino», e se gli fosse piaciuto quel talaltro De Pisis; e faceva poi le più alte meraviglie se il cliente, a quest'ultimo proposito, confessava non soltanto di non conoscere De Pisis, ma di non aver mai saputo prima d'allora che Filippo De Pisis fosse un giovane, *molto* promettente pittore ferrarese. Un ambiente comodo, piacevole, signorile, e perfino stimolante per il cervello, in conclusione. Dove il tempo, il dannato tempo che è sempre stato dappertutto il gran problema della provincia, passava che era un piacere.

---

1. Giorgio De Chirico (1888-1978), frère d'Alberto Savinio, est né en Grèce de parents italiens. Ses œuvres principales se situent entre 1912 et 1919, où il produit des séries de mannequins et insère à l'intérieur de places à arcades désertes des personnages et objets insolites. C'est à Ferrare, lors de sa mobilisation en 1915, qu'il élabore le mouvement intitulé « Peinture métaphysique ». Felice Casorati (1886-1963), d'abord influencé par la peinture métaphysique, est un excellent représentant de la peinture néoclassique des années trente. Filippo De Pisis (1896-1956) est né à Ferrare. Après avoir côtoyé la peinture

Il trouvait enfin un médecin débonnaire et disert, qui, pendant qu'il le faisait personnellement entrer «par là», pour lui examiner la gorge, semblait surtout anxieux, en authentique homme du monde qu'il était, de savoir si son client avait pu, quelques soirs plus tôt, aller écouter, au Théâtre Municipal de Bologne, Aureliano Pertile dans *Lohengrin*; ou bien, que sais-je? s'il avait bien vu le De Chirico ou la toile «Casoratienne» qui étaient accrochés à tel mur de tel salon, ou ce qu'il avait pensé du De Pisis[1]; et il manifestait du reste le plus grand étonnement si, en entendant nommer ce dernier, le client avouait non seulement ne pas connaître De Pisis mais avoir attendu jusqu'alors pour apprendre que Filippo De Pisis était un jeune peintre ferrarais *plein* de promesses. En somme, un espace confortable, agréable, raffiné et, même, riche d'enseignements. Où le temps, ce maudit temps, qui a toujours été partout le grand problème de la province italienne, passait que c'en était un plaisir.

---

métaphysique et Giorgio Morandi, il travaille à Paris dans les années vingt. Ses natures mortes sont célèbres, tout comme ses portraits. Alberto Finzi-Contini (dans le *Jardin*) a accroché dans sa chambre un petit nu masculin de De Pisis, notoirement homosexuel. La première édition des *Occhiali d'oro* (1960) est illustrée par une aquarelle du peintre de 1932, représentant un jeune garçon allongé sur une serviette de bain; l'édition de poche Oscar Mondadori de 1970, par une troublante tête de jeune garçon peinte en 1926.

## 2

Non c'è nulla più dell'onesta pretesa di mantenere distinto nella propria vita ciò che è pubblico da ciò che è privato, che ecciti l'interesse indiscreto delle piccole società perbene. Cosa mai succedeva di Athos Fadigati dopo che l'infermiera aveva chiuso la porta a vetri dell'ambulatorio dietro le spalle dell'ultimo cliente? Il non chiaro, o per lo meno poco normale impiego che il dottore faceva delle sue serate, contribuiva a stimolare di continuo la curiosità nei suoi riguardi. Eh sì, in Fadigati c'era un che di non perfettamente comprensibile. Ma anche questo piaceva, in lui, anche questo attirava.

Le mattine tutti lo sapevano come le passava, e sulle mattine nessuno aveva niente da dire.

Alle nove era già all'ospedale, e fra visite e operazioni (perché operava, anche : non c'era giorno che non gli capitasse un paio di tonsille da togliere o una mastoide da scalpellare), tirava avanti di seguito fino all'una.

## 2

Pour exciter l'intérêt indiscret des petites sociétés de gens bien, il n'est rien comme la légitime prétention de séparer, dans sa vie, ce qui est public de ce qui est privé. Qu'advenait-il d'Athos Fadigati après que l'infirmière avait refermé la porte vitrée de la clinique sur le dernier client ? L'usage mystérieux ou, pour le moins, peu normal que le docteur faisait de ses soirées contribuait à stimuler continuellement la curiosité à son égard. Oui, chez Fadigati, il y avait quelque chose qui n'était pas parfaitement compréhensible. Mais, en lui, cela aussi plaisait, cela aussi attirait.

Ses matinées, tout le monde savait comment il les passait, et sur ses matinées personne n'avait rien à dire.

À neuf heures, il était déjà à l'hôpital, et, entre les visites et les opérations (car il opérait aussi : il n'y avait pas de jour où il n'eût deux amygdales à enlever ou une mastoïde à cureter), il n'arrêtait pas jusqu'à une heure.

Dopodiché, fra l'una e le due, non era raro incontrarlo mentre risaliva a piedi corso Giovecca col pacchetto del tonno sott'olio o dell'affettato appeso al mignolo, e col «Corriere della Sera» che gli spuntava dalla tasca del soprabito. Dunque pranzava a casa. E siccome la cuoca non ce l'aveva, e la donna a mezzo servizio che gli teneva puliti casa e studio si presentava soltanto verso le tre, un'ora prima dell'infermiera, doveva essere lui stesso, storia in fondo già bizzarra abbastanza, a prepararsi l'indispensabile piatto di pastasciutta.

Anche per cena lo avrebbero atteso invano negli unici ristoranti cittadini che, a quell'epoca, fossero giudicati di un certo decoro : da *Vincenzo*, dalla *Sandrina*, ai *Tre Galletti*; e neppure da *Roveraro*, in vicolo del Granchio, la cui cucina casalinga richiamava tanti altri scapoli di mezza età. Ma ciò non significava affatto che mangiasse in casa come al mattino. In casa non doveva restarci mai, la sera. A passare verso le otto, otto e un quarto, da via Gorgadello, era facile coglierlo proprio nel momento che usciva. Indugiava un attimo sulla soglia, guardando in alto, a destra, a sinistra, come incerto del tempo e della direzione da prendere.

Là-dessus, entre une heure et deux heures, il n'était pas rare de le rencontrer qui remontait à pied le corso Giovecca, un petit paquet de thon à l'huile ou de charcuterie suspendu à son petit doigt et le *Corriere della Sera* sortant de la poche de son pardessus. Donc, il déjeunait chez lui. Et comme il n'avait pas de cuisinière et que la domestique à mi-temps qui nettoyait l'appartement et le cabinet ne se présentait que vers trois heures, une heure avant l'infirmière, et ce devait être lui-même, chose, au fond, déjà assez bizarre, qui se préparait l'indispensable plat de pâtes.

Pour le dîner également, c'était en vain qu'on l'eût attendu dans les seuls restaurants ferrarais jugés à cette époque d'une certaine classe : chez *Vincenzo*, chez *Sandrina*, ou aux *Trois Coquelets*. Et pas davantage chez *Roveraro*, dans la ruelle du Granchio, dont la cuisine bourgeoise attirait tant d'autres célibataires d'âge moyen. Mais cela ne signifiait nullement que le soir il mangeât chez lui comme le matin. Le soir, chez lui, il ne devait pratiquement jamais y rester. Quand on passait vers huit heures, huit heures et quart via Gorgadello, il était fréquent de le surprendre au moment précis où il sortait. Il s'attardait un instant sur le seuil, regardant en haut, à droite, à gauche, comme n'étant pas sûr du temps et de la direction à prendre.

Infine si avviava, mescolandosi al fiume di gente che a quell'ora, d'estate come d'inverno, sfilava adagio davanti alle vetrine illuminate di via Bersaglieri del Po come lungo le Mercerie veneziane.

Dove andava? In giro, a zonzo qua e là, apparentemente senza una meta precisa.

Dopo un'intensa giornata di lavoro gli piaceva certo sentirsi tra la folla: la folla allegra, vociante, indifferenziata. Alto, grosso, col cappello a lobbia, i guanti gialli, nonché, se era inverno, col pastrano foderato di opossum e col bastone infilato nella tasca destra, dalla parte del manico, fra le otto e le nove di sera poteva esser visto in qualsiasi punto della città. Ogni tanto si aveva la sorpresa di scorgerlo fermo, di fronte alla vetrina di qualche negozio di via Mazzini e di via Saraceno, che guardava, attento, sopra la spalla di chi gli stava davanti. Spesso sostava accanto alle bancarelle di chincaglierie e di dolciumi disposte a decine lungo il fianco meridionale del duomo, o in piazza Travaglio, o in via Garibaldi, fissando senza dir motto l'umile merce esposta. In ogni caso, erano gli angusti e gremiti marciapiedi di via San Romano quelli che Fadigati batteva di preferenza.

Finalement, il se mettait en route, se mêlant au fleuve humain qui, à cette heure-là, été comme hiver, défilait lentement devant les vitrines illuminées de la via Bersaglieri del Po, comme dans l'une des *mercerie*[1] vénitiennes.

Où allait-il ? Se promener, flânant çà et là, apparemment sans but précis.

Après une journée de travail intense, cela lui faisait certainement plaisir d'être dans la foule : une foule joyeuse, bruyante et sans visage. Grand et gros, avec son feutre, ses gants jaunes et, si l'on était en hiver, son manteau doublé d'opossum, et sa canne enfilée par le pommeau dans sa poche droite, entre huit heures et neuf heures du soir il pouvait apparaître en n'importe quel point de la ville. De temps en temps, on avait la surprise de le découvrir arrêté devant la vitrine d'un magasin de la via Mazzini ou de la via Saraceno, qu'il regardait attentivement par-dessus l'épaule des gens qui étaient devant lui. Souvent, il tombait en arrêt devant les éventaires de quincaillerie ou de confiserie qui sont échelonnés par dizaines le long de la face méridionale de la cathédrale, piazza Travaglio ou via Garibaldi, contemplant sans mot dire l'humble marchandise exposée. Mais c'étaient néanmoins les trottoirs étroits et noirs de monde de la via San Romano que Fadigati arpentait de préférence.

1. Rues de Venise.

A incrociarsi con lui sotto quei portici bassi, dove stagnava un acre sentore di pesce fritto, di salumi, di vini e di filati da poco prezzo, ma pieni sopratutto di folla, donnette, soldati, ragazzi, contadini ammantellati, eccetera, faceva meraviglia il suo occhio vivo, allegro, soddisfatto, il vago sorriso che gli spianava il volto.

«Buona sera, dottore!», qualcuno gli gridava dietro.

Ed era un miracolo se udiva, se, trasportato già lontano dalla corrente, si voltava a rispondere al saluto.

Riappariva soltanto più tardi, dopo le dieci, in uno dei quattro cinema cittadini: l'*Excelsior*, il *Salvini*, il *Rex* e il *Diana*. Ma anche qui, ai posti di galleria, dove le persone distinte si ritrovavano sempre fra loro come in un salotto, preferiva gli ultimi posti di platea. E quale imbarazzo per le persone distinte vederlo là di sotto, così ben vestito, confuso in mezzo alla peggiore «teppa popolare»! Era proprio di buon gusto — sospiravano, volgendo accorati gli sguardi altrove —, ostentare fino a quel segno lo spirito di *bohème*?

È abbastanza comprensibile perciò che verso il '30, quando Fadigati aveva già una quarantina d'anni, non pochi cominciassero a pensare che gli occorresse al più presto prendere moglie.

Quand on le croisait sous ces arcades basses, où stagnait une âcre senteur de poisson frit, de charcuterie, de vins et de tissus à bon marché, mais pleines d'une foule composée surtout de commères, de soldats, de gosses et de paysans drapés dans leurs manteaux, etc., on était étonné de voir comme il avait l'œil vif, gai et satisfait, et le vague sourire qui lui détendait le visage.

« Bonsoir, docteur ! » lui criait quelqu'un de derrière.

Et c'était miracle s'il entendait et si, déjà emporté loin par le flot, il se retournait pour répondre au salut.

Il ne faisait sa réapparition que plus tard, après dix heures, dans l'un des quatre cinémas de la ville : l'*Excelsior*, le *Salvini*, le *Rex* ou le *Diana*. Mais là aussi, aux places de corbeille où les personnes distinguées se retrouvaient toujours entre elles comme dans un salon, il préférait les dernières places au parterre. Et quel embarras c'était alors, pour les personnes distinguées, que de le voir là, en bas, au parterre, perdu, élégamment vêtu comme il l'était, au milieu de la pire pègre populaire ! Était-ce vraiment de bon goût — soupirait-on, en détournant avec chagrin les yeux — que d'afficher à ce point son esprit *bohème* ?

Il est assez compréhensible, en conséquence, que vers 1930, quand Fadigati avait déjà une quarantaine d'années, plus d'une personne ait commencé à penser qu'il fallait qu'il se mariât au plus vite.

Se ne sussurrava fra pazienti, a poltrone accostate, nelle salette medesime dell'ambulatorio di via Gorgadello, in attesa che l'ignaro dottore si affacciasse dalla porticina riservata alle sue periodiche apparizioni, e invitasse a passare «di là». Se ne accennava più tardi a cena, fra moglie e mariti, badando che la figliolanza, col naso nella minestra e le orecchie dritte, non riuscisse a indovinare a chi ci si riferiva. E ancora più tardi, a letto — ma qui parlandone senza più ritegno —, l'argomento aveva abitualmente già invaso cinque o dieci minuti di quelle care mezze ore, sacre alle confidenze e agli sbadigli sempre più prolungati, che precedono di norma lo scambio dei baci e dei «buona notte» coniugali.

Ai mariti come alle mogli sembrava assurdo che un uomo di quel valore non pensasse una volta per tutte a mettere su famiglia.

A parte l'indole magari un po' «da artista», ma nel complesso così seria e quieta, quale altro laureato ferrarese di qua dai cinquanta poteva vantare una posizione migliore della sua? Simpatico a tutti, ricco (eh sì: per guadagnare, ormai guadagnava quello che voleva!);

On en parlait à mi-voix entre malades, fauteuils rapprochés l'un de l'autre, dans les salles d'attente du cabinet de la via Gorgadello, jusqu'au moment où le docteur, ne se doutant de rien, passait la tête par la petite porte réservée à ses apparitions périodiques et vous invitait à venir «par là». On y faisait allusion plus tard, à dîner, entre mari et femme, en prenant bien garde que la marmaille, le nez dans la soupe et les oreilles aux aguets, ne réussît à deviner de qui il s'agissait. Et plus tard encore, au lit, mais en parlant maintenant sans plus de retenue, et ce sujet de conversation avait déjà envahi généralement cinq ou dix minutes de ces précieuses demi-heures consacrées aux confidences et aux bâillements de plus en plus prolongés qui précèdent normalement l'échange des baisers et des «bonne nuit» conjugaux.

Aux maris comme aux femmes, il semblait absurde qu'un homme de cette valeur ne songeât pas une fois pour toutes à fonder un foyer.

Mis à part sa nature un peu «artiste», évidemment, mais par ailleurs si sérieuse et si tranquille, quel autre ayant moins de cinquante ans et possédant des titres universitaires pouvait, à Ferrare, se vanter d'une situation meilleure que la sienne? Sympathique à tout le monde, riche (car oui, quant à l'argent, il devait maintenant gagner ce qu'il voulait!);

socio effettivo dei due maggiori Circoli cittadini, e perciò accetto in pari grado tanto alla media e piccola borghesia delle professioni e delle botteghe quanto all'aristocrazia, con o senza blasone, dei patrimoni e delle terre; provvisto perfino della tessera del Fascio che, sebbene lui si fosse sommessamente dichiarato «apolitico per natura», il Segretario Federale in persona aveva voluto dargli a tutti i costi: cos'è che gli mancava, adesso, se non una bella donna da portare ogni domenica mattina a San Carlo o in duomo, e la sera al cinematografo, impellicciata e ingioiellata come si conviene? E perché mai non si dava un po' d'attorno per trovarne una? Forse, ecco, forse era assorbito dalla relazione con qualche donnetta inconfessabile, tipo sarta, governante, serva, eccetera. Come succede a molti medici, forse gli piacevano soltanto le infermiere: e appunto per questo, chissà, quelle che di anno in anno passavano per il suo studio erano sempre talmente carine, talmente procaci! Ma anche ammettendo che le cose stessero davvero in questi termini (e d'altra parte era curioso che sull'argomento non fosse mai trapelato nulla di preciso!), per qual motivo non si sposava?

membre actif des deux principaux Cercles de la ville et, à ce titre, reçu tant par la moyenne et la petite bourgeoisie des professions libérales ou du commerce que par l'aristocratie avec ou sans blason de la grosse fortune ou de la grande propriété ; pourvu même de la carte du Fascio, que le Secrétaire Fédéral en personne avait tenu à lui donner à tout prix, bien qu'il se fût modestement déclaré «apolitique par nature» : que lui manquait-il maintenant, sinon une jolie femme à exhiber tous les dimanches matin à San Carlo ou à la cathédrale et, le soir, au cinéma, couverte comme il se doit de fourrures et de bijoux ? Et pourquoi ne se remuait-il pas un peu pour en trouver une ? Peut-être, oui, peut-être était-il absorbé par une liaison avec une femme inavouable, du genre couturière, gouvernante, bonne à tout faire, etc. Peut-être, comme cela arrive à beaucoup de médecins, aimait-il seulement les infirmières — et, qui sait, peut-être était-ce précisément pour cela que celles qui se succédaient d'année en année dans son cabinet étaient toujours tellement jolies, tellement provocantes ! Mais même en admettant qu'il en soit vraiment ainsi — et, d'ailleurs, il était curieux qu'il n'eût jamais rien transpiré de précis sur ce sujet —, pourquoi ne se mariait-il pas ?

Voleva proprio fare anche lui la fine che aveva fatto ai suoi tempi il dottor Corcos, l'ottantenne primario dell'ospedale, il più illustre dei medici ferraresi, il quale, secondo quanto si raccontava, dopo avere amoreggiato per anni con una giovane infermiera, a un certo punto era stato costretto dai familiari di lei a tenersela per tutta la vita?

E in città fervevano già le ricerche della ragazza davvero degna di diventare la signora Fadigati (ma questa non persuadeva per una ragione, quella per un'altra: nessuna pareva mai abbastanza adatta al solitario diretto a casa che certe notti, uscendo tutti assieme dall'*Excelsior* o dal *Salvini* in piazza delle Erbe, era dato scorgere a un tratto laggiù, in fondo al Listone, un momento prima che sparisse dentro la buia fenditura laterale di via Bersaglieri del Po...): quand'ecco, non si sa da chi messe in giro, cominciarono a udirsi strane, anzi stranissime voci.

«Non lo sai? Mi risulta che il dottor Fadigati è...»

«Sta' a sentire la novità. Conosci mica quel dottor Fadigati, che abita in Gorgadello, quasi all'angolo con Bersaglieri del Po? Ebbene, ho sentito dire che è...»

---

1. Il s'agit en réalité d'une médisance. Elia Corcos, le grand chirurgien ferrarais d'origine, dans *La promenade avant dîner* (1956) se marie par amour avec une jeune infirmière *goy*. Elia Corcos est là pour témoigner de l'intégration sociale de la bourgeoisie juive avant la législation raciale de 1938.

Voulait-il réellement finir lui aussi comme avait fini naguère le docteur Corcos, le médecin-chef octogénaire de l'hôpital, le plus illustre des médecins ferrarais, lequel, à ce que l'on racontait, après avoir flirté pendant des années avec une jeune infirmière, avait un beau jour été contraint par les parents de celle-ci de la subir jusqu'à la fin de ses jours[1] ?

Et, en ville, déjà, battait son plein la recherche de la jeune fille vraiment digne de devenir Mme Fadigati (mais, pour une raison, celle-ci ne faisait pas l'affaire, et, pour une autre, celle-là non plus : aucune ne semblait jamais être celle qu'il fallait pour l'homme solitaire que, certaines nuits, quand on sortait en foule de l'*Excelsior* et du *Salvini* sur la piazza delle Erbe, il vous était donné d'apercevoir tout à coup, rentrant chez lui, là-bas, au bout du Listone[2], un instant avant qu'il disparaisse dans l'obscure fente latérale de la via Bersaglieri del Po...) : quand, mises en circulation par on ne sait qui, voici que commencèrent à se dire sur le compte du docteur d'étranges et même de très étranges choses.

« Tu ne sais pas ? Il paraît que le docteur Fadigati est... »

« Je vais te dire la dernière. Tu connais bien ce docteur Fadigati, qui habite via Gorgadello, presque au coin de la via Bersaglieri del Po ? Eh bien, j'ai entendu dire qu'il est... »

---

2. Vaste emplacement dallé, situé près de la cathédrale de Ferrare, marché aux légumes le matin et lieu de promenade le soir.

# 3

Un gesto, una smorfia bastavano.

Bastava anche dire che Fadigati era «così», che era «di quelli».

Ma talvolta, come succede a parlare di argomenti indecorosi, e dell'inversione sessuale in ispecie, c'era chi ricorreva sogghignando a qualche parola del dialetto, che anche da noi è sempre tanto più cattivo in confronto alla lingua dei ceti superiori. Per poi aggiungere non senza malinconia :

«Eh già.»

«Ma che tipo, in fondo.»

«Come abbiamo potuto non pensarci prima?»

In genere, però, quasi non fossero troppo scontenti di essersi accorti del vizio di Fadigati con tanto ritardo (per rendersene conto avevano impiegato più di dieci anni, figurarsi!), ma anzi, fondamentalmente rassicurati, in genere sorridevano.

3

Un geste, une grimace suffisaient.

Il suffisait même de dire que Fadigati était
«comme ça», qu'il «en était».

Mais parfois, comme cela arrive lorsqu'on parle
de sujets indécents et, en particulier, de l'inver-
sion sexuelle, il y avait quelqu'un qui employait,
en ricanant, quelque expression en dialecte, et
celui-ci, chez nous, est toujours beaucoup plus
méchant que le langage des classes supérieures.
Pour ajouter ensuite, non sans mélancolie :

«Eh oui.

— Quel type, tout de même!

— Comment avons-nous pu ne pas y penser
plus tôt?»

Cela dit, en général, comme si l'on n'eût pas été
trop mécontent d'avoir découvert le vice de Fadigati avec autant de retard (pensez donc! pour
s'en rendre compte, on avait mis plus de dix ans),
mais même, comme si l'on eût été vraiment ras-
suré, en général, on souriait.

In fondo — esclamavano, alzando la spalla —, per qual motivo non avrebbero dovuto riconoscere anche nell'irregolarità più vergognosa lo stile dell'uomo?

Ciò che li persuadeva maggiormente all'indulgenza nei riguardi di Fadigati, e, dopo il primo moto di allarmato sbigottimento, quasi all'ammirazione, era appunto il suo stile, intendendo per stile in primo luogo una cosa: la sua riservatezza, il palese impegno che aveva sempre messo e continuava tuttavia a mettere nel dissimulare i suoi gusti, nel non dare scandalo. Sì — dicevano —: adesso che il suo segreto non era più un segreto, adesso che tutto era chiaro, si era capito finalmente come comportarsi, con lui. Di giorno, alla luce del sole, fargli tanto di cappello; la sera, anche a essere spinti ventre contro ventre dalla calca di via San Romano, mostrare di non conoscerlo. Come Fredric March nel *Dottor Jekyll*, il dottor Fadigati aveva due vite. Ma chi non ne ha?

Sapere equivaleva a comprendere, non essere più curiosi, «lasciar perdere».

Prima d'allora, entrando in un cinema, la cosa che più li aveva assillati — ricordavano — era stata quella di sincerarsi se *lui* fosse negli ultimi posti come al solito. Conoscevano le sue abitudini, avevano notato che non sedeva mai.

Au fond — s'exclamait-on, en haussant les épaules —, pourquoi ne pas reconnaître jusque dans cette très honteuse anomalie le style de l'homme?

Ce qui les incitait principalement à l'indulgence envers Fadigati et, après le premier mouvement de stupeur alarmée, presque à l'admiration, c'était justement son style. Et par style on entendait principalement une chose : sa réserve, le soin manifeste qu'il avait toujours mis et qu'il continuait malgré tout de mettre à dissimuler ses goûts, à ne pas provoquer le scandale. Oui — disait-on : maintenant que son secret n'en était plus un, maintenant que tout était clair, on avait finalement compris comment se comporter avec lui. De jour, à la lumière du soleil, le saluer avec empressement; le soir, même si l'on était poussé ventre contre ventre par la cohue de la via San Romano, faire semblant de ne pas le connaître. Comme Fredric March dans le *Docteur Jekyll*, le docteur Fadigati avait une double vie. Mais pour qui n'en est-il pas de même?

Savoir équivalait à comprendre, à ne plus être curieux, à «laisser tomber».

Auparavant — se rappelait-on —, la chose qui les obsédait le plus, quand on entrait dans un cinéma, c'était de s'assurer si *lui* était, comme à l'accoutumée, aux places populaires. On connaissait ses habitudes, on avait remarqué qu'il ne s'asseyait jamais.

Ficcando gli sguardi nelle tenebre, oltre la balaustrata della galleria, lo cercavano là, in basso, lungo le sordide pareti laterali, presso le porte delle uscite di sicurezza e delle latrine, senza trovar requie finché non avessero colto il tipico luccichio che i suoi occhiali d'oro mandavano ogni tanto attraverso il fumo e l'oscurità: un piccolo lampo inquieto, proveniente da una lontananza straordinaria, davvero infinita... Ma adesso! Che cosa importava, adesso, non appena entrati, aver subito conferma della sua presenza? E perché mai avrebbero atteso col disagio di una volta ogni ritorno della luce in sala? Se a Ferrara esisteva un borghese al quale fosse riconoscibile il diritto di frequentare le platee popolari, di immergersi a suo talento e in faccia a tutti nell'orrido sottomondo degli «scanni» da una lira e venti centesimi, questi non poteva essere che il dottor Fadigati.

Uguale identico il loro comportamento ai *Negozianti* e all'*Unione* le due o tre sere all'anno che Fadigati vi capitava (come ho già detto, era socio di entrambi i Circoli dal 1927).

Mentre, in passato, a vederlo attraversare la saletta dei biliardi, e tirar via senza fermarsi davanti ai tavoli di *poker* e di *écarté*, ogni viso era pronto ad assumere un'espressione fra stupita e costernata, adesso no, erano rari gli sguardi che si staccassero dai panni verdi per seguirlo fino alla porta della biblioteca.

Fouillant les ténèbres du regard, par-delà la balustrade de la corbeille, on le cherchait en bas, le long des sordides murs latéraux, près des sorties de secours et de la porte des toilettes et on n'avait de repos qu'après avoir aperçu le typique miroitement qu'avaient de temps en temps ses lunettes d'or dans la fumée et l'obscurité : un petit éclair inquiet, provenant d'une distance extraordinaire, véritablement infinie... Mais maintenant ! Qu'importait maintenant d'avoir, à peine entré, la confirmation immédiate de sa présence ? Et pourquoi donc, d'autre part, eût-on attendu, avec le malaise de naguère, chaque retour de la lumière dans la salle ? S'il existait à Ferrare un bourgeois à qui pût être reconnu le droit de fréquenter le parterre, avec le peuple, de se plonger à son gré et à la vue de tous dans l'horrible monde inférieur des sièges à une lire vingt, ce bourgeois ne pouvait être que le docteur Fadigati.

Il en était de même aux Cercles des Commerçants et des Amis, les deux ou trois soirs par an où Fadigati y paraissait (comme je l'ai déjà dit, il était membre de l'un et l'autre de ces Cercles depuis 1927).

Alors que, jadis, quand on le voyait traverser la petite salle de billard et passer sans s'arrêter devant les tables de poker et d'écarté, tous les visages étaient prêts à prendre une expression mi-étonnée, mi-consternée, à présent, non, et bien rares étaient les regards qui se détachaient des tapis verts pour le suivre jusqu'à la porte de la bibliothèque.

Poteva benissimo chiudersi in biblioteca, dove non c'era mai anima viva, dove i cuoi delle frau riflettevano fiocamente i tremuli bagliori del caminetto, poteva benissimo sprofondarsi fino a mezzanotte e oltre nella lettura del libro scientifico che si era portato da casa : chi trovava più niente da obbiettare, a questo punto, su una stranezza simile ?

Di più. Ogni tanto viaggiava, o, per dirla con le sue stesse parole, si concedeva «qualche evasione» : a Venezia per la Biennale, a Firenze per il Maggio. Ebbene, adesso che la gente sapeva, poteva succedere di incontrarlo in treno a notte alta, come toccò nell'inverno del '34 a una piccola comitiva cittadina recatasi al *Berta* di Firenze per una partita di calcio, senza che nessuno si permettesse i maliziosi «Guarda veh chi si vede!» sempre di rigore tra ferraresi non appena ci si ritrovi fuori dall'angusto territorio compreso fra gli argini paralleli di Reno e Po.

Il avait tout le loisir de s'enfermer dans celle-ci, où il n'y avait jamais âme qui vive, où le cuir des fauteuils clubs[1] reflétait faiblement les vacillantes lueurs de la cheminée, et de se plonger jusqu'à minuit et au-delà dans la lecture de l'ouvrage scientifique qu'il apportait de chez lui : qui eût encore trouvé quelque chose à objecter à une telle extravagance ?

Et ce n'était pas tout. De temps en temps, il faisait un voyage ou, pour lui emprunter sa propre expression, il s'accordait « une escapade » à Venise pour la Biennale ou à Florence pour le Mai florentin. Eh bien, maintenant que les gens *savaient*, il pouvait se faire qu'on le rencontrât en pleine nuit dans le train, comme cela arriva pendant l'hiver 1934 à un petit groupe de Ferrarais qui s'étaient rendus au *Berta* de Florence pour un match de football, sans que personne se permît les malicieux «Tiens, tiens, en voilà une rencontre !» toujours de rigueur entre Ferrarais, dès qu'ils se retrouvent en dehors du territoire exigu limité par les rives parallèles du Reno et du Pô.

1. *Frau* : du nom du créateur sarde, fixé à Turin, qui à partir de 1912 fabriqua de gros fauteuils en cuir, à la façon anglaise.

Dopo che lo ebbero invitato, tutti premurosi, ad accomodarsi nel loro scompartimento, i nostri bravi sportivi, che certo non erano dei musicomani (Wagner: soltanto al nome si sentivano sprofondare in un oceano di tristezza!), stettero lì buono buoni ad ascoltare un infervorato resoconto di Fadigati a proposito del *Tristano* che Bruno Walter aveva diretto quello stesso pomeriggio al *Comunale* fiorentino. Fadigati parlò della musica del *Tristano*, della mirabile interpretazione che il «maestro germanico» ne aveva dato, e in particolare del secondo atto dell'opera, il quale — disse — «non è che un lungo lamento d'amore». Diffondendosi sulla panchina tutta avvolta dai rami fioriti di un rosaio, e quindi simbolo trasparente del talamo, seduti sopra la quale Tristano e Isotta cantano per tre quarti d'ora filati prima d'andare a immergersi, avvinti, in una notte di voluttà eterna come la morte, Fadigati socchiudeva le palpebre dietro le lenti, sorridendo rapito. E gli altri lo lasciavano parlare, non fiatavano. Si limitavano a scambiarsi qualche allibita occhiata di soppiatto.

Ma era Fadigati medesimo, con la sua condotta ineccepibile, a favorire intorno a sé un così largo spirito di tolleranza.

Su di lui, dopo tutto, che cosa poteva dirsi di concreto?

Après qu'ils l'eurent invité avec empressement à s'installer dans leur compartiment, nos braves sportifs, qui n'étaient certes pas des musicomanes (Wagner : à ce seul nom, ils avaient le sentiment de sombrer dans un océan de tristesse !), restèrent là, sages comme des images, à écouter un compte rendu enthousiaste que leur fit Fadigati du *Tristan* que Bruno Walter avait dirigé, ce même après-midi, au Municipal de Florence. Fadigati parla de la musique de *Tristan*, de l'admirable interprétation qu'en avait donnée le «maestro germanique», et, surtout, du second acte de l'opéra, qui, dit-il, «n'est qu'une longue plainte d'amour». Parlant longuement du banc, tout entouré des branches fleuries d'un rosier, et donc transparent symbole du lit nuptial, sur lequel les amants s'asseyent et chantent pendant trois quarts d'heure d'affilée avant d'aller plonger, enlacés, dans une nuit de volupté éternelle comme la mort, Fadigati fermait à demi ses paupières derrière ses lunettes et souriait avec extase. Et les autres le laissaient faire et ne pipaient pas. Ils se bornaient à échanger quelques coups d'œil accablés et furtifs.

Mais c'était Fadigati lui-même qui, par sa conduite irréprochable, favorisait et entretenait autour de lui un aussi large esprit de tolérance.

Sur lui, après tout, que pouvait-on dire de concret ?

Al contrario di quello che era lecito attendersi da soggetti dello stampo di donna Maria Grillanzoni, tanto per fare un nome, una più che settantenne dama della nostra migliore aristocrazia i cui impetuosi atti di seduzione, perpetrati nei confronti dei ragazzi delle drogherie e delle macellerie che le venivano per casa la mattina, correvano normalmente sulla bocca di tutti (e ogni tanto la città ne imparava sul suo conto una nuova, ridendoci sopra, si capisce, ma anche deplorando), l'erotismo di Fadigati dava ogni garanzia che sarebbe stato sempre contenuto dentro precisi confini di decenza.

Di ciò i suoi molti amici ed estimatori si proclamavano più che sicuri. Nei cinema, è vero — erano costretti a riconoscere —, andava sempre a mettersi non troppo discosto dai gruppi dei soldati, da cui l'apparenza di fondamento che prendeva l'insinuazione di un suo presunto «debole» per i militari. Altrettanto vero tuttavia che mai — riprendevano a dire, energici — il poveretto era stato visto avvicinarsi oltre un dato limite, mai accompagnarsi con qualcuno di essi per istrada, né mai, tanto meno, nessun giovane lanciere del Pinerolo Cavalleria, con l'alto colbacco calato sugli occhi, e con la pesante, rumorosa sciabola sotto il braccio, era stato colto mentre varcava ad ore sospette la soglia di casa sua. Rimaneva il suo viso, certo : grasso, ma grigio, e coi tratti tirati da un'ansia segreta e continua. Era unicamente quel suo viso a ricordare che *cercava*.

74

À l'inverse de ce qu'il était permis d'attendre de spécimens du genre, par exemple, de donna Maria Grillanzoni, une dame plus que septuagénaire de notre meilleure aristocratie, dont les impétueuses tentatives de séduction, effectuées sur la personne des garçons épiciers et bouchers qui venaient chez elle le matin, étaient normalement sur toutes les lèvres (et, de temps en temps, Ferrare en apprenait une nouvelle sur son compte, et cela faisait rire, bien entendu, mais on le déplorait aussi), l'érotisme de Fadigati donnait toutes les garanties qu'il se maintiendrait toujours dans les limites précises de la décence.

De cela, ses nombreux amis et admirateurs se proclamaient plus que convaincus. Au cinéma, il est vrai — ils étaient forcés de le reconnaître —, il allait régulièrement se placer à quelque distance des groupes de soldats : d'où l'apparence de fondement que prenait l'hypothèse de son prétendu «faible» pour les militaires. Il était tout aussi vrai néanmoins — s'empressaient-ils d'ajouter avec énergie — que l'on n'avait jamais vu le pauvre homme s'approcher au-delà d'une certaine limite ; et qu'on ne l'avait jamais vu dans la rue en compagnie de l'un de ceux-ci ; et que jamais non plus on n'avait vu le moindre jeune lancier du Pinerolo Cavalleria, le haut colback enfoncé jusqu'aux yeux et son lourd et bruyant sabre sous le bras, franchir à des heures suspectes le seuil de sa maison. Restait son visage, ça oui : un visage gras mais gris, aux traits tirés par une angoisse secrète et continuelle. C'était son visage seul qui rappelait qu'il *cherchait*.

Quanto però a trovare (come e dove), chi era in grado di parlarne con precisa cognizione di causa?

Di tempo in tempo si udiva comunque discorrere anche di questo. A distanza magari di anni, con la medesima lentezza e quasi riluttanza con cui, risalendo dai fondi melmosi di certi stagni, rade bolle d'aria emergono e scoppiano in silenzio alla superficie, ecco che ogni tanto venivano fatti dei nomi, indicate delle persone, precisate delle circostanze.

Intorno al '35, rammento bene che al nome di Fadigati andava di solito associato quello di tale Manservigi, una guardia municipale dagli occhi azzurri, inflessibili, che quando non dirigeva solennemente il traffico ciclistico e automobilistico all'incrocio tra corso Roma e corso Giovecca, noi ragazzi avevamo a volte la sorpresa di ritrovare sul Montagnone, mentre, reso quasi irriconoscibile dai dimessi abiti borghesi, assisteva con uno stuzzicadenti in bocca alle nostre interminabili partite a calcio, spesso protratte fin oltre l'imbrunire. Più tardi, verso il '36, si udì di un altro : un usciere del Comune, certo Trapolini, dolce e melliflua persona, sposato e carico di figli, del quale erano assai noti in città lo zelo cattolico e la passione per il teatro d'opera.

1. C'est la première fois que le narrateur devient témoin et n'est plus seulement le transcripteur de l'opinion publique. «À partir de maintenant, il valait peut-être la peine que l'auteur des [*Storie ferraresi*] et des trois premiers chapitres des *Lunettes d'or* essayât de sortir de sa tanière, se présentât, osât

76

Mais quant à dire s'il trouvait (comment et où), qui eût pu le faire en connaissance de cause?

De temps en temps, en tout cas, on entendait parler également de cela. À des années, peut-être, d'intervalle et avec la même lenteur et presque avec la même répugnance que celles avec lesquelles on voit émerger et crever en silence à la surface de certains étangs les rares bulles d'air qui remontent du fond boueux, voici que, de temps en temps, on citait des noms, on indiquait des personnes et l'on précisait des circonstances.

Aux alentours de 35, je me rappelle[1] que l'on associait d'ordinaire au nom de Fadigati celui d'un certain Manservigi, un agent de police aux yeux bleus et inflexibles, que, lorsqu'il ne dirigeait pas pompeusement le trafic cycliste et automobile au croisement du corso Roma et du corso Giovecca, nous autres gosses avions parfois la surprise de trouver sur le Montagnone[2], assistant, un cure-dent à la bouche et rendu presque méconnaissable par son miteux costume civil, à nos interminables parties de football, lesquelles se prolongeaient souvent jusqu'après la tombée de la nuit. Plus tard, vers 36, on parla de quelqu'un d'autre : un huissier de la mairie, un certain Trapolini, personnage doux et mielleux, marié et chargé d'enfants, dont le zèle catholique et la passion pour l'opéra étaient très connus en ville.

---

enfin dire "je" » (*Laggiù, in fondo al corridoio*, dans *L'odore del fieno*, 1972, p. 943).

2. Partie des remparts de Ferrare servant de lieu de promenade.

Più tardi ancora, durante i primi mesi della guerra di Spagna, venne ad aggiungersi alla parca lista degli «amici» di Fadigati anche il nome di un ex giocatore della *S.P.A.L.* Scuro di pelle, imbolsito, le tempie ormai grige, si trattava proprio di quel Baùsi, Olao Baùsi, che nel decennio fra il '20 e il '30 era stato, chi non se ne ricordava?, una specie di idolo della gioventù sportiva ferrarese, e che in pochi anni si era ridotto a vivere dei peggiori espedienti.

Dunque niente soldati. Mai nulla di praticato in pubblico, sia pure in esclusiva fase di approccio, mai nulla di scandaloso. Bensì rapporti accuratamente clandestini con uomini di mezza età e di condizione modesta, subalterna. Con individui discreti, insomma, o, almeno, tenuti in qualche modo a esserlo.

Verso le tre, le quattro di notte, dalle persiane dell'appartamento di Fadigati filtrava quasi sempre un poco di luce. Nel silenzio del vicolo, interrotto soltanto dagli strani sospiri dei gufi appollaiati lassù in alto lungo i vertiginosi, appena visibili cornicioni del duomo, volavano fiochi brandelli di musiche celestiali, Bach, Mozart, Beethoven, Wagner: Wagner, sopratutto, forse perché la musica wagneriana era la più indicata a evocare determinate atmosfere.

Plus tard encore, pendant les premiers mois de la guerre d'Espagne, le nom d'un ex-joueur de la S.P.A.L.[1] vint s'ajouter à la maigre liste des « amis » de Fadigati. Brun de peau, devenu poussif, les tempes maintenant grises, il s'agissait bien de ce Baùsi, Olao Baùsi, qui, pendant la décennie de 1920 à 1930, avait été, qui ne s'en souvenait pas ? une sorte d'idole pour la jeunesse sportive de Ferrare, et qui, en quelques années, s'était vu réduit à vivre des pires expédients.

Donc, pas de soldats. Jamais rien qui se passât en public, que ce fût même pendant la seule phase des manœuvres d'approche, et jamais rien de scandaleux. Mais des rapports soigneusement clandestins avec des hommes entre deux âges, et de condition modeste et subalterne. Bref, avec des individus discrets ou, du moins, tenus d'une manière quelconque à l'être.

Vers les trois ou quatre heures du matin, un peu de lumière filtrait presque toujours par les persiennes de l'appartement de Fadigati. Dans le silence de la ruelle, qu'interrompaient seulement les étranges soupirs des hiboux perchés tout là-haut, le long des vertigineuses et presque invisibles corniches de la cathédrale, s'envolaient de faibles lambeaux de musiques célestes, Bach, Mozart, Beethoven et Wagner, Wagner surtout, peut-être parce que la musique wagnérienne était la plus indiquée pour évoquer des atmosphères déterminées.

---

1. « Società Polisportiva Ars et Labor », fondée en 1907. En 1936, le club illustre descendit en série C. La décadence de la S.P.A.L. dans le livre suit étroitement la progression du fascisme dans l'ignominie.

L'idea che la guardia Manservigi, o l'usciere Trapolini, o l'ex calciatore Baùsi, fossero in quello stesso momento ospiti del dottore, non poteva venire accolta dall'ultimo nottambulo, di transito a quell'ora per via Gorgadello, altro che a cuor leggero.

L'idée que l'agent Manservigi, l'huissier Trapolini ou l'ex-footballeur Baùsi pût être à cet instant précis l'hôte du docteur était de celles que le dernier noctambule, de passage alors par la via Gorgadello, ne pouvait accueillir que d'un cœur léger.

# 4

Nel 1936, vale a dire ventidue anni fa, il treno locale Ferrara-Bologna, in partenza ogni mattina da Ferrara qualche minuto prima delle sette, percorreva i quaranta-cinque chilometri della linea in non meno di un'ora e venti minuti.

Quando le cose filavano lisce, il treno raggiungeva dunque la sua meta verso le otto e un quarto. Ma il più delle volte, anche se si lanciava a gran carriera lungo il rettilineo dopo Corticella, il convoglio imboccava la larga curva che mette nella stazione bolognese con dieci, quindici minuti di ritardo (nel caso che dovesse fermarsi al semaforo d'ingresso, i minuti potevano diventare facilmente trenta).

# 4

En 1936, c'est-à-dire il y a vingt-deux ans de cela, le train local Ferrare-Bologne qui partait chaque matin de Ferrare, quelques minutes avant sept heures, parcourait les quarante-cinq kilomètres de voie ferrée de la ligne en pas moins d'une heure vingt.

Lorsque tout marchait bien, le train arrivait à destination vers huit heures et quart. Mais la plupart du temps, même s'il s'élançait à toute allure sur la partie rectiligne de voie après Corticella, le convoi abordait la large courbe qui vous amène en gare de Bologne avec dix ou quinze minutes de retard (quand il avait dû s'arrêter au sémaphore d'entrée, ces minutes pouvaient facilement devenir trente).

Non erano più i tempi del vecchio Ciano, d'accordo, quando, all'arrivo, certi treni trovavano ad aspettarli il ministro delle Comunicazioni in persona, tutto assorto nella solenne azione scenica di misurare a passi impazienti la banchina e di controllare borbottando l'ora al quadrante della grossa cipolla da capostazione che estraeva di continuo dal taschino del panciotto. Vero è però che l'accelerato Ferrara-Bologna delle sei e cinquanta faceva sempre, in pratica, quello che voleva. Sembrava ignorare il governo, infischiarsene altamente del suo vanto d'avere imposto perfino alle Ferrovie dello Stato il rigido rispetto degli orari. E d'altra parte chi gli badava, chi se ne preoccupava? Mezzo coperta d'erba e priva di tettoia, la banchina del sedicesimo binario, a lui riservata, era l'ultima, confinava con la campagna di fuori Porta Galliera. Aveva proprio l'aria d'essere dimenticata.

Di solito il treno si componeva di sei carrozze soltanto : cinque di terza classe e una di seconda.

Ricordo non senza rabbrividire le mattine del dicembre padano, le buie mattine degli anni in cui, studenti universitari a Bologna, dovevamo alzarci con la sveglia.

1. Costanzo Ciano, ministre des Communications entre 1924 et 1934, était devenu célèbre pour avoir remis de l'ordre dans le réseau ferroviaire italien. Son fils, Galeazzo, diplomate et

D'accord, on n'était plus au temps du vieux Ciano[1], le temps où certains trains, à leur arrivée, trouvaient pour les attendre le ministre des Communications en personne, absorbé dans un geste théâtral et solennel consistant à arpenter d'un pas impatient le quai et à vérifier en bougonnant l'heure au cadran de son gros oignon de chef de gare qu'il tirait de la poche de son gilet. Il est vrai, d'autre part, que l'omnibus Ferrare-Bologne de six heures cinquante faisait rigoureusement ce qu'il voulait. Il semblait qu'il ignorât le gouvernement et qu'il se moquât totalement de la prétention de celui-ci d'avoir imposé même aux Chemins de Fer de l'État un strict respect des horaires. Et d'ailleurs, qui s'en apercevait, qui s'en préoccupait ? À demi recouvert d'herbe, dépourvu de marquise, le quai de la voie numéro seize, qui lui était réservé, était le dernier et confinait à la campagne qui commence après la Porta Galliera. Un quai qui avait vraiment l'air d'être oublié.

D'ordinaire, ce train se composait de six voitures seulement : cinq de troisième classe et une de seconde.

Je me rappelle non sans frissonner les matins de décembre sur la plaine du Pô, ces sombres matins des années où nous étions étudiants à Bologne et où nous devions nous lever quand sonnait le réveil.

---

homme politique, épousa la fille de Mussolini, Edda ; il vota le 24 juillet 1943 la destitution de Mussolini. Ce dernier le fit juger et fusiller en janvier 1944, sous la république de Salò.

Dal tram, che correva sferragliando a rompicollo in direzione della barriera daziaria di viale Cavour, sentivamo il treno fischiare ripetutamente, lontano e invisibile. Sembrava che minacciasse : «Badate, parto!» O addirittura : «È inutile che vi affrettiate, ragazzi, sono bell'e partito!» Non erano comunque che le matricole, in genere, maschi e femmine, a smaniare attorno al conduttore perché aumentasse la velocità. Tutti noi altri, Eraldo Deliliers compreso, il quale si era iscritto quello stesso anno a Scienze politiche ma si comportava già con la disinvoltura e con l'indifferenza di un anziano, sapevamo bene che l'accelerato delle sei e cinquanta non sarebbe mai partito prima di aver fatto il carico delle nostre persone. Il tram si fermava finalmente davanti alla stazione ; balzavamo a terra ; dopo pochi istanti ci trovavamo sul treno, sbuffante da ogni parte candidi getti di vapore, eppure ancora lì, immobile sul suo binario come previsto. Quanto a Deliliers, lui sopraggiungeva sempre per ultimo, camminando lemme lemme e sbadigliando. Difatti, siccome si era addormentato, accadeva molto spesso che avessimo dovuto tirarlo giù dal tram a forza.

I vagoni di terza classe si può dire che fossero tutti per noi.

---

1. La *matricola* est à l'origine un registre d'inscription. Traditionnellement, le mot a pris dans le jargon universitaire le sens d'étudiant de première année ; ailleurs de *bizut, novice,* etc.

Du tram qui, avec un bruit de ferraille, roulait à toute allure en direction de la barrière d'octroi du viale Cavour, nous entendions le train siffler à plusieurs reprises, lointain et invisible. On eût dit qu'il menaçait : «Attention, je vais partir !» Ou carrément : «Inutile de vous dépêcher, jeunes gens, je suis déjà parti !» Mais il n'y avait en général que les étudiants de première année[1], garçons et filles, pour s'agiter autour du wattman afin qu'il accélérât. Nous autres tous, Eraldo Deliliers[2] y compris, lequel s'était inscrit cette année même en sciences politiques, mais qui se comportait déjà avec la désinvolture et l'indifférence d'un ancien, nous savions que jamais l'omnibus de six heures cinquante ne serait parti avant de s'être chargé de nos personnes. Le tram s'arrêtait finalement devant la gare, nous sautions à terre ; et, quelques instants plus tard, nous étions dans le train qui projetait de toutes parts de blanches bouffées de vapeur mais qui, comme prévu, était immobile sur sa voie. Deliliers, lui, arrivait toujours bon dernier, il marchait tout doucement[3], en bâillant. Très souvent, de fait, comme il s'était endormi, nous devions l'extraire de force du tram.

Les wagons de troisième classe, on peut le dire, étaient tout entiers pour nous.

---

2. L'histoire d'Eraldo Deliliers se retrouve dans un récit, *Les neiges d'antan*, publié en 1962, repris dans *L'odore del fieno*, *op. cit.*

3. *Lemme lemme* : sans doute du latin *solemnis*.

Tranne qualche viaggiatore di commercio, qualche sparuta compagnia di varietà che aveva pernottato nella sala d'aspetto della stazione, e con le cui ballerine si cercava talvolta, durante il viaggio, di fare un po' di amicizia, da Ferrara a quell'ora non partiva mai nessuno.

Ciò ad ogni modo non significa, sia ben chiaro, che il treno delle sei e cinquanta raggiungesse Bologna viaggiando sempre mezzo vuoto!

Nel corso del suo pigro trasferimento dal buio fitto di Ferrara alla luce di certi mattini bolognesi — luce intensa, sfolgorante, con il colle di San Luca bianco di neve, e con le cupole delle chiese, color verde-rame, che spiccavano quasi in relievo sul rosso mare dei tetti e delle torri —, il treno raccoglieva via via dalle piccole e minime stazioni dislocate lungo la linea gente sempre nuova.

Erano studenti medi, ragazzi e ragazze; maestri elementari d'ambo i sessi; piccoli proprietari agricoli, mezzadri, mercantucci di vario bestiame, riconoscibili dalle ampie mantelle, dai cappelli di feltro calati sul naso, dallo stuzzicadenti o dal sigaro toscano incastrati fra le labbra: gente della campagna che parlava già nello sguaiato dialetto bolognese, e dal cui contatto ci si difendeva barricandoci dentro due o tre scompartimenti contigui.

À l'exception de quelques voyageurs de commerce, de quelque hâve troupe de comédiens de music-hall qui avait passé la nuit dans la salle d'attente de la gare et avec les danseuses de qui on tentait parfois de lier un peu amitié pendant le voyage, personne, à cette heure-là, ne partait jamais de Ferrare.

Cela ne veut pas dire, en tout cas, que le train de six heures cinquante parvenait à Bologne à moitié vide !

Au cours de son lent passage de l'obscurité épaisse de Ferrare à la lumière de certains matins bolonais — une lumière intense, fulgurante, avec la colline de San Luca blanche de neige et les coupoles des églises, couleur vert-de-gris qui se détachaient presque en relief sur le rouge océan des tours et des toits —, le train ramassait peu à peu, dans les gares petites et infimes disséminées le long de la ligne, une foule toujours renouvelée.

C'étaient des lycéens, garçons et filles ; des instituteurs des deux sexes ; de petits propriétaires agricoles, des métayers, de modestes marchands de bétail de toutes sortes, reconnaissables à leurs vastes capes, à leur chapeau de feutre enfoncé sur les yeux et au cure-dent ou au cigare toscan[1] fiché entre leurs lèvres : des gens de la campagne qui s'exprimaient déjà dans le grossier dialecte bolonais et du contact desquels on se défendait en se barricadant dans deux ou trois compartiments contigus.

---

1. *Mezzo toscano* : cigare bon marché de fabrication italienne.

L'assalto dei *vilàn* cominciava a Poggio Renatico, un chilometro prima dell'argine di sinistra del Reno; si rinnovava a Galliera, appena di là dal ponte di ferro, e poi a San Giorgio di Piano, a San Pietro in Casale, a Castelmaggiore, a Corticella. Quando il treno arrivava a Bologna, dagli sportelli aperti con violenza quasi esplosiva si riversava sulla banchina del sedicesimo binario una piccola folla tumultuosa di diverse centinaia di persone.

Restava il vagone di seconda classe, unico e solo : sul quale, almeno fino a una certa data, e cioè per l'appunto fino all'inverno 1936-37, non salì mai un'anima.

Il personale di scorta al treno, un quartetto fisso che viaggiando su accelerati faceva su e giù tra Ferrara e Bologna cinque o sei volte al giorno, vi teneva ogni mattina accademia di scopa e di tressette. E noi, dal canto nostro, ci eravamo talmente abituati al fatto che il vagone di seconda classe fosse riservato al capotreno, al controllore, al frenatore, e al graduato della Milizia ferroviaria (ammiccanti e gentili fin che si vuole, i quattro, specie se fiutavano studenti del G.U.F., ma decisissimi a vietare ogni passaggio di classe abusivo),

---

1. *Scopa* et *tresestte* : deux jeux de cartes populaires, la *scopa* (balai) consiste à ramasser quatre cartes découvertes sur la table grâce à une carte d'un montant équivalent ; dans le *tret-*

L'assaut des « *vilàn* » commençait à Poggio Renatico, un kilomètre avant la rive gauche du Reno ;
il se renouvelait à Galliera, à peine après le pont
de fer, et puis à San Giorgio di Piano, à San Pietro
in Casale, à Castelmaggiore, à Corticella. Quand le
train arrivait à Bologne, par les portières ouvertes
avec une violence presque d'explosion, une petite
foule tumultueuse de plusieurs centaines de personnes se déversait sur le quai de la seizième voie.

Restait le wagon de seconde classe, seul et
unique : dans lequel, du moins jusqu'à une certaine date et plus précisément jusqu'à l'hiver
1936-1937, jamais une seule âme ne monta.

Le personnel d'escorte du train, un quatuor
fixe qui, affecté aux omnibus, faisait cinq ou six
fois par jour la navette entre Ferrare et Bologne, y
tenait chaque matin académie de *scopa* et de tré-
sept[1]. Quant à nous, nous nous étions tellement
habitués, en ce qui nous concernait, au fait que le
wagon de seconde classe fût réservé en pratique
au chef de train, au contrôleur, au serre-freins et
au gradé de la Milice ferroviaire (tous les quatre,
cordiaux et aimables tant qu'on veut, surtout s'ils
flairaient des étudiants appartenant au G.U.F.[2],
mais on ne peut plus décidés à s'opposer à tout
déclassement abusif) ;

————————
*tesette* (trois-sept), le joueur gagnant doit réussir à totaliser un
montant de 21 points.
2. Groupe universitaire fasciste.

ci pareva ormai così naturale vederlo funzionare come una specie di circolo del Dopolavoro ferroviario, che da principio, quando il dottor Fadigati incominciò a venire a Bologna due volte la settimana, e prendeva costantemente il biglietto di seconda, da principio non gli badammo, di lui nemmeno ce ne accorgemmo.

Fu in ogni caso questione di poco tempo.

Chiudo gli occhi. Rivedo il gran varco asfaltato del viale Cavour completamente deserto dal Castello fino alla barriera daziaria, coi lampioni stradali, disposti in lunga prospettiva a una cinquantina di metri l'uno dall'altro, ancora tutti accesi. Il conduttore Aldrovandi, di cui dall' interno del tram non si può scorgere che la gobba schiena irritata, spinge il suo decrepito carrozzone al massimo. Ma un po' prima che il tram sia arrivato alla barriera, ecco piombare alle nostre spalle, sorpassandoci rapidissima col caratteristico fruscio soffocato che fa il motore della Lancia, una macchina, un tassì. È una Astura verde, sempre la stessa. Ogni martedì e venerdì mattina ci supera pressappoco alla medesima altezza di viale Cavour.

il nous paraissait si naturel, désormais, de voir ce wagon faire en quelque sorte office de Cercle Récréatif pour cheminots, que, au début, quand le docteur Fadigati se mit à venir deux fois par semaine à Bologne, prenant régulièrement un billet de seconde, au début, donc, nous n'y fîmes aucune attention et lui, nous ne le vîmes même pas.

Il n'en fut néanmoins que peu de temps ainsi.

Je ferme les yeux[1]. Je vois le grand espace asphalté du viale Cavour, entièrement désert du Château à la barrière de l'octroi, avec ses réverbères, disposés en longue perspective à une cinquantaine de mètres l'un de l'autre, encore tous allumés. Le wattman Aldrovandi, dont, de l'intérieur du tram, on ne peut apercevoir que le dos bossu et rageur, pousse au maximum son véhicule décrépit. Mais voici que, un peu avant que le tram ne soit arrivé à la barrière, voici que fonce derrière nous et nous double à toute vitesse, avec le caractéristique bruissement étouffé que fait un moteur de Lancia, une auto, un taxi. C'est une Astura verte, toujours la même. Chaque mardi et chaque vendredi matin, elle nous dépasse à peu près à la même hauteur, dans le viale Cavour.

---

1. *Chiudo gli occhi* : Bassani a souvent prétendu qu'il était possible de récupérer le passé. « Le passé n'est pas mort [...] Il ne meurt jamais. Plutôt, il s'éloigne, à chaque instant. Récupérer le passé est donc possible » (*L'odore del fieno, op. cit.*, p. 939).

Ed è così veloce, che quando noi, col nostro tram che beccheggia paurosamente nello sprint finale, irrompiamo nel piazzale della stazione, non soltanto ha già deposto il suo passeggero (un signore corpulento fornito di lobbia dal bordo bianco, di occhiali d'oro, di cappotto dal bavero di pelliccia), ma ha fatto manovra, e sta anzi ripartendo in direzione contraria alla nostra, verso il centro.

Chi sarà stato, di noi, a richiamare per primo la curiosità generale sul signore del tassì: sul signore piuttosto che sul tassì? È vero che in tram, con la bionda testa ricciuta riversa sulla spalliera di legno, per solito Deliliers dormiva. Eppure mi sembra proprio che sia stato lui, una mattina intorno alla metà di febbraio del '37, mentre varie mani, sempre un po' più numerose del necessario, si sporgevano attraverso lo sportello per aiutarlo a salire in treno, e lui si faceva sollevare quasi di peso, giurerei che sia stato proprio Deliliers ad annunciare che la seconda classe aveva trovato nel tipo dell'Astura un cliente fisso, fisso e pagante, e che questo tale era, nientemeno, il dottor Fadigati.

«Fadigati? Chi era costui?», chiese con aria stordita una delle ragazze: Bianca Sgarbi, per la precisione, la maggiore delle due sorelle Sgarbi (l'altra, Attilia, di tre anni più giovane e tuttora al liceo, all'inizio del '37 ancora non la conoscevo).

Et il va si vite, ce taxi, que lorsque nous autres, avec notre tram qui tangue dangereusement pendant le sprint final, nous faisons irruption sur l'esplanade de la gare, non seulement il a déjà déposé son passager (un monsieur corpulent, coiffé d'un feutre au rebord blanc, portant des lunettes d'or et vêtu d'un manteau à col de fourrure), mais il a aussi manœuvré et est même en train de repartir dans la direction contraire à la nôtre, vers le centre.

Quel peut bien être celui d'entre nous qui, le premier, attira la curiosité générale sur le monsieur du taxi : sur le monsieur, plutôt que sur le taxi ? Il est vrai que dans le tram, sa tête blonde et bouclée appuyée au dossier de bois, Deliliers dormait d'ordinaire. Et pourtant il me semble vraiment que c'est lui, un matin aux alentours de la mi-février 37, alors que plusieurs mains, toujours un peu plus nombreuses que nécessaire, se tendaient par la portière pour l'aider à monter dans le train et qu'il se laissait soulever presque comme une masse, je jurerais donc que c'est en réalité Deliliers qui annonça que le wagon de seconde avait trouvé en la personne du type de l'Astura un client fixe, fixe et payant, et que ce type n'était rien de moins que le docteur Fadigati lui-même.

« Fadigati ? Qui était-ce, celui-là ? » demanda d'un air ahuri l'une des filles : Bianca Sgarbi, pour être précis, l'aînée des deux sœurs Sgarbi (l'autre, Attilia, plus jeune de trois ans et encore au lycée, je ne la connaissais pas encore au début de 37).

La sua domanda fu accolta da grandi risate. Deliliers si era seduto e stava accendendosi una Nazionale. Aveva la mania di accendere le sigarette dalla parte della marca, attentissimo ogni volta a non sbagliare.

A quell'epoca Bianca Sgarbi, la quale faceva molto di malavoglia il terzo anno di Lettere, era quasi fidanzata con Nino Bottecchiari, il nipote dell'ex deputato socialista. Benché filassero assieme, non andavano troppo d'accordo. Esuberante di natura, e al tempo stesso quasi presaga del poco lieto futuro che attendeva i giovani della nostra generazione e lei in particolare (rimasta vedova di un ufficiale d'aviazione precipitato su Malta nel '42, con due figli maschi da crescere, la poverina è finita poi a Roma, impiegata avventizia al Ministero dell'Aeronautica), Bianca si mostrava insofferente di ogni legame, divertendosi a civettare con chiunque le facesse comodo, e passando in sostanza da un *flirt* all'altro.

«E allora si può sapere chi è?», insistette mollemente, piegata verso Deliliers che le sedeva di fronte.

Rannicchiato accanto a quest'ultimo nel posto d'angolo presso lo sportello, il povero Nino soffriva in silenzio.

«Oh, un vecchio finocchio», proferì infine Deliliers con calma, rialzando il capo e fissando la nostra compagna dritto negli occhi.

De grands éclats de rire accueillirent cette question. Deliliers s'était assis et était en train d'allumer une *Nazionale*. Il avait la manie d'allumer ses cigarettes du côté de la marque et faisait chaque fois très attention de ne pas se tromper.

À cette époque-là, Bianca Sgarbi, qui faisait très à contrecœur sa troisième année de Lettres, était presque fiancée à Nino Bottecchiari, le neveu de l'ex-député socialiste. Bien qu'ils se fréquentassent, ils ne s'entendaient guère. Exubérante de nature et comme présageant l'avenir peu joyeux qui attendait les jeunes gens de notre génération et elle en particulier (restée veuve d'un officier d'aviation abattu au-dessus de Malte en 42, avec deux garçons à élever, la pauvre a fini par échouer à Rome, comme employée temporaire au ministère de l'Aéronautique), Bianca se montrait intolérante de tout lien et, s'amusant à faire la coquette avec tous ceux qui lui plaisaient, elle passait pratiquement d'un flirt à l'autre.

« Et alors, peut-on savoir qui c'est ? » insista mollement Bianca, en se penchant vers Deliliers qui était assis en face d'elle.

Blotti près de ce dernier, dans le coin à côté de la portière, le pauvre Nino souffrait en silence.

« Oh, une vieille tante ! » déclara enfin Deliliers, avec calme, en levant la tête et en regardant notre camarade fixement dans les yeux.

Per qualche tempo continuò a star segregato durante l'intero tragitto nel vagone di seconda classe.

A turno, approfittando delle fermate che il treno faceva a San Giorgio di Piano o a San Pietro in Casale, qualcuno del nostro gruppo balzava a terra con l'incarico di comperare al bar della stazioncina qualcosa da mangiare : panini imbottiti di salame crudo appena insaccato, cioccolata con le mandorle che sapeva di sapone, biscotti Osvego mezzo ammuffiti. Volgendo lo sguardo al treno fermo, e passandolo poi da vagone a vagone, a un certo punto potevamo scorgere il dottor Fadigati che, da dietro lo spesso cristallo del suo scompartimento, osservava la gente attraversare i binari e affrettarsi verso le carrozze di terza.

## 5

Pendant quelque temps, il continua de rester isolé, dans son wagon de seconde classe, durant tout le trajet.

À tour de rôle, profitant des arrêts du train à San Giorgio di Piano ou à San Pietro in Casale, l'un d'entre nous sautait à terre avec pour mission d'acheter au bar de la petite gare quelque chose à manger : des sandwiches au saucisson cru, un saucisson qui venait tout juste d'être fait, du chocolat aux amandes qui avait goût de savon, des biscuits Osvego à demi moisis. En tournant la tête vers le train immobile et en le parcourant ensuite des yeux de wagon en wagon, on pouvait tout à coup apercevoir le docteur Fadigati qui, derrière la vitre épaisse de son compartiment, observait les gens qui traversaient les voies et se hâtaient vers les voitures de troisième.

Dall'espressione di invidia accorata del suo viso, dalle occhiate di rimpianto con le quali seguiva la piccola folla campagnola a noi così indigesta, pareva poco meno che un recluso : un confinato politico di riguardo, in viaggio di trasferimento a Ponza o alle Tremiti per restarci chissà quanto. Due o tre scompartimenti più in là, dietro un cristallo di uguale spessore, si distinguevano il capotreno e i suoi tre amici. Continuavano imperterriti a giocare a carte, a discutere tra loro fitto fitto, ridendo e agitando le mani.

Ben presto, però, come era da prevedersi, cominciammo a vederlo girellare per i vagoni di terza.

Lo sportello di comunicazione essendo chiuso a chiave, le prime volte, per farsi aprire (lo raccontò più tardi lui stesso), si era sempre presentato al controllore.

Metteva il capo dentro lo scompartimento-bisca.

« Scusino, signori », chiedeva, « potrei per favore passare in terza classe ? »

Ma li seccava, se ne era accorto subito. Precedendolo lungo il corridoio con la chiave in mano e col passo del carceriere, il controllore borbottava e soffiava senza riguardi. A un certo punto si era deciso a fare da sé. Attendeva la prima fermata, quella di Poggio Renatico.

---

1. *Confinato* : le terme fait allusion à la relégation *(confino)* que subissaient les opposants au régime fasciste, envoyés en général dans le sud de l'Italie pour plusieurs mois ou années.

À voir l'expression d'envie attristée de son visage et les regards de regret avec lesquels il suivait la petite foule campagnarde si indigeste pour nous autres, il avait presque l'air d'un détenu : d'un relégué politique de marque, en train d'être transféré à Ponza ou aux îles Tremiti[1], pour y rester Dieu sait combien de temps. Deux ou trois compartiments plus loin, derrière une vitre d'égale épaisseur, on distinguait le chef de train et ses trois amis. Imperturbables, ils continuaient de jouer aux cartes et de discuter avec animation, riant et agitant les mains.

Bientôt, pourtant, comme c'était à prévoir, nous commençâmes à le voir rôdailler dans les wagons de troisième.

La portière de communication étant fermée à clé, pour se faire ouvrir (il le raconta lui-même, plus tard), il devait chaque fois s'adresser au contrôleur.

Il passait la tête dans le compartiment-tripot.

« Pardon, messieurs, disait-il, pourrais-je, s'il vous plaît, passer en troisième classe ? »

Mais il les embêtait, il s'en était aperçu tout de suite. Le contrôleur le précédait le long du couloir, sa clé à la main, avançant d'un pas de geôlier, maugréant et ronchonnant sans le moindre égard. Aussi, à un certain moment, s'était-il décidé à se débrouiller tout seul. Il attendait le premier arrêt, celui de Poggio Renatico.

---

Parmi eux, Cesare Pavese, Carlo Levi, Curzio Malaparte. Ponza se trouve dans la mer Tyrrhénienne, les îles Tremiti dans l'Adriatique.

L'accelerato sostava da tre a cinque minuti. C'era tempo in abbondanza per scendere a terra e per risalire nel vagone immediatamente successivo.

Tuttavia non fu in treno che vennero stabiliti fra noi i primi contatti, direi proprio di no. Mi resta l'impressione che la cosa sia accaduta a Bologna, per istrada, anche se poi, come si vedrà qui di seguito, io non sappia indicare con sicurezza in quale strada precisa. (Forse in quei giorni fui assente da scuola, e la cosa mi venne variamente riferita dopo, dagli altri? Oppure sono io, a tanti anni di distanza, a non distinguere, a non ricordare con precisione?)

Può darsi che sia stato uscendo dalla stazione, mentre aspettavamo il tram di Mascarella. Siamo una decina e tutti quanti assieme, occupando buona parte della piattaforma tranviaria antistante al luogo di posteggio per le carrozze e per i tassì. Il sole scintilla sui cumuli di neve sporca che punteggiano a intervalli regolari il vasto piazzale. Il cielo sopra è d'un azzurro intenso, vibrante di luce.

E Fadigati, che sta aspettando anche lui il tram sulla medesima piattaforma (è sopraggiunto un momento fa, per ultimo), ad un tratto, per attaccare discorso, non trova di meglio che uscire in qualche osservazione sulla «giornata deliziosa, quasi primaverile», nonché sul tram di Mascarella il quale «se la prende così comoda che converrebbe in un certo senso andare a piedi».

L'omnibus y restait de trois à cinq minutes. Il y avait tout le temps de descendre sur le quai et de remonter dans le wagon suivant.

Malgré cela, je suis tenté de dire que non, que ce ne fut pas dans le train qu'eurent lieu les premiers contacts entre nous. Je garde l'impression que la chose se passa à Bologne, dans la rue, même si, comme on le verra ensuite, je suis incapable d'indiquer avec précision dans *quelle* rue exactement. (Peut-être, à ce moment-là, étais-je absent des cours, et peut-être le fait me fut-il diversement rapporté, ensuite, par les autres ? Ou bien est-ce tout simplement moi qui, à tant d'années de distance, suis incapable de préciser, de me rappeler avec exactitude ?)

Il se peut que cela se soit passé en sortant de la gare, tandis que nous attendions le tram de Mascarella. Nous sommes tous là, une dizaine, occupant une bonne partie de la plate-forme du tramway qui se trouve devant la station de voitures à cheval et de taxis. Le soleil brille sur les tas de neige sale qui ponctuent à intervalles réguliers la vaste esplanade. Le ciel, là-haut, est d'un bleu intense, vibrant de lumière.

Et Fadigati, qui attend lui aussi le tram sur la même plate-forme (il est arrivé le dernier, il y a un instant), ne trouve rien de mieux, tout à coup, pour engager la conversation, qu'une banale observation sur cette «journée délicieuse, presque printanière », et sur le tram de Mascarella, qui « en prend toujours tellement à son aise qu'en un certain sens on aurait presque intérêt à aller à pied ».

Sono frasi generiche, banali, dette a mezza voce e non rivolte ad alcuno di noi in particolare, ma a tutti in blocco e a nessuno : come se lui non ci conoscesse, o piuttosto non si azzardasse ad ammettere che ci conosce, neanche di vista. Ma alla fine basta che uno, imbarazzato dalla sua incertezza e dal sorriso nervoso col quale ha accompagnato le sue vaghe considerazioni sulla stagione e sul tram, gli risponda con un minimo di urbanità, chiamandolo «dottore». Allora salta subito fuori la verità : cioè che ci conosce tutti benissimo, lui, nomi e cognomi, nonostante il fatto che in pochi anni siamo diventati dei giovanotti. Sa esattamente di chi siamo figli. E come potrebbe non saperlo, come potrebbe essersene scordato, andiamo !, se da bambini, «all'età che i bambini di buona famiglia hanno sempre da combattere col mal di gola e col mal d'orecchi» — e ride —, ci ha visti, quale più quale meno, passare dal suo studio tutti quanti ?

Senonché spesso, invece che prendere il tram e filare spediti all'università, in via Zamboni, preferivamo risalire a piedi i portici di via Indipendenza, su su fino al centro. Era raro che Deliliers ci fosse. Appena fuori dalla stazione, tagliava la corda per conto suo, e prima dell'indomani mattina nessuno, in genere, lo rivedeva più : né all'università, né in trattoria, né altrove. Sgranati in ordine sparso lungo il marciapiede, gli altri però c'erano sempre tutti.

Ce sont des phrases vagues, banales, dites à mi-voix et sans qu'il s'adresse à aucun de nous en particulier, mais bien à tous en bloc et à personne : comme s'il ne nous connaissait pas ou plutôt comme s'il ne se hasardait pas à admettre qu'il nous connaît, même de vue. Mais, finalement, il suffit que quelqu'un, gêné par son attitude hésitante et par le sourire nerveux dont il a accompagné ses vagues considérations sur la saison et sur le tram, lui réponde avec un minimum d'urbanité et l'appelle « docteur ». Alors, sur-le-champ, éclate la vérité : c'est-à-dire que lui nous connaît tous très bien, qu'il connaît nos noms et prénoms, malgré le fait que, en quelques années, nous soyons devenus des jeunes gens. Il sait exactement qui sont nos parents. Et comment pourrait-il ne pas le savoir, comment pourrait-il l'avoir oublié, voyons ! quand, depuis notre enfance, « depuis l'âge où les enfants de bonne famille ont toujours à lutter contre les maux de gorge et d'oreilles » — et il rit — il nous a tous plus ou moins vus défiler un par un dans son cabinet ?

Mais souvent, au lieu de prendre le tram et d'aller directement à l'Université, via Zamboni, nous préférions remonter à pied jusqu'au centre, par les arcades de la via Indipendenza. Il était rare que Deliliers nous accompagnât. À peine sorti de la gare, il filait de son côté, et personne ne le revoyait plus : ni à l'Université, ni au restaurant, ni ailleurs, avant le lendemain matin. Mais les autres, égrenés en ordre dispersé sur le trottoir, les autres pourtant étaient toujours là.

C'era Nino Bottecchiari, che studiava legge, ma per via di Bianca Sgarbi bazzicava assai spesso i corridoi e le aule della Facoltà di lettere, sorbendosi con pazienza le lezioni più indigeste : da quella di grammatica latina a quella di biblioteconomia. C'era Bianca, in basco blu e pellicciotto di coniglio corto ai fianchi, ora a braccetto con uno ora con l'altro : quasi mai con Nino, e solo per litigarci. C'erano Sergio Pavani, Otello Forti, Giovannino Piazza, Enrico Sangiuliano, Vittorio Molon : chi studente di agraria, chi di medicina, chi di scienze economiche e commerciali. E infine, unico studente in lettere della compagnia (a parte Bianca Sgarbi), infine c'ero io.

Ebbene, non è impossibile che una mattina di queste, mentre camminiamo lungo gli interminabili portici di via Indipendenza, alti e bui come navate di chiesa, fermandoci ogni tanto davanti a una vetrina di articoli sportivi, presso un chiosco di giornali, confondendoci magari alla gente che, attratta e come ipnotizzata dalla fiamma ossidrica, si assiepa in silenzio attorno a una squadra di operai intenti ad aggiustare una rotaia della linea tranviaria,

Il y avait Nino Bottecchiari qui faisait son droit, mais qui, à cause de Bianca Sgarbi, hantait continuellement les couloirs et les amphis de la Faculté des Lettres, absorbant patiemment les cours les plus indigestes, de ceux de grammaire latine à ceux de « bibliothéconomie ». Il y avait Bianca, coiffée d'un béret bleu et vêtue d'une veste courte en lapin, tantôt au bras de l'un et tantôt au bras de l'autre : presque jamais à celui de Nino, et alors seulement pour se disputer avec lui. Il y avait Sergio Pavani, Otello Forti, Giovannino Piazza, Enrico Sangiuliano, Vittorio Molon : l'un inscrit à l'Institut d'Agronomie, l'autre à la Faculté de Médecine, et un autre encore aux Sciences économiques et commerciales. Et enfin, seul étudiant en lettres du groupe (mise à part Bianca Sgarbi), enfin, il y avait moi.

Eh bien, il n'est pas impossible que l'un de ces matins, alors que nous marchions sous les interminables arcades de la via Indipendenza, hautes et sombres comme des nefs d'église, nous arrêtant de temps en temps devant une vitrine d'articles de sport, ou près d'un kiosque à journaux, ou nous mêlant peut-être aux gens qui, attirés et comme hypnotisés par la flamme d'un chalumeau oxhydrique, s'attroupent en silence autour d'une équipe d'ouvriers en train de réparer un rail de la ligne de tramways ;

non è affatto impossibile, dicevo, che una di queste mattine di tardo inverno, quando ogni pretesto sembra buono per rinviare il momento di chiudersi dentro un'aula scolastica, il dottor Fadigati, che da tempo ci seguiva, venga d'un tratto ad affiancarsi a qualcuno di noi : a Nino Bottecchiari e a Bianca Sgarbi, per esempio, che un poco in disparte, ma incuranti come al solito di farsi sentire, non la piantano un solo istante di discutere e litigare.

Ronzandoci, per così dire, continuamente attorno, Fadigati ci ha seguiti finora passo passo. Ce ne siamo accorti benissimo. Sogghignando, dandoci di gomito, ne abbiamo anche parlato.

All'improvviso, eccolo affiancarsi a Nino e Bianca, raschiarsi la gola.

Con la voce neutra, col tono impersonale che adopera sempre, si vede, quando abborda degli sconosciuti dai quali non sa che accoglienza aspettarsi, lo si sente dire qualcosa.

«Fate i bravi, ragazzi!», ammonisce : e anche stavolta è proprio come se parlasse sopratutto all'aria, non a qualcuno di determinato.

Ma poi, girando verso Bianca uno sguardo timido, esitante, eppure in qualche modo complice, scontrosamente complice e solidale :

«E lei sia buona, signorina», aggiunge, «sia un po' più arrendevole. Tocca alla donna, non lo sa?»

Scherza, non intende che scherzare. Bianca scoppia a ridere. Anche Nino ride.

il n'est nullement impossible, disais-je, que l'un de ces matins de fin d'hiver, où tout prétexte semble bon pour retarder le moment de s'enfermer dans une salle de faculté, le docteur Fadigati, qui nous suivait depuis longtemps, se soit tout à coup rapproché de certains d'entre nous : de Nino Bottecchiari et de Bianca Sgarbi, par exemple, qui, un peu à l'écart, mais comme toujours insoucieux d'être entendus, discutent et se chamaillent sans arrêt.

Fadigati nous a suivis pas à pas jusqu'à maintenant, rôdant, pour ainsi dire, continuellement autour de nous. Nous nous en sommes bien aperçus. Ricanant et nous donnant des coups de coude, nous en avons même parlé.

Tout à coup, il s'approche de Nino et de Bianca, et il se racle la gorge.

D'une voix neutre et du ton impersonnel qu'il adopte toujours, c'est évident, quand il aborde des inconnus dont il ne sait quel accueil attendre, on l'entend qui dit quelque chose.

« Allons, les enfants, soyez gentils ! » les gronde-t-il : et cette fois-ci également, c'est comme s'il parlait surtout en l'air et non à des personnes précises.

Mais ensuite, jetant vers Bianca un regard timide, hésitant, et pourtant en quelque sorte complice, sévèrement complice et solidaire :

« Et vous, mademoiselle, ajoute-t-il, soyez gentille, soyez un peu plus conciliante. C'est le rôle des femmes, vous ne le savez donc pas ? »

Il plaisante, il ne veut que plaisanter. Bianca éclate de rire. Nino rit, lui aussi.

Chiacchierando del più e del meno, arriviamo quindi tutti insieme fino a piazza del Nettuno. Anzi. Prima di separarci dobbiamo accettare per forza un caffè.

Insomma diventiamo amici : se è vero in ogni caso che d'ora in avanti, cioè fin dall'aprile del '37, nei due o tre scompartimenti di terza classe dentro i quali usiamo asserragliarci (già verde, la campagna scorre fresca e luminosa nel riquadro del finestrino), il martedì e il venerdì mattina ci sarà sempre un posto anche per il dottor Fadigati.

Et alors, ensemble, bavardant de choses et d'autres, nous arrivons piazza del Nettuno. Et même : avant de nous séparer, nous sommes forcés d'accepter un café.

Bref, nous devenons amis : dans la mesure, en tout cas, où, à partir d'avril 37, dans les deux ou trois compartiments de troisième classe où nous avions coutume de nous barricader (la campagne, déjà verte, défile, fraîche et lumineuse, dans le rectangle de la fenêtre), il va toujours y avoir, le mardi et le vendredi matin, une place également pour le docteur Fadigati.

# 6

Si era messo in testa di prendere la libera docenza — disse — : per questo motivo, «non per altro», veniva a Bologna due volte la settimana. Ma adesso che aveva trovato dei compagni di viaggio, spostarsi bisettimanalmente non gli pesava più tanto.

Sedeva tranquillo al suo posto. Si limitava ad assistere alle nostre quotidiane discussioni, che spaziavano dallo sport alla politica, dalla letteratura e dall'arte alla filosofia, e toccavano talora perfino il tema dei sentimenti, o, addirittura, dei rapporti «esclusivamente erotici», lasciando cadere ogni tanto una parola, guardandoci dal suo sedile con occhio paterno e indulgente. Di molti di noi era, in certo senso, amico di famiglia : i nostri genitori frequentavano il suo studio di via Gorgadello da quasi venti anni. Era di sicuro anche a loro che pensava, guardandoci.

Sapeva che *sapevamo*? Forse no, forse su questo punto si illudeva ancora.

# 6

Il s'était mis en tête, dit-il, de passer son agrégation : c'est pour cela, « et pour rien d'autre », qu'il venait deux fois par semaine à Bologne. Mais maintenant qu'il avait trouvé des compagnons de voyage, ces déplacements bihebdomadaires ne lui pesaient plus autant.

Il restait tranquillement assis dans un coin. Il se bornait à assister à nos discussions quotidiennes, lesquelles allaient du sport à la politique, de la littérature et de l'art à la philosophie et concernaient même parfois le thème des sentiments, voire des rapports « strictement érotiques », et, de temps en temps, il laissait tomber un mot, nous regardant, de sa place, d'un œil paternel et indulgent. En un certain sens, c'était pour beaucoup d'entre nous un ami de la famille ; nos parents fréquentaient depuis presque vingt ans son cabinet de la via Gorgadello. Sans nul doute, c'est à eux aussi qu'il pensait, en nous regardant.

Savait-il que nous *savions* ? Peut-être que non, peut-être se faisait-il encore des illusions sur ce point.

Nel suo contegno, comunque, nell'educato e preoccupato riserbo che si sforzava di mantenere, era fin troppo facile leggere il fermo proposito di comportarsi come se niente di sé fosse mai trapelato in città. Per noi, soprattutto per noi, lui doveva restare il dottor Fadigati di una volta, quando, da bambini, vedevamo il suo largo viso, seminascosto dietro il tondo specchio frontale, piegarsi e incombere sul nostro viso. Se al mondo esistevano delle persone con le quali lui dovesse cercare di tenersi su, queste eravamo proprio noi.

Veduta da vicino, d'altra parte, la sua faccia non risultava granché cambiata. Quei dieci, dodici anni che ormai ci separavano dall'età delle tonsilliti, delle otiti, delle vegetazioni adenoidee, non avevano lasciato sul suo volto che tracce molto leggere. Aveva fatto le tempie grige, ecco. Ma basta. Forse un po' più grasse e cascanti, le sue guancie apparivano dello stesso colore terreo di un tempo. La pelle che le ricopriva, grossa, glabra, coi pori evidenti, dava sempre la medesima impressione del cuoio, del cuoio ben conciato. No, per questo eravamo molto più cambiati noi, al confronto : noi che di sfuggita, assurdamente (mentre lui, magari, tirava fuori dalla tasca del soprabito il «Corriere della Sera», e quieto e bonario si metteva a leggerlo nel suo angolo), venivamo cercando su quel suo volto familiare le prove, i segni, starei per dire le macchie visibili del suo vizio, del suo peccato.

Col tempo tuttavia prese confidenza, cominciò a parlare un poco di più.

Dans son attitude, en tout cas, dans la réserve courtoise et inquiète qu'il s'efforçait de maintenir, il n'était que trop facile de lire le ferme propos de se comporter comme si rien, le concernant, n'eût jamais transpiré en ville. Pour nous, surtout pour nous, il fallait qu'il continuât d'être le docteur Fadigati de jadis, du temps où, quand nous étions enfants, nous voyions son large visage, à demi caché derrière le cercle du miroir frontal, se pencher et planer au-dessus du nôtre. S'il existait en ce monde des êtres devant qui il lui fallait préserver sa réputation, c'était bien nous.

D'ailleurs, vu de près, son visage n'avait guère changé. Ces dix ou douze années qui nous séparaient maintenant de l'âge des angines, des otites et des végétations, n'avaient laissé sur ses traits que des traces très légères. Il avait les tempes grises, voilà tout. Mais sans plus ! Ses joues, peut-être un peu plus grasses et tombantes, étaient de la même teinte terreuse qu'autrefois. La peau qui les recouvrait, rude et glabre, avec ses pores très visibles, donnait toujours cette même impression de cuir, de cuir bien tanné. Non, quant à cela, par comparaison, nous avions, nous, beaucoup plus changé : nous qui, furtivement, absurdement (cependant que lui, peut-être, tirait de la poche de son manteau le *Corriere della Sera* et se mettait à le lire, dans son coin, calme et débonnaire), cherchions sur ce visage familier les preuves, les marques, et je dirais presque les souillures visibles de son vice, de son péché.

Avec le temps, néanmoins, il prit confiance et se mit à parler un peu plus.

Dopo una corta primavera, l'estate era sopraggiunta quasi di colpo. Anche la mattina presto faceva caldo. Fuori, il verde della campagna bolognese si era fatto più cupo, più ricco. Nei campi delimitati dai filari dei gelsi la canapa si mostrava già alta, il grano imbiondiva.

«Mi sembra di essere tornato studente», ripeteva spesso Fadigati, guardando di là dal vetro del finestrino. «Mi sembra di essere tornato ai tempi di quando anch'io viaggiavo ogni giorno tra Venezia e Padova...»

Era successo prima della guerra — raccontò —, fra il '10 e il '15.

Studiava medicina a Padova, e per due anni aveva fatto la spola quotidiana fra le due città; proprio come la facevamo noi adesso tra Ferrara e Bologna. A partire dal terzo anno, però, i suoi genitori, continuamente in ansia per il suo cuore, avevano preteso che si stabilisse a Padova, in una stanza d'affitto. E così, nei tre anni successivi (si era laureato nel '15 col «grande» Arslan : 110 e lode), aveva condotto in confronto a prima vita abbastanza sedentaria. In famiglia ci passava soltanto due giorni per settimana : il sabato e la domenica.

Après un court printemps, l'été était arrivé presque d'un coup. Il faisait chaud, même le matin de bonne heure. Dehors, le vert de la campagne bolonaise était devenu plus sombre, plus riche. Dans les champs délimités par les rangées de mûriers, le chanvre était déjà haut et le blé jaunissait.

« J'ai l'impression d'être de nouveau étudiant », répétait souvent Fadigati, en regardant au-dehors par la vitre du compartiment. « J'ai l'impression d'être revenu à l'époque où j'allais et venais chaque jour, moi aussi, entre Venise et Padoue... »

C'était avant la guerre, raconta-t-il, entre 1910 et 1915.

Il faisait sa médecine à Padoue et, pendant deux ans, il avait fait quotidiennement la navette entre les deux villes, tout comme nous la faisions, nous autres, entre Ferrare et Bologne. À partir de la troisième année, néanmoins, ses parents, toujours inquiets à cause de son cœur, avaient voulu qu'il s'installât à Padoue, dans une chambre meublée. Et ainsi, pendant les trois années suivantes (il avait été reçu docteur en médecine en 15, en même temps que le « grand » Arslan : 110 et félicitations du jury[1]), il avait mené une vie qui, comparée à celle d'avant, était relativement sédentaire. Il ne passait que deux jours par semaine en famille : le samedi et le dimanche.

---

1. *Cento dieci e lode* : le passage de la thèse comporte onze épreuves notées sur 10 ; la formule classique du succès est : 110 avec félicitations (du jury).

A quel tempo Venezia non era certo una città allegra, la domenica, soprattutto d'inverno. Ma Padova, con quei suoi lugubri, neri portici, invasi perennemente da uno strano odore di carne di manzo bollita!... Rientrare a Padova in treno, ogni domenica sera, gli costava sempre una fatica enorme, doveva farsi forza.

« Chissà lei, dottore, che sgobbone sarà stato! », esclamò una volta Bianca che, tanta era l'abitudine, faceva la civetta anche con Fadigati.

Non le rispose, limitandosi a sorriderle con gentilezza.

« Al giorno d'oggi avete la partita, il cinema, sani passatempi di ogni specie », disse poi. « Sapete qual era la principale risorsa della domenica per la gioventù dell'epoca mia ? Le sale da ballo! »

Storse la bocca, come se avesse evocato luoghi ben altrimenti abominevoli. Aggiungendo subito dopo che a Venezia per lo meno lui aveva la casa, il papà e la mamma, soprattutto la mamma : gli « affetti » più sacri, insomma.

Come l'aveva adorata — sospirava —, la sua povera mamma!

Intelligente, colta, bella, pia : in lei si assommavano tutte le virtù. Una mattina, anzi, e per la commozione gli occhi gli si inumidirono, estrasse dal portafoglio una fotografia che circolò di mano in mano. Si trattava di un piccolo ovale sbiadito.

Venise, à cette époque, n'était certainement pas une ville gaie, le dimanche et surtout en hiver. Mais Padoue, avec ses lugubres et noires arcades, envahies continûment par une étrange odeur de pot-au-feu !... Il avait énormément de mal à rentrer à Padoue en train, chaque dimanche soir, il devait se forcer.

«Dieu sait, docteur, le bûcheur[1] que vous avez dû être !» s'écria un jour Bianca, qui, telle est la force de l'habitude, jouait les coquettes même avec Fadigati.

Il ne lui répondit pas, se bornant à lui sourire avec gentillesse.

«Aujourd'hui, dit-il ensuite, vous avez le football, le cinéma et toutes sortes de divertissements sains. Vous savez quelle était, de mon temps, pour la jeunesse, la principale ressource du dimanche ? Les dancings !»

Il fit une grimace, comme s'il venait d'évoquer des lieux bien autrement abominables. Ajoutant tout de suite qu'à Venise, du moins, il avait un foyer, son père et sa mère, surtout sa mère : bref, ses «affections» les plus sacrées.

Comme il l'avait adorée, soupirait-il, sa pauvre mère !

Intelligente, cultivée, belle et pieuse : toutes les vertus étaient résumées en elle. Un matin, même, et d'émotion ses yeux se mouillèrent de larmes, il tira de son portefeuille une photographie qui circula aussitôt de main en main. Il s'agissait d'un petit ovale pâli.

1. *Sgobbone* : de *gobba*, bosse.

119

Ritraeva una donna in abito ottocentesco, di mezza età : dall'espressione soave, senza dubbio, ma nel complesso piuttosto insignificante.

Vittorio Molon era l'unico fra noi la cui famiglia non fosse ferrarese. Proprietari agricoli di Fratta Polesine, i Molon si erano trasferiti di qua dal Po da cinque o sei anni soltanto. E si sentiva : perché Vittorio, specie quando parlava in italiano, conservava in pieno la cadenza veneta.

Un giorno Fadigati gli chiese se per caso «loro» fossero di Padova.

«Gliel'ho chiesto», spiegò, «perché quando ci vivevo io, a Padova, stavo a dozzina da una vedova che si chiamava Molon, Elsa Molon. La casetta di questa signora Molon si trovava in via San Francesco, nei pressi dell'università, e dava, dietro, su un grande orto. Che vita, facevo! A Padova non avevo parenti, non amici, nemmeno tra i compagni di scuola.»

Dopodiché, apparentemente divagando (ma fu la sola volta che aprì uno spiraglio sulla sua notevole cultura letteraria : come se, anche da questo lato, si fosse imposto un preciso riserbo), cominciò a parlare di una novella di non sapeva più quale scrittore inglese o americano dell'Ottocento, ambientata appunto a Padova verso la fine del XVI secolo.

Le portrait d'une femme entre deux âges, vêtue comme au XIXᵉ, à l'expression douce, certes, mais dans l'ensemble plutôt insignifiante.

Vittorio Molon était le seul d'entre nous dont la famille ne fût pas de Ferrare. Propriétaires agricoles de Fratta Polesine, les Molon ne s'étaient transférés de ce côte-ci du Pô que depuis cinq ou six ans. Et cela s'entendait : car Vittorio, surtout quand il parlait italien, conservait entièrement l'accentuation de Vénétie.

Un jour, Fadigati lui demanda si, par hasard, « ils » n'étaient pas de Padoue.

« Je lui ai demandé cela, expliqua-t-il, parce que lorsque moi, j'habitais Padoue, je prenais pension chez une veuve qui s'appelait Molon, Elsa Molon. La petite maison de cette dame Molon se trouvait via San Francesco, à proximité de l'Université et elle donnait, par-derrière, sur un grand potager. Quelle vie je menais ! À Padoue, je n'avais ni parents ni amis, même parmi mes camarades d'université. »

Après quoi, changeant apparemment de sujet (mais ce fut la seule fois où il nous laissa entrevoir sa remarquable culture littéraire : comme si, en cela aussi, il s'était imposé une réserve précise), il se mit à parler d'une nouvelle d'il ne savait plus quel écrivain anglais ou américain du XIXᵉ siècle qui se situait justement à Padoue, vers la fin du XVIᵉ siècle[1].

---

1. Il s'agit de la nouvelle de Nathaniel Hawthorne, *Rappaccini's Daughter* (1844). Voir préface, p. 21.

«Protagonista della novella», disse, «è uno studente, uno studente solitario come ero io trent'anni fa. Come me, vive in una stanza d'affitto che dà su un orto vastissimo, pieno di alberi velenosi...»

«Velenosi?!», lo interruppe Bianca, spalancando gli occhi celesti.

«Sì, velenosi», annuì.

«Ma l'orto su cui si apriva la mia finestra», continuò, «non era affatto avvelenato: si rassicuri, signorina. Era une orto molto normale, coltivato alla perfezione da una famiglia di contadini, certi Scagnellato, che abitava in una casupola addossata all'abside della chiesa di San Francesco. Io vi scendevo spesso a passeggiare, con un libro in mano: specie nei tardi pomeriggi di luglio, sotto gli esami. Gli Scagnellato, che mi invitavano sovente a cena, erano l'unica famiglia padovana della quale fossi diventato intimo. Avevano due figli: due bei ragazzi, così vivi e simpatici, così... Lavoravano fra le piante e i seminati fino a che non ci si vedeva più. A quell'ora annaffiavano, in genere. Ah, il buon odore di letame!»

L'aria dello scompartimento era grigia del fumo delle nostre Nazionali. Ma lui l'aspirava a pieni polmoni, socchiudendo le palpebre dietro le lenti e dilatando le narici del grosso naso.

Seguì un silenzio abbastanza prolungato e oppressivo. Deliliers aprì gli occhi, sbadigliò rumorosamente.

«Buono l'odore del letame?», diceva frattanto Bianca, con una risatina nervosa. «Che idea!»

« Le protagoniste de cette nouvelle est un étudiant solitaire comme je l'étais moi-même il y a trente ans, dit-il. Comme moi, il habite une chambre meublée qui donne sur un grand potager, plein d'arbres vénéneux…

— Vénéneux ? ! l'interrompit Bianca en écarquillant ses yeux bleus.

— Oui, confirma-t-il, vénéneux.

« Mais le verger sur lequel s'ouvrait ma fenêtre, continua-t-il, n'était nullement vénéneux, rassurez-vous, mademoiselle. C'était un verger très normal, cultivé à la perfection par une famille de paysans, les Scagnellato, qui habitaient une masure adossée à l'abside de l'église San Francesco. Moi, j'y descendais souvent me promener, un livre à la main : en particulier, les fins d'après-midi de juillet, à l'époque des examens. Les Scagnellato, qui m'invitaient souvent à dîner, étaient l'unique famille de Padoue avec laquelle je fusse devenu intime. Ils avaient deux enfants : deux beaux garçons, si vivants et si sympathiques, si… Ils travaillaient, plantant et ensemençant, aussi longtemps qu'on y voyait clair. À cette heure-là, en général, ils arrosaient. Ah, la bonne odeur de fumier ! »

L'air de notre compartiment était gris de la fumée de nos *Nazionali*. Mais il l'aspirait à pleins poumons, fermant à demi les yeux derrière ses lunettes et dilatant les narines de son gros nez.

Un silence assez prolongé et oppressant suivit. Deliliers ouvrit les yeux et bâilla bruyamment.

« Bonne, l'odeur de fumier ? » disait pendant ce temps Bianca, avec un petit rire nerveux. « Quelle idée ! »

Sporgendo il capo, Deliliers lasciò cadere su Fadigati, di traverso, un'occhiata piena di disprezzo.

«Lasci stare il letame, dottore», sogghignò, «e ci parli piuttosto di quei due ragazzi dell'orto che le piacevano tanto. Che cosa ci faceva, insieme?»

Fadigati sussultò. Come se fosse stata colpita all'improvviso da uno schiaffo potentissimo, la sua larga faccia marrone si deformò sotto i nostri occhi in una smorfia dolorosa.

«Eh?... Come?...», balbettava.

Disgustato, Deliliers si alzò. Apertasi la strada fra le nostre gambe, uscì nel corridoio.

«Il solito villano!», sbuffò Bianca, toccandosi un ginocchio.

Lanciò a Deliliers, esiliatosi in piedi nel corridoio, di là dalla porta a vetri, uno sguardo di disapprovazione. E quindi, rivolta a Fadigati:

«Perché non finisce di raccontare la novella?», propose con gentilezza.

Lui non volle, tuttavia, per quanto Bianca insistesse. Protestò di non ricordarne bene l'intreccio. E inoltre — concluse, con una sfumatura di malinconica galanteria che suonò particolarmente sforzata —, per qual ragione ci teneva tanto a sentire una storia che finiva, poteva assicurarglielo, così male?

Un attimo solo di abbandono gli era costato caro. Adesso, si capisce, temeva il ridicolo più che mai.

Avançant la tête, Deliliers laissa tomber sur Fadigati, de biais, un coup d'œil plein de mépris.

«Laissez donc le fumier tranquille, docteur, ricana-t-il, et parlez-nous plutôt de ces deux garçons du potager qui vous plaisaient tant. Qu'est-ce que vous faisiez avec eux?»

Fadigati sursauta. Comme s'il venait d'être brusquement frappé d'une gifle très violente, son large visage brun se déforma, sous nos yeux, en une grimace douloureuse.

«Hein?... Comment?...» balbutiait-il.

L'air dégoûté, Deliliers se leva. Se frayant un chemin entre nos jambes, il gagna le couloir.

«Toujours aussi mufle!» grogna Bianca, en se frottant un genou.

Elle lança à Deliliers, qui s'était exilé dans le couloir et qui était debout de l'autre côté de la porte vitrée, un regard de désapprobation. Et puis, se tournant vers Fadigati:

«Pourquoi n'achevez-vous pas de raconter la nouvelle?» proposa-t-elle gentiment.

Mais Bianca eut beau insister, il s'y refusa. Il prétexta qu'il ne s'en rappelait plus exactement l'intrigue. Et en outre, conclut-il, avec une nuance de mélancolique galanterie qui eut un son particulièrement forcé, pour quelle raison tenait-elle tant à connaître une histoire qui finissait, il pouvait le lui assurer, si mal?

Un seul instant d'abandon lui avait coûté cher. À présent, cela se comprend, il redoutait plus que jamais le ridicule.

# 7

Si accontentava di niente, in fondo, o almeno così sembrava. Più che restare lì, nel nostro scompartimento di terza classe, con l'aria del vecchio che si scalda in silenzio davanti a un bel fuoco, altro non pretendeva.

A Bologna, per esempio, non appena fossimo usciti nel piazzale di fronte alla stazione, lui saliva su un tassì, e via. Dopo una volta o due, all'inizio, che venne con noi fino all'università, non successe mai che ce lo trovassimo vicino senza sapere come liberarcene. Conosceva bene, perché glielo avevamo detto, le trattorie a buon mercato dove intorno all'una avrebbe potuto raggiungerci : alla *Stella del Nord*, in Strada Maggiore, o da *Gigino*, ai piedi delle due Torri, o alla *Gallina Faraona*, in San Vitale. Tuttavia non vi capitò mai. Un pomeriggio, entrando in un locale di via Zamboni per giocare a boccette, lo scorgemmo seduto a un tavolino in disparte, con davanti un caffè e un bicchier d'acqua, e immerso nella lettura di un giornale.

# 7

Il se contentait de peu, au fond, ou du moins il en avait l'air. Rester là, dans notre compartiment de troisième classe, l'air d'un vieillard qui se chauffe en silence devant un bon feu, il ne demandait pas plus.

À Bologne, par exemple, à peine débouchions-nous sur l'esplanade devant la gare, qu'il sautait dans un taxi et disparaissait. Après qu'il nous eut accompagnés une ou deux fois, au début, jusqu'à l'Université, il ne nous arriva plus jamais de le trouver près de nous et de ne pas savoir comment nous en débarrasser. Il connaissait bien, car nous lui en avions parlé, les restaurants bon marché où, aux alentours d'une heure, il eût pu nous rejoindre : l'*Étoile du Nord*, strada Maggiore, chez *Gigino*, au pied des deux Tours, ou la *Pintade*, via San Vitale. Néanmoins, il n'y vint jamais. Entrant dans un café de la via Zamboni, un après-midi, pour jouer au billard, nous l'aperçûmes assis à une table, à l'écart, un café et un verre d'eau devant lui, plongé dans la lecture d'un journal.

Si accorse subito di noi, certo. Ma finse di no; e anzi, dopo qualche minuto, chiamò il cameriere con un cenno, pagò, scivolando quindi fuori alla chetichella.

Non era insomma né indiscreto né noioso.

Eppure, a poco a poco, nonostante che, grosso come era, si rannicchiasse a tal punto sulla panca di legno dello scompartimento fino a occuparne anche meno dell'ottava parte, a poco a poco, senza volerlo, cominciammo pressoché tutti a mancargli di rispetto.

Per la verità fu di nuovo lui a sbagliare: quando una mattina, mentre il treno sostava a San Pietro in Casale, d'un tratto volle scendere a procurarci i soliti panini e biscotti al bar della stazione. «Tocca a me», aveva dichiarato, e non c'era stato verso di trattenerlo.

Lo vedemmo dunque, dal treno, attraversare goffo i binari. C'era da scommetterlo che si sarebbe dimenticato quanti panini doveva comperare e quanti pacchetti di biscotti. E difatti si verificò puntualmente proprio questo: col seguito di noi a spenzolarci come coscritti ubriachi dal finestrino e a dargli di lontano, urlando e sghignazzando senza ritegno, gli ordini più contraddittorî, e di lui sempre più confuso e affannato via via che i minuti passavano, tanto che per un pelo non restava a terra.

Il nous vit tout de suite, c'est certain. Mais il feignit de ne pas nous avoir vus; et même, au bout de quelques instants, il appela le garçon d'un signe, paya et fila en catimini.

Il n'était, en somme, ni indiscret ni ennuyeux.

Et pourtant, peu à peu, bien que, gros comme il l'était, il se tassât tellement sur la banquette de bois du compartiment qu'il en occupait à peine la huitième partie, peu à peu, sans le vouloir, nous commençâmes presque tous à lui manquer de respect.

À la vérité, ce fut de nouveau lui qui commit une erreur : quand, un matin, alors que le train était en gare de San Pietro in Casale, il décida tout à coup de descendre pour aller nous chercher les habituels sandwiches et biscuits au bar de la gare. «C'est mon tour», déclara-t-il, et il n'y eut pas moyen de le retenir.

Du train, nous le vîmes donc traverser gauchement les voies. Il y avait gros à parier qu'il allait oublier combien de sandwiches et combien de paquets de biscuits il devait acheter. Et, en effet, c'est exactement ce qui se passa. Et le résultat fut que, nous penchant à la portière comme des conscrits soûls, nous lui donnâmes de loin, en hurlant et en ricanant sans retenue, les ordres les plus contradictoires : si bien qu'il s'en fallut de peu que lui, qui, au fur et à mesure que les minutes s'écoulaient, était de plus en plus troublé et affolé, ne restât sur le quai.

Dirò poi di Deliliers, che non gli rivolgeva mai la parola, affliggendolo ogni volta che gli capitava con trasparenti allusioni, con brutali doppisensi. Ma lo stesso Nino Bottecchiari, al quale da bambino aveva levato le tonsille ed era il solo a cui desse del tu, prese a trattarlo freddamente. E lui? Era strano a vedersi, e anche penoso : più Nino e Deliliers moltiplicavano le sgarberie nei suoi confronti, e più lui si agitava nel vano tentativo di riuscire simpatico. Per una parola buona, uno sguardo di consenso, un sorriso divertito che gli fossero venuti dai due, avrebbe fatto davvero qualsiasi cosa.

Con Nino, che era a giudizio unanime l'intellettuale del gruppo, e l'anno precedente aveva partecipato a Venezia ai Littoriali della Cultura e dell'Arte (si era classificato quinto in Dottrina del Fascismo, e secondo assoluto in Critica cinematografica), cercava di intavolare discussioni che dessero modo al nostro compagno di brillare : sul cinema, appunto, e perfino sulla politica, sebbene di politica, come precisò più volte, lui non se ne intendesse granché.

Ma era sfortunato. Non ne azzeccava una.

1. *Littoriali della Cultura* (de *littorio*, qui appartient au licteur, magistrat de la Rome ancienne, équivalent de *fascio*, à l'époque) : ces concours annuels organisés de 1934 à 1940, auxquels participaient les meilleurs étudiants, furent un banc d'essai pour les écrivains qui allaient se révéler antifascistes

Je parlerai plus tard de Deliliers, qui ne lui adressait jamais la parole mais toutes les fois que l'occasion s'en présentait, le gratifiait d'allusions transparentes et de grossiers sous-entendus. Mais Nino Bottecchiari lui-même, qu'il avait opéré enfant des amygdales et qui était le seul d'entre nous qu'il tutoyât, se mit à le traiter froidement. Et lui ? C'était étrange à voir, et même pénible : plus Nino et Deliliers multipliaient les grossièretés à son égard, plus il se livrait à de vaines tentatives pour leur être sympathique. Pour un mot gentil, un regard approbateur, un sourire amusé venant de ces deux-là, il eût vraiment fait n'importe quoi.

Avec Nino, qui, de l'avis unanime, était l'intellectuel de notre groupe et qui avait participé l'année précédente aux Littoriales de Culture et d'Art[1] à Venise (il s'était classé cinquième en Doctrine du fascisme et second sans ex-aequo en Critique cinématographique), il essayait d'engager des discussions qui permissent à notre camarade de briller : sur le cinéma, justement, et même sur la politique —, encore qu'en politique, comme il le précisa plusieurs fois, il ne comprît pas grand-chose.

Mais il n'avait pas de chance. Il ratait toujours son but.

---

par la suite. Bassani lui-même concourut aux *littoriali* de la Culture dans la section Littérature (1936) et Poésie où il est classé sixième (1937) ; son ami Antonioni fut sélectionné dans la section Cinéma en 1935 et 1937.

Cominciava a discorrere di cinema (qui se ne intendeva : erano anni, fra l'altro, che passava le serate nei cinema!), e Nino gli dava subito addosso con urla isteriche, come se non gli riconoscesse nemmeno il diritto di parlarne, come se sentirgli dichiarare, non so, che le vecchie comiche di Ridolini erano «stupende» (Nino dal canto suo le aveva più volte definite «fondamentali»), bastasse di colpo, sull'argomento, a fargli cambiare radicalmente «posizione».

Respinto, tentò allora con la politica. La guerra di Spagna stava ormai per concludersi con la vittoria di Franco e del fascismo. Una mattina, dopo aver scorso la prima pagina del «Corriere della Sera», evidentemente sicuro di non stare dicendo nulla che potesse dispiacere né a Nino né a nessun altro di noi, ma anzi convinto senza il minimo dubbio di trovarci tutti quanti del suo parere, Fadigati espresse l'opinione, a quell'epoca niente affatto peregrina, che l'imminente trionfo dei «nostri legionari» fosse da considerarsi una gran bella cosa. E invece ecco, d'un tratto, scatenarsi l'imprevedibile.

Il se mettait à parler de cinéma (et là, il s'y connaissait : cela faisait des années, entre autres choses, qu'il passait ses soirées au cinéma!), et aussitôt Nino s'acharnait hystériquement sur lui, comme ne lui reconnaissant pas le droit d'en parler, comme si lui entendre déclarer, que sais-je, que les vieilles bandes comiques de Ridolini[1] étaient «formidables» (Nino, de son côté, les avait plusieurs fois définies comme «fondamentales»), eût suffi brutalement à le faire complètement changer d'avis sur ce sujet.

Rabroué, il essaya alors avec la politique. La guerre d'Espagne était maintenant sur le point de se terminer par la victoire de Franco et du fascisme. Un matin, après avoir parcouru la première page du *Corriere della Sera*, évidemment sûr de ne rien dire qui pût déplaire à Nino ou à aucun d'entre nous, mais plutôt convaincu, sans nul doute, de nous trouver tous de son avis, Fadigati exprima l'opinion, nullement originale à cette époque, que le triomphe imminent de «nos légionnaires» devait être considéré comme une grande et belle chose. Et au lieu de ça, voici que soudain se déchaîna l'imprévisible.

1. *Ridolini* : il s'agit de Larry Semon (1889-1928), réalisateur américain de films burlesques qu'il interprétait souvent lui-même, sous les traits d'un personnage lunaire ; il est Zigoto en France, Ridolini en Italie.

Come attraversato dalla corrente elettrica, e alzando la voce in modo tale che Bianca a un certo punto pensò bene di mettergli una mano sulla bocca, Nino cominciò a sbraitare che «forse» era un disastro, viceversa, altro che storie!, che «forse era il principio della fine», e che si vergognasse, lui, alla sua età, di essere rimasto così «irresponsabile».

«Scusa, caro figliolo... vedi... se permetti...», badava a ripetere Fadigati, pallido più d'un morto. Smarrito sotto l'imperversare della bufera, non capiva. Girava gli occhi attorno quasi a chiedere una spiegazione. Ma anche noi eravamo troppo sconcertati per dargli retta: specie io che l'anno avanti, nel corso di una delle solite discussioni, ero stato accusato proprio da Nino — gentiliano, lui, e ardente assertore della Stato etico — di essere imbevuto di «scetticismo crociano»... E poi, alla fin fine, erano davvero atterriti gli occhi rotondi del dottore, o non, piuttosto, brillando vividi dietro le lenti, pieni di un'acre soddisfazione, di una infantile, inesplicabile, cieca allegria?

Un'altra volta si parlava tutti assieme di sport.

Se in materia di cultura Nino Bottecchiari era ritenuto il nostro numero uno, nello sport era Deliliers che primeggiava indiscutibilmente.

1. Giovanni Gentile (1875-1944), philosophe de l'ère fasciste, fut aussi un homme politique : ministre de l'Éducation, il mit en œuvre une importante réforme de l'école. La réalité était pour lui, néo-hégélien, un «acte de pensée». Président de l'Académie italienne durant la république de Salò, il sera

# GIORGIO BASSANI

il romanzo di Ferrara-II°

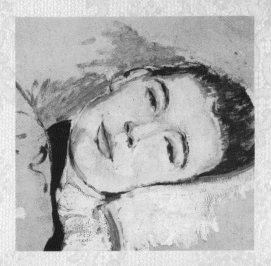

# GLI OCCHIALI D'ORO

ARNOLDO
MONDADORI
EDITORE

**1** Giorgio Bassani, *Gli occhiali d'oro, il romanzo di Ferrara-II°*, Arnoldo Mondadori Editore, 1970.

2 Ferrare vue par Ferdinando Scianna.

*« Aller chez Fadigati fut bientôt plus qu'une mode: cela devint une véritable distraction. Les soirs d'hiver, en particulier, lorsqu'un vent glacial, venu de la piazza del Duomo, s'engouffrait en sifflant dans la via Gorgadello... »*

**3** Réunion des écrivains italiens à San Pellegrino, en juillet 1954: Bassani avec, entre autres, Italo Calvino, Dario Cecchi et Domenico Rea.

**4** Bassani chez lui en 1962.

réduits di Roberto Longhi 1961

**5** Portrait de Roberto Longhi par Carlo Mattioli, 1961. Collection de l'artiste.

« *Le nombre des estivants commença à diminuer. Sur la plage, les trois ou quatre rangées de tentes et de parasols se réduisirent bientôt à deux et puis, après une nouvelle journée de pluie, à une seule. […] L'été était fini: à partir de cet instant, il n'allait plus être qu'un souvenir.* »

6

7

**6** Gare de Ferrare, carte postale. En 1935, le jeune Bassani prit souvent le train entre Ferrare et Bologne pour aller assister aux cours d'histoire de l'art de Roberto Longhi.

**7** Affiche de l'adaptation cinématographique du roman de Bassani, par Giuliano Montaldo, 1987.

**8** *La Photographie*, peinture de Carlo Carrà, 1945. Collection particulière, Milan.

8

*«... depuis que Mussolini, après les chamailleries du début, s'était mis à être d'accord avec Hitler, mon père était devenu inquiet. Il ne faisait que penser à un possible déchaînement d'anti-sémitisme également en Italie... »*

9 Mussolini, Galeazzo Ciano et Joachim von Ribbentrop après la signature du Pacte Antikomintern, Rome, novembre 1937.

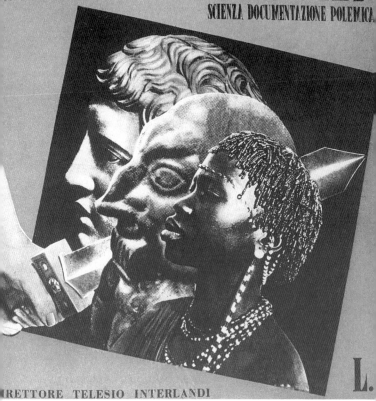

**10, 11** Vignette antisémite publiée dans le 1er numéro de *La Difesa della Razza*, août 1938, illustrant l'entrée en vigueur des lois raciales : interdictions faites aux Juifs d'exercer dans les administrations civiles et militaires. Couverture de ce 1er numéro.

11

**12** Giorgio De Chirico, *Le Muse inquietanti*, 1918.
Collection particulière.

« *Le sentiment de solitude qui ne m'avait pas quitté un seul instant, ces deux derniers mois, devenait si possible, maintenant justement, encore plus atroce : total et définitif. Moi, de mon exil, je ne reviendrai jamais. Jamais plus.* »

Comme traversé par un courant électrique et haussant tellement la voix qu'à un certain moment Bianca jugea bon de lui mettre la main sur la bouche, Nino se mit à brailler que, en voilà des histoires, au contraire, c'était « peut-être » un désastre, que « peut-être c'était le commence-ment de la fin », et que lui, à son âge, devrait avoir honte d'être encore aussi « irresponsable ».

« Excuse-moi, mon cher enfant... écoute... si tu permets... », ne cessait de répéter Fadigati, plus pâle qu'un mort. Dérouté par la violence de cette tempête, il ne comprenait pas. Il regardait autour de lui, comme pour quêter une explication. Mais nous étions trop déconcertés, nous aussi, pour lui prêter attention : surtout moi qui, l'année d'avant, au cours de l'une de nos habituelles dis-cussions, avait été accusé précisément par Nino (disciple de Gentile, lui, et ardent champion de l'État éthique !), d'être imbu de « scepticisme crocien[1] »... Et puis, après tout, les yeux ronds du docteur étaient-ils vraiment atterrés ou bien n'étaient-ils pas plutôt, brillant avec vivacité der-rière ses lunettes, pleins d'une âpre satisfaction, d'une gaieté puérile, inexplicable et aveugle ?

Un autre jour, on parlait tous ensemble de sport.

Si, en matière de culture, Nino Bottecchiari était considéré comme notre numéro un, en sport, c'était indiscutablement Deliliers qui l'emportait.

---

exécuté par les partisans, en avril 1944. Benedetto Croce (1866-1952), philosophe, critique littéraire, devenu sénateur en 1910, tout en se rattachant à l'idéalisme hégélien, soutenait des posi-tions libérales et antifascistes.

Ferrarese soltanto per parte di madre (nativo di Imperia, mi sembra, o di Ventimiglia, il padre era morto nel '18 sul Grappa, alla testa di una compagnia di Arditi), anche lui, come Vittorio Molon, aveva compiuto a Ferrara soltanto le scuole medie superiori, cioè i quattro anni del liceo scientifico. Quei quattro anni erano stati ad ogni modo più che sufficienti per fare di Eraldo, che nel '35 aveva vinto il campionato regionale di boxe, categoria allievi, pesi medi, e a parte questo era un bellissimo ragazzo, alto un metro e ottanta e con un volto e un corpo da statua greca, un reuccio locale vero e proprio. Già gli si attribuivano, e non aveva ancora vent'anni, tre o quattro conquiste clamorose. Una sua compagna di scuola, suicidatasi l'anno stesso che lui aveva vinto il titolo di campione emiliano, lo aveva fatto, si diceva, per amor suo. Da un giorno all'altro lui non l'aveva più nemmeno guardata; e allora lei, poverina, era corsa difilato a buttarsi in Po. Certo è che anche nell'ambiente studentesco Eraldo Deliliers veniva, più che amato, addirittura idolatrato. Per vestirci ci si regolava sui suoi abiti, che la madre gli spazzolava, smacchiava e stirava indefessamente.

Ferrarais seulement par sa mère (il était né à
Imperia, je crois, ou à Vintimille, et son père était
mort en 18, sur le Grappa, à la tête d'une compagnie d'Arditi[1]), lui aussi, comme Vittorio Molon,
avait seulement fait à Ferrare la dernière partie
de ses études secondaires, c'est-à-dire les quatre
dernières années de lycée scientifique. Ces quatre
années avaient suffi, en tout cas, pour faire
d'Eraldo, qui avait été vainqueur en 35 du championnat régional de boxe, catégorie élèves, poids
moyens, et qui, à part cela, était un très beau garçon, d'un mètre quatre-vingts, et avec un corps
et un visage de statue grecque, un véritable petit
potentat local. On lui attribuait déjà, et il n'avait
pas encore vingt ans, trois ou quatre retentis-
santes conquêtes. Une de ses camarades de lycée,
qui s'était suicidée l'année même où il avait rem-
porté le titre de champion d'Émilie, l'avait fait,
disait-on, par amour pour lui. Du jour au lendemain, assurait-on, il ne l'avait même plus regar-
dée ; et alors la pauvre petite était allée tout droit
se jeter dans le Pô. Il est certain que même parmi
nous, dans le milieu purement estudiantin, Eraldo
Deliliers n'était pas aimé, non, mais tout bonne-
ment idolâtré. Pour s'habiller, on prenait modèle
sur ses vêtements, que sa mère lui brossait, lui
détachait et lui repassait infatigablement.

1. *Arditi* : soldats appartenant aux sections d'assaut fondées
en 1915.

Stare accanto a lui la domenica mattina, al Caffè della Borsa, con la schiena appoggiata a una colonna del portico e guardando le gambe delle donne che passavano, era considerato un autentico privilegio.

Insomma una volta, in treno, verso la fine di maggio, stavamo discutendo di sport con Deliliers. Dall'atletica si finì a discorrere di boxe. Non dava mai troppa confidenza a nessuno, Deliliers. Quel giorno, al contrario, si aprì abbastanza. Disse che di studiare non gli andava, che aveva bisogno di troppi soldi «per vivere», e che perciò, se gli fosse riuscito un certo «colpetto» che meditava, si sarebbe poi dedicato completamente alla «nobile arte».

«Come professionista?», osò chiedergli Fadigati.

Deliliers lo guardò come si guarda uno scarafaggio.

«Si capisce», disse. «Ha paura che mi rovini la faccia, dottore?»

«Della faccia non me ne importa, per quanto, vedo, è già molto segnata lungo gli archi sopraccigliari. Sento comunque il dovere di avvertirla che la boxe, specie se praticata professionalmente, a lungo andare risulta deleteria per l'organismo. Se fossi nel governo, io proibirei il pugilato : anche quello dilettantistico. Più che uno sport, lo considero una specie di assassinio legale. Pura brutalità organizzata...»

Être à côté de lui, le dimanche matin, au café de la Bourse, le dos appuyé à l'une des colonnes des arcades, pour regarder les jambes des femmes qui passaient, était considéré comme un authentique privilège.

Bref, un jour, dans le train, vers la fin de mai, nous discutions de sport avec Deliliers. De l'athlétisme, on en vint à parler de boxe. Deliliers ne faisait jamais trop de confidences à personne. Ce jour-là, néanmoins, il s'ouvrit quelque peu. Il dit que travailler ne lui plaisait pas, qu'il avait besoin de trop d'argent pour vivre, et que, en conséquence, si un certain « petit coup » qu'il projetait réussissait, il se consacrerait ensuite tout à fait au « noble art ».

« Comme professionnel ? » osa lui demander Fadigati.

Deliliers le regarda comme on regarde un cafard.

« Évidemment, dit-il. Vous avez peur que je m'abîme le portrait, docteur ?

— Ce n'est pas votre visage qui m'importe, d'autant que, à ce que je vois, il est déjà très marqué le long des arcades sourcilières. Mais j'estime de mon devoir de vous avertir que la boxe, surtout si elle est pratiquée professionnellement, finit à la longue par être néfaste pour l'organisme. Si j'étais au gouvernement, j'interdirais les matches de boxe : même les matches amateurs. Je considère que, plus qu'un sport, la boxe est une sorte d'assassinat légal. De la pure brutalité organisée…

«Ma faccia il piacere!», lo interruppe Deliliers. «Ha mai visto tirare?»

Fadigati fu costretto ad ammettere di no. Disse che, per quanto medico, violenza e sangue gli facevano orrore.

«E allora, se non ha mai visto tirare», tagliò corto Deliliers, «perché parla? Chi ha chiesto il suo parere?»

E di nuovo, mentre Deliliers gli indirizzava quasi gridando queste parole, e quindi, voltategli le spalle, spiegava a noi assai più calmo che la boxe, «al contrario di quello che certi fessi possono pensare», è gioco di gambe, scelta di tempo, e scherma, in sostanza, soprattutto scherma, di nuovo vidi brillare negli occhi di Fadigati la luce assurda ma inequivocabile di una interna felicità.

Nino Bottecchiari era l'unico fra noi che non venerasse Deliliers. Non erano amici, però si rispettavano a vicenda. Di fronte a Nino, Deliliers attenuava di parecchio le sue abituali pose da *gangster*, e Nino, dal canto suo, faceva molto meno il professore.

Una mattina Nino e Bianca non c'erano (fu a giugno, mi pare, durante gli esami). Nello scompartimento eravamo soltanto in sei, tutti uomini.

Avevo un po' di mal di gola, e me ne ero lamentato.

« — Mais voyons donc! l'interrompit Deliliers. Avez-vous jamais vu boxer? »

Fadigati fut contraint d'admettre que non. Il dit que, bien que médecin, la violence et le sang lui faisaient horreur.

« Eh bien, alors, coupa court Deliliers, si vous n'avez jamais vu boxer, pourquoi parlez-vous? Qui vous a demandé votre avis? »

Et de nouveau, pendant que Deliliers, après lui avoir adressé ces mots presque en criant, lui tournait le dos et nous expliquait à nous, beaucoup plus calmement, que la boxe, « contrairement à ce que certains cons peuvent penser », est un jeu de jambes, le choix du bon moment et de l'escrime, en somme, surtout de l'escrime, de nouveau, je vis briller dans les yeux de Fadigati la lueur absurde, mais indéniable, d'une sorte de joie intérieure.

Nino Bottecchiari était le seul d'entre nous qui n'eût pas de vénération pour Deliliers. Ils n'étaient pas amis, mais ils se respectaient mutuellement. En présence de Nino, Deliliers atténuait sensiblement ses poses habituelles de gangster; et Nino, de son côté, jouait moins au professeur.

Un matin, Nino et Bianca n'étaient pas là (c'était en juin, je crois, pendant les examens). Nous n'étions que six dans le compartiment et tous des hommes.

Je m'étais plaint d'avoir un peu mal à la gorge.

Ricordandosi che da ragazzo, durante il periodo dello sviluppo, aveva dovuto curarmi a varie riprese per degli ascessi tonsillari, Fadigati si offerse subito di darmi una «guardata».

«Vediamo.»

Rialzò gli occhiali sulla fronte, mi prese il capo fra le mani, e cominciò a scrutarmi nelle fauci.

«Faccia *aaa*», ordinò, con piglio professionale.

Eseguii. E lui ancora lì che mi esaminava la gola, e intanto si raccomandava, bonario e paterno, che mi riguardassi, che non sudassi, perché le tonsille, «sebbene ormai abbastanza ridotte», erano rimaste chiaramente il mio... «tallone d'Achille», quando Deliliers ad un tratto uscì a dire:

«Scusi, dottore. Appena ha finito, le dispiacerebbe dare una guardatina anche a me?»

Fatigati si voltò: sbalordito evidentemente della richiesta, e del tono soave con cui Deliliers l'aveva formulata.

«Cosa prova?», domandò. «Le fa male a inghiottire?»

Deliliers lo fissava coi suoi occhi azzurri. Sorrideva, scoprendo appena gli incisivi.

«Non ho mica male alla gola», disse.

«E dove, allora?»

«Qua», fece Deliliers, accennando ai propri pantaloni, all'altezza dell'inguine.

Se rappelant que, lorsque j'étais enfant et durant la période de puberté, il avait dû me soigner à plusieurs reprises pour des abcès des amygdales, Fadigati proposa immédiatement de jeter un «coup d'œil» sur ma gorge.

«Nous allons voir.»

Il remonta ses lunettes sur son front, me prit la tête entre ses mains et se mit à examiner l'intérieur de ma bouche.

«Faites *aaa*», ordonna-t-il de manière professionnelle.

Je m'exécutai. Et il était encore en train de m'examiner la gorge, tout en me recommandant, débonnaire et paternel, de faire attention, d'éviter de me mettre en nage, car mes amygdales, «bien que maintenant assez réduites», restaient nettement mon... talon d'Achille, lorsque Deliliers dit tout à coup :

«Pardon, docteur! Dès que vous aurez fini, est-ce que ça vous ennuierait de jeter aussi un coup d'œil sur moi?»

Fadigati se tourna, évidemment étonné par cette requête et le ton suave sur lequel Deliliers l'avait formulée.

«Qu'éprouvez-vous? demanda-t-il. Vous avez du mal à déglutir?»

Deliliers le regardait fixement avec ses yeux bleus. Il souriait, découvrant à peine ses incisives.

«Je n'ai pas mal à la gorge, dit-il.

— Où avez-vous mal, alors?

— Ici», fit Deliliers en montrant son pantalon, à la hauteur de l'aine.

Spiegò quindi calmo, indifferente, ma non senza una punta di orgoglio, che soffriva da circa un mese delle conseguenze di un «regalo delle verginelle di via Bomporto» : una «notevole fregatura, altro che balle!», a causa della quale aveva dovuto sospendere «anche» la ginnastica in palestra. Il dottor Manfredini — aggiunse — lo curava col blu di metilene e con quotidiane irrigazioni di permanganato. Ma la cura andava per le lunghe, e lui invece aveva bisogno di ristabilirsi al più presto.

«Le mie donne cominciano a lamentarsi, capirà... E dunque : vorrebbe essere così gentile da darmi un'occhiata anche lei?»

Fadigati era tornato a sedersi.

«Ma caro», balbettò, «lei sa bene che di quel genere di malattie lì io non me ne intendo. E poi, il dottor Manfredini...»

«Vada là che se ne intende, e come!», sogghignò Deliliers.

«Senza dire che qui, in treno...», riprese Fadigati, guardando spaventato verso il corridoio, «qui in treno... come si fa?...»

«Oh, per questo», replicò pronto Deliliers, torcendo le labbra sprezzante, «c'è sempre il gabinetto, se vuole.»

Ci fu un attimo di silenzio.

Fu Fadigati a scoppiare per primo in una gran risata.

Il expliqua ensuite, calme et indifférent, mais non sans une pointe d'orgueil, qu'il souffrait depuis environ un mois des conséquences d'un «cadeau que lui avaient fait ces demoiselles de la via Bomporto»: un «fameux emmerdement, je ne vous dis que ça!» à cause duquel il avait «même» dû renoncer à la culture physique. Le docteur Manfredini, ajouta-t-il, le soignait au bleu de méthylène et avec des injections quotidiennes au permanganate. Mais la cure traînait en longueur, et lui, au lieu de ça, avait besoin de se rétablir au plus vite.

«Mes femmes commencent à se plaindre, vous comprenez... Et alors, répéta-t-il, voudriez-vous être assez gentil pour m'examiner vous aussi?»

Fadigati était retourné s'asseoir.

«Mais, mon cher, balbutia-t-il, vous savez bien que ce genre de maladies n'est pas de ma compétence. Et puis, le docteur Manfredini...

— Bien sûr que c'est de votre compétence, ricana Deliliers, et comment!

— Sans parler du fait qu'ici, dans le train..., reprit Fadigati, jetant un regard épouvanté dans le couloir, ici, dans le train... comment voulez-vous?...

— Oh, quant à ça, répliqua vivement Deliliers, avec une grimace de mépris, il y a toujours les toilettes, si vous voulez.»

Il y eut un instant de silence.

Ce fut Fadigati qui le premier éclata d'un grand rire.

«Ma lei scherza!», gridò. «Possibile che scherzi sempre? Mi prende proprio per un ingenuo!»

Quindi, curvandosi un poco di fianco, e battendogli con la mano sopra un ginocchio:

«Eh, lei deve stare attento!», disse. «Se non sta attento, un giorno o l'altro farà una brutta fine!»

E Deliliers di rimando, ma serio:

«Badi di non farla lei, piuttosto.»

Di lì a qualche giorno capitammo verso le sei di sera da *Majani*, in via Indipendenza. Faceva un gran caldo. Era stato Nino Bottecchiari a lanciare la proposta di un gelato. Se non l'avessimo preso — aveva detto —, fra poco, in «direttissimo», avremmo avuto tempo abbondante per pentircene.

Anche allora, prima del rammodernamento del '40, la Pasticceria Majani era una delle maggiori di Bologna. Consisteva di una enorme sala semibuia, dal cui soffitto, altissimo e tenebroso, pendeva un solo, gigantesco lampadario di vetro di Murano. Del diametro di due o tre metri, raffigurava una rosa. Lo gremivano in gran quantità certe piccole lampadine impolverate dalle quali pioveva in basso una luce straordinariamente debole.

Non appena fummo entrati, gli occhi ci corsero al fondo della sala, di dove proveniva un suono di risate.

« Mais vous plaisantez ! cria-t-il. Est-ce possible de passer ainsi son temps à plaisanter ? Vous me prenez vraiment pour un naïf ! »

Puis, se penchant un peu de côté et finissant par lui tapoter un genou de la main :

« Vous savez, dit-il, vous devriez faire attention ! Si vous ne faites pas attention, un jour ou l'autre cela finira mal pour vous ! »

Et Deliliers, du tac au tac, mais gravement :

« Vous, plutôt, prenez garde que cela ne finisse mal pour vous. »

À quelques jours de là, nous entrâmes vers six heures chez Majani, via Indipendenza. Il faisait très chaud. C'était Nino Bottecchiari qui avait proposé d'aller prendre une glace. Si nous ne l'avions pas prise, avait-il dit, sous peu et « en direct », nous nous en serions abondamment repentis.

Même alors, avant d'être modernisée en 40, la pâtisserie Majani était l'une des plus importantes de Bologne. Elle se composait d'une énorme salle à demi plongée dans l'obscurité, du plafond très haut et ténébreux de laquelle pendait un seul et gigantesque lustre en verre de Murano. De deux ou trois mètres de diamètre, il représentait une rose. Il était garni d'une grande quantité de petites ampoules poussiéreuses, desquelles pleuvait vers le bas une lumière extraordinairement faible.

Dès notre entrée, nos yeux allèrent tout de suite vers le fond de la salle, d'où venait un bruit de rires.

Saranno stati una ventina di ragazzi, la maggior parte in tuta sportiva blu scura : chi buttato a sedere, chi in piedi, e ciascuno alle prese con un semifreddo in coppa o con un cono gelato. Intanto parlavano ad alta voce, negli accenti più varî : bolognesi, romagnoli, veneti, marchigiani, toscani. A guardarli, si capiva che appartenevano a quella particolare categoria di studenti universitari assai più assidua di stadi e piscine che non di aule scolastiche e di biblioteche.

Eccetto Deliliers, che subito ci salutò alzando di lontano il braccio in un gesto amichevole, da principio non ravvisammo tra i presenti nessun'altra persona di conoscenza. Ma dopo qualche istante, quando ci fummo abituati alla mezza luce dell'ambiente, scorgemmo confuso nel gruppo un signore attempato che sedeva accanto a Deliliers volgendo le spalle all'ingresso. Stava lì, col cappello in testa, le mani raccolte sul pomo del bastone e senza prendere niente. Aspettava. Come un padre dal cuore tenero, il quale abbia acconsentito a pagare il gelato a un branco di figli e nipotini turbolenti, e attenda in silenzio, un po' vergognoso, che i cari marmocchi abbiano finito di leccare e succhiare a loro piacere, per poi, più tardi, portarseli a casa...

Quel signore era il dottor Fadigati, naturalmente.

Il devait y avoir une vingtaine de jeunes gens, la plupart en combinaison de sport bleu foncé : les uns affalés sur un siège, les autres debout, et tous aux prises avec une glace en coupe ou un cornet. Ce faisant, ils parlaient à voix haute, avec les accents les plus divers : de Bologne, de la Romagne, de la Vénétie, des Marches, de Toscane. Rien qu'à les voir, on comprenait qu'ils appartenaient à cette catégorie particulière d'étudiants qui fréquentent avec beaucoup plus d'assiduité les stades et les piscines que les amphithéâtres de l'Université et les bibliothèques.

Sauf Deliliers qui nous salua immédiatement, de loin, en levant le bras dans un geste amical, nous ne découvrîmes d'abord dans ce groupe aucune autre personne de connaissance. Mais, au bout de quelques instants, dès que nous fûmes habitués à la pénombre de l'endroit, nous vîmes, perdu dans le groupe, un monsieur âgé qui, tournant le dos à la porte, était assis à côté de Deliliers. Il était là, son chapeau sur la tête et les mains croisées sur le pommeau de sa canne, sans rien consommer. Il attendait. Tel un père au cœur tendre qui, ayant consenti à offrir des glaces à sa bande de turbulents fils et neveux, attend en silence et un peu gêné que les chers marmots aient fini de lécher et de sucer leur friandise, pour les ramener, ensuite, plus tard, à la maison...

Ce monsieur, c'était le docteur Fadigati, bien sûr.

# 8

Anche quell'estate andammo in villeggiatura a Riccione, sulla vicina costa adriatica. Ogni anno succedeva la stessa cosa. Mio padre, dopo aver invano tentato di trascinarci in montagna, sulle Dolomiti, nei luoghi dove aveva fatto la guerra, alla fine si rassegnava a tornare a Riccione, a riprendere in affitto la medesima villetta accanto al Grand Hôtel. Ricordo molto bene. Io, la mamma, e Fanny, la nostra sorellina minore, ci muovemmo da Ferrara il 10 di agosto, insieme con la donna di servizio (Ernesto, l'altro mio fratello, si trovava in Inghilterra dalla metà di luglio, *au pair* presso una famiglia di Bath per impratichirsi nella lingua). Quanto a mio padre, che era rimasto in città, ci avrebbe raggiunti più tardi : non appena la cura della campagna di Masi Torello glielo avesse consentito.

Lo stesso giorno del nostro arrivo seppi subito di Fadigati e Deliliers. Sulla spiaggia, affollata anche allora da ferraresi in villeggiatura con le famiglie, non si parlava che di loro, della loro « amicizia scandalosa ».

# 8

Cet été-là également, comme les étés précédents, nous allâmes en vacances à Riccione, sur la côte, toute proche, de l'Adriatique. Tous les ans, c'était la même chose. Mon père, après avoir vainement tenté de nous entraîner à la montagne, dans les Dolomites, aux endroits où il avait fait la guerre, se résignait à la fin à retourner à Riccione et à louer la même petite villa près du *Grand Hôtel*. Je m'en souviens très bien. Maman, ma sœur cadette Fanny et moi-même, nous partîmes de Ferrare le 10 août, avec la bonne. (Mon frère Ernesto était en Angleterre depuis la mi-juillet, au pair dans une famille de Bath, pour se perfectionner en anglais.) Quant à mon père, resté à Ferrare, il devait nous rejoindre plus tard, quand la surveillance de sa propriété de Masi Torello lui en laisserait le loisir.

Le jour même de notre arrivée, j'entendis tout de suite parler de Fadigati et de Deliliers. Sur la plage, envahie déjà par des Ferrarais en villégiature avec leurs familles, on ne parlait que d'eux et de leur «amitié scandaleuse».

A cominciare dai primi di agosto, infatti, i due erano stati visti passare da un albergo all'altro delle varie cittadine balneari disseminate tra Porto Corsini e la Punta di Pesaro. Erano comparsi la prima volta a Milano Marittima, di là del porto-canale di Cervia, fissando una bella camera all' Hôtel Mare e Pineta. Dopo una settimana si erano spostati a Cesenatico, all'Hôtel Britannia. E poi, via via, destando ovunque enorme scalpore e voci infinite, a Viserba, a Rimini, a Riccione stessa, a Cattolica. Viaggiavano in macchina : una Alfa Romeo 1750 a due posti, rossa, tipo Mille Miglia.

Intorno al 20 agosto, impensatamente, eccoli di nuovo a Riccione, piazzati al Grand Hôtel come una decina di giorni avanti.

L'Alfa Romeo era nuova di zecca, il suo motore mandava una specie di ringhio. Oltre che per viaggiare, i due amici la adoperavano anche per la passeggiata di ogni pomeriggio, quando, all'ora del tramonto, la massa dei bagnanti risaliva dall'arenile per riversarsi sul lungomare. Guidava sempre Deliliers. Biondo, abbronzato, bellissimo nelle sue magliette aderenti, nei suoi pantaloni di lana color crema (alle mani, appoggiate con negligenza al volante, ostentava certi guanti di camoscio traforato del cui prezzo non era lecito dubitare), evidentemente era a lui, al suo esclusivo capriccio, che la macchina ubbidiva. L'altro non faceva nulla.

Dès les premiers jours d'août, en effet, on les avait vus passer tous les deux d'un hôtel à l'autre des diverses stations balnéaires disséminées entre Porto Corsini et la Pointe de Pesaro. Ils étaient apparus la première fois à Milano Marittima, de l'autre côté du port et du canal de Cervia, où ils avaient pris une belle chambre à l'*Hôtel Mare e Pineta*. Au bout d'une semaine, ils s'étaient transportés à Cesenatico, à l'*Hôtel Britannia*. Et puis, ainsi de suite, provoquant partout un énorme scandale et des commentaires sans fin, ils étaient allés à Viserba, à Rimini, à Riccione même, à Cattolica. Ils se déplaçaient en auto : une Alfa Romeo 1750 à deux places, rouge, type Mille Miglia.

Aux alentours du 20 août, inopinément, ils reparurent à Riccione, s'installant au *Grand Hôtel* comme une dizaine de jours plus tôt.

L'Alfa Romeo était toute neuve et son moteur émettait une sorte de grondement. Les deux amis s'en servaient non seulement pour voyager mais aussi pour les promenades, chaque après-midi, quand, à l'heure du couchant, la masse des baigneurs remontait de la plage pour se déverser sur la promenade du bord de mer. C'était toujours Deliliers qui conduisait. Blond, bronzé, très beau dans ses petits chandails moulants et avec ses pantalons de flanelle couleur crème (aux mains, qui étaient posées avec nonchalance sur le volant, il arborait des gants en daim perforé dont le prix ne pouvait laisser aucun doute), c'était évidemment à lui et à son seul caprice qu'obéissait la voiture. L'autre ne faisait rien.

Tutto fiero del suo berretto, piatto di panno scoz-
zese e dei suoi occhiali da seconda-guida o da
meccanico (oggetti da cui non si separava nemmeno se l'automobile, fendendo la calca a fatica,
dovesse percorrere a passo d'uomo il tratto di
viale davanti al Caffè Zanarini), si limitava a farsi
scarrozzare su e giù, costretto nel sedile a fianco
del compagno.

Continuavano a dormire nella stessa stanza, a
mangiare allo stesso tavolo.

E sedevano al medesimo tavolino anche la sera,
quando l'orchestra del Grand Hôtel, trasportati
gli strumenti del salone da pranzo a pianterreno
sulla terrazza esterna esposta alla brezza marina,
passava dai brani di musica leggera alla musica
sincopata. Ben presto la terrazza si riempiva (ci
andavo molto spesso anche io, coi nuovi amici del
mare), e Deliliers non si lasciava sfuggire né un
tango, né un valzer, né un passo doppio, né uno
*slow*. Fadigati non ballava, si capisce. Portando
ogni tanto alle labbra la cannuccia che pescava
nella bibita, non cessava però di seguire con l'occhio rotondo, di sopra l'orlo del bicchiere, le per-
fette evoluzioni che l'amico lontano compiva
abbracciato alle ragazze e alle signore più eleganti,
più vistose. Rientrati dalla corsa in macchina,
entrambi erano subito saliti in camera a mettere
lo *smoking*. Serio, di pesante stoffa nera quello di
Fadigati;

Tout fier de sa casquette plate en tissu écossais et des lunettes de second pilote ou de mécanicien (objets dont il ne se séparait jamais, même quand l'auto, se frayant avec peine un chemin dans la cohue, devait parcourir au pas le bout d'avenue qui est devant le café Zanarini), il se bornait à se laisser voiturer, tassé sur son siège à côté de son compagnon.

Ils continuaient de dormir dans la même chambre et de prendre leurs repas à la même table.

Et, le soir également, ils étaient assis au même guéridon, quand l'orchestre du *Grand Hôtel*, après avoir transporté ses instruments de la grande salle à manger du rez-de-chaussée sur la terrasse extérieure exposée à la brise marine, passait brusquement des morceaux de musique légère à la musique syncopée. Rapidement la terrasse se remplissait (j'y allais très souvent, moi aussi, avec mes nouveaux amis de villégiature), et Deliliers ne ratait ni un tango, ni une valse, ni un pasodoble, ni un slow. Fadigati ne dansait pas, bien entendu. Portant de temps en temps à ses lèvres la paille qu'il pêchait dans sa consommation, il ne cessait néanmoins de suivre de son œil rond, pardessus le bord de son verre, les parfaites évolutions qu'accomplissait au loin son ami enlaçant les jeunes filles et les femmes les plus élégantes et les plus en vue. En rentrant de leur randonnée en auto, ils étaient tout de suite montés l'un et l'autre mettre leur smoking. Sérieux et d'épais drap noir, celui de Fadigati ;

con la giacchetta bianca, attillata e corta ai fianchi, quello di Deliliers.

Facevano assieme anche vita di spiaggia : per quanto, la mattina, fosse di solito Fadigati a uscire per primo dall'albergo.

Arrivava quando non c'era ancora quasi nessuno, fra le otto e mezzo e le nove, salutato con rispetto dai bagnini, ai quali, secondo ciò che loro stessi dicevano, era sempre molto largo di mance. Vestito da capo a piedi di un normale abito da città (solo più tardi, quando il caldo aumentava, si decideva a sbarazzarsi della cravatta e delle scarpe, ma il panama bianco, con la tesa abbassata sopra gli occhiali neri, quello non se lo toglieva mai), andava a sedersi sotto l'ombrellone solitario che per suo ordine era stato piantato più avanti di tutti gli altri, a pochi metri dalla riva. Sdraiato su una *chaise longue*, le mani intrecciate dietro la nuca e un libro giallo aperto sulle ginocchia, rimaneva così per due ore buone a guardare il mare.

Deliliers non sopraggiungeva mai prima delle undici. Col suo bel passo da belva pigra, reso anche più elegante dal leggero impedimento degli zoccoli, eccolo che attraversava senza affrettarsi lo spazio di sabbia infuocata tra i capanni e le tende. Era quasi nudo, lui.

---

1. Se profile ici l'organisation des plages de l'Adriatique. En partant de l'hôtel, on trouve *i capanni*, qu'on pourrait traduire par «paillotes», de forme circulaire, au toit de paille. Puis viennent des rangées de tentes (*tende*), plus chères et spa-

avec une petite veste blanche, très ajustée et courte sur les côtés, celui de Deliliers.

Ils menaient ensemble aussi la vie de plage — encore que, le matin, Fadigati fût d'ordinaire le premier à sortir de l'hôtel.

Il arrivait quand il n'y avait encore presque personne, entre huit heures et demie et neuf heures, salué avec respect par le maître-baigneur, à qui, d'après ce que ces gens disaient eux-mêmes, il donnait toujours des pourboires très généreux. Vêtu de la tête aux pieds d'un costume de ville normal (plus tard seulement, lorsque la chaleur augmentait, il se décidait à se débarrasser de sa cravate et de ses souliers, mais son panama blanc, dont le bord était abaissé sur ses lunettes noires, il ne l'enlevait jamais), il allait s'asseoir sous le parasol solitaire que, sur son ordre, on avait planté plus en avant que tous les autres, à quelques mètres de l'eau. Étendu sur une chaise longue, les mains croisées derrière la nuque et un roman policier ouvert sur ses genoux, il restait ainsi pendant deux bonnes heures, à regarder la mer.

Deliliers n'arrivait jamais avant onze heures. De son beau pas de fauve paresseux, rendu plus élégant encore par le léger obstacle constitué par les sabots, il traversait sans se presser l'espace de sable embrasé entre les cabines et les tentes[1]. Lui, il était presque nu.

---

cieuses, puis les parasols (*ombrelloni*) avec chaises longues, proches du rivage. Aschenbach, dans *Mort à Venise* (1912), de Thomas Mann, loue une cabine de ce genre au Lido. Fadigati, dans cette page, lui ressemble beaucoup.

Le braghette bianche che finiva di allacciarsi sull'anca sinistra giusto in quel momento, la stessa catenina d'oro che portava al collo e da cui pendeva, in cima al torace, il ciondolo della Madonna, accentuavano in qualche modo la sua nudità. E sebbene, specie i primi giorni, gli costasse un certo sforzo salutare perfino me, quando mi vedeva lì, al riparo della nostra tenda; sebbene, passando tra i varchi delle tende e degli ombrelloni, non mancasse mai di arricciare la fronte in segno di fastidio : non per questo c'era troppo da credergli. Era chiaro che si sentiva ammirato dalla maggior parte degli astanti, dagli uomini come dalle donne, e che ciò gli faceva un gran piacere.

Senza dubbio lo ammiravano tutti, uomini e donne. Ma toccava poi a Fadigati scontare in qualche modo l'indulgenza che il settore ferrarese della spiaggia di Riccione riservava a Deliliers.

Nostra vicina di tenda era quell'anno la signora Lavezzoli, la moglie dell'avvocato. Perduta ormai l'antica importanza, oggi non è più che una vecchia.

Le slip blanc qu'il achevait maintenant seulement de lacer sur sa hanche gauche et jusqu'à la petite chaîne en or qu'il portait au cou et d'où pendait, sur sa poitrine, une médaille de la Sainte Vierge, accentuaient en quelque sorte sa nudité. Et bien que, les premiers jours surtout, cela lui coûtât un certain effort de me dire bonjour même à moi, quand il me voyait là, à l'abri de notre tente, et bien que, passant entre les tentes et les parasols, il ne manquât jamais de froncer le sourcil en signe d'agacement, il ne fallait néanmoins pas trop le croire. Il était clair qu'il se sentait profondément admiré par la majorité des personnes présentes, par les hommes comme par les femmes, et que cela lui faisait un grand plaisir.

Tout le monde, hommes et femmes, l'admirait, il n'y a aucun doute. Mais, c'était ensuite à Fadigati de payer en quelque sorte l'indulgence que le secteur ferrarais de la plage de Riccione réservait à Deliliers.

Cette année-là, notre voisine de tente était Mme Lavezzoli, la femme de l'avocat. Elle a désormais perdu beaucoup de son ancienne importance et ce n'est plus qu'une vieille femme.

Ma allora, nel maturo splendore dei suoi quarant'anni, circondata dal perpetuo ossequio dei tre figli adolescenti, due maschi e una femmina, e da quello non meno perpetuo del degno consorte, illustre civilista, professore universitario ed ex deputato salandrino, allora era da considerarsi una delle più autorevoli ispiratrici dell'opinione pubblica cittadina.

Puntando dunque l'occhialetto verso l'ombrellone a cui Deliliers era approdato, la signora Lavezzoli, che era nata e cresciuta a Pisa, «in riva d'Arno», e si serviva con straordinaria destrezza della sua veloce lingua di toscana, ci teneva continuamente informati di tutto quanto accadesse «laggiù».

Con la tecnica, quasi, di un cronista sportivo della radio, riferiva ad esempio che «gli sposini», alzatisi d'un tratto dalle sedie a sdraio, stavano dirigendosi alla volta del più vicino moscone : evidentemente il giovanotto aveva espresso il desiderio di tuffarsi al largo, e il «signor dottore», per non rimaner solo, «in palpiti», ad attenderne il ritorno, aveva ottenuto di accompagnarlo.

Mais alors, dans la splendide maturité de ses quarante ans, comblée perpétuellement d'hommages par ses trois enfants adolescents, deux garçons et une fille, et par ceux non moins constants de son digne mari, illustre avocat, professeur d'université et ex-député de l'époque de Salandra[1], elle pouvait alors être considérée comme l'une des inspiratrices les plus écoutées de l'opinion publique ferraraise.

Braquant donc son face-à-main vers le parasol auquel Deliliers venait d'arriver, Mme Lavezzoli, qui était née et avait grandi à Pise, «sur les rives de l'Arno», et qui se servait avec une extraordinaire dextérité de sa rapide langue toscane, nous tenait constamment au courant de tout ce qui se passait «là-bas».

Avec la technique, ou presque, d'un chroniqueur sportif de la radio, elle rapportait par exemple que les «tourtereaux», abandonnant tout à coup leurs chaises longues, étaient en train de se diriger vers le plus proche pédalo : évidemment, le jeune homme avait exprimé le désir d'aller plonger au large, et «monsieur le docteur», pour ne pas rester seul, «dans les transes», à attendre son retour, avait obtenu la permission de l'accompagner.

1. Homme politique, plusieurs fois ministre, il fut président du Conseil entre 1914 et 1916, poussant à l'entrée en guerre de l'Italie.

Oppure descriveva e commentava gli esercizi ginnastici a corpo libero che Deliliers dopo il bagno eseguiva al sole per asciugarsi, quando invece «l'amato bene», inattivo lì accanto con un asciugatoio di spugna in mano, era chiaro che sarebbe intervenuto così volentieri per fare lui, per asciugare lui, per toccare lui...

Oh, quel Deliliers — soggiungeva poi, sempre da tenda a tenda, rivolta in particolare a mia madre : credendo forse d'abbassare la voce in modo tale che i «figlioli» non sarebbero riusciti a udirla, ma in realtà parlando più forte che mai —, quel Deliliers non era in fondo che un ragazzo viziato, un «ragazzaccio» a cui il servizio militare sarebbe a suo tempo tornato utilissimo. Il dottor Fadigati invece no. Un signore della sua condizione, della sua età, non era scusabile in nessun modo. Era «così»? Ebbene, pazienza! Chi gliene aveva fatto eccessivo carico, prima d'ora? Ma venire a esibirsi proprio a Riccione, dove certo non ignorava come fosse conosciuto, venire a dar spettacolo proprio da quelle parti, mentre in Italia, volendo, di spiagge nelle quali non c'è pericolo di imbattersi in un ferrarese che sia uno se ne trovano a migliaia! No, via. Solamente da uno «sporcaccione» (e così dicendo la signora Lavezzoli mandava fuori dai grandi occhi celesti di regina fiamme di autentica indignazione), solamente da un «vecchio degenerato» ci si sarebbe potuti aspettare un tiro del genere.

La signora Lavezzoli parlava, ed io avrei dato molto perché tacesse, una buona volta.

Ou bien elle décrivait et commentait les exercices de culture physique que Deliliers faisait au soleil pour se sécher, après le bain, alors que son «bien-aimé», inactif à côté de lui, une serviette-éponge à la main, se fût chargé si volontiers, c'était évident, de lui rendre ce service, de le sécher et de le peloter...

Oh, ce Deliliers — ajoutait-elle ensuite, toujours d'une tente à l'autre, mais s'adressant en particulier à ma mère : croyant, sans doute, baisser la voix, afin de ne pas être entendue par les «enfants», mais, en réalité, parlant plus fort que jamais —, ce Deliliers, ce n'était au fond qu'un enfant gâté, un «sale gosse» à qui, le moment venu, le service militaire ferait beaucoup de bien. Mais le docteur Fadigati, non. Un homme de sa condition, de son âge, n'était absolument pas excusable. Il était «comme ça»? Eh bien... soit! Qui donc, avant maintenant, lui en avait tenu particulièrement rigueur? Mais venir s'exhiber précisément à Riccione, où il n'ignorait certainement pas combien il était connu; venir se donner en spectacle précisément ici, alors qu'en Italie, si on le voulait, on pouvait les trouver par milliers les plages où l'on ne court pas le risque de se heurter à un Ferrarais digne de ce nom! Non, vraiment : ce n'était que d'un «vieux dégoûtant» (et, en disant cela, les grands yeux bleus de reine de Mme Lavezzoli jetaient des flammes d'authentique indignation), ce n'était que d'un «vieux dégénéré» — répétait-elle — que l'on pouvait s'attendre à un coup pareil.

Mme Lavezzoli parlait, et moi, j'aurais donné gros pour qu'elle se tût une fois pour toutes.

La sentivo ingiusta. Fadigati mi dispiaceva, senza dubbio, ma non era da lui che mi consideravo offeso. Conoscevo alla perfezione il carattere di Deliliers. In quella scelta delle spiagge romagnole, così prossime a Ferrara, c'era tutta la sua cattiveria e strafottenza. Fadigati non c'entrava, ne ero sicuro. Per me lui si vergognava. Se non salutava, se anche lui fingeva di non riconoscermi, doveva essere soprattutto per questo.

A differenza dell'avvocato Lavezzoli, che si trovava al mare dai primi di agosto, e dunque era al corrente come gli altri dello scandalo (sotto la tenda, però, mentre la moglie teneva cattedra, non faceva che leggere *Antonio Adverse*, né mai l'udii interloquire), mio padre capitò a Riccione soltanto il 25 mattina, un sabato : ancora più tardi del preventivato, e ovviamente ignaro di tutto. Arrivò in treno all'improvviso. Non trovando a casa nessuno, nemmeno la cuoca, scese senz'altro sulla spiaggia.

Si accorse quasi subito di Fadigati. Prima che mia madre o i Lavezzoli potessero trattenerlo, si diresse allegro verso di lui.

Fadigati sussultò, si volse. Mio padre gli aveva già teso la mano, e lui stava ancora cercando di tirarsi su dalla *chaise longue*.

Je sentais qu'elle était injuste. Fadigati ne m'était pas sympathique, bien sûr, mais ce n'était pas par lui que je me considérais offensé. Je connaissais à la perfection le caractère de Deliliers. Dans ce choix des plages romagnoles, si proches de Ferrare, il y avait toute sa méchanceté et toute son insolence. Fadigati n'y était pour rien, j'en étais sûr. À mon avis, il avait honte. S'il ne me saluait pas, s'il feignait lui aussi de ne pas me reconnaître, ce devait être surtout pour cela.

À la différence de l'avocat Lavezzoli, qui était à la mer depuis les premiers jours d'août et qui, donc, était comme les autres au courant du scandale (sous la tente néanmoins, pendant que son épouse pérorait, lui ne faisait que lire *Anthony Adverse*[1], et je ne l'entendis jamais se mêler à la conversation), mon père n'arriva à Riccione que le matin du 25, un samedi : encore plus tard que la date prévue et ignorant tout évidemment. Il arriva par le train, à l'improviste. Ne trouvant personne à la villa, pas même la cuisinière, il descendit, sans plus attendre, sur la plage.

Presque aussitôt, il aperçut Fadigati. Et avant que ma mère ou les Lavezzoli aient pu le retenir, il se dirigea, joyeux, vers lui.

Fadigati sursauta et se retourna. Déjà mon père lui avait tendu la main, et lui était encore en train d'essayer de s'extraire de sa chaise longue.

---

1. *Anthony Adverse* est un gros livre de W. H. Allen (1889-1949), publié en 1933, qui fut traduit en plusieurs langues : le roman, à la fois picaresque et historique, se passe en grande partie en Italie, à l'époque napoléonienne.

Alla fine ci riuscì. Dopodiché, per cinque minuti almeno, li vedemmo parlare in piedi sotto l'ombrellone, voltandoci le spalle.

Guardavano entrambi l'immobile lastra del mare, liscia, pallidamente luminosa, senza una increspatura. E mio padre, il quale esprimeva dall'intera persona la felicità di aver «chiuso bottega» (così diceva quando da Riccione intendeva riferirsi a tutte le non piacevoli cose lasciate in città: affari, casa vuota, calura estiva, malinconici pranzi da *Roveraro*, zanzare, eccetera), indicava a Fadigati col braccio alzato le centinaia di mosconi sparsi a varia distanza dalla riva, nonché lontanissime, appena visibili all'orizzonte e quasi sospese a mezz'aria, le vele color ruggine delle paranze e dei bragozzi.

Vennero da ultimo verso la nostra tenda, Fadigati facendosi precedere da mio padre di circa un metro, e col volto atteggiato a una strana espressione, tra implorante, disgustata, e colpevole. Saranno state le undici, Deliliers non era ancora apparso. Mentre mi alzavo per andar loro incontro, notai che il dottore lanciava verso la linea dei capanni, di dove da un momento all'altro sperava, o temeva, di veder spuntare l'amico, una rapida occhiata piena di inquietudine.

Finalement, il y parvint. Après quoi, pendant cinq minutes au moins, nous les vîmes parler sous le parasol, debout et nous tournant le dos.

Tous deux, ils regardaient la surface immobile de la mer, lisse, d'une lumineuse pâleur, sans une ride. Et mon père, dont la personne exprimait tout entière le bonheur d'avoir «fermé boutique» (c'est ainsi qu'il s'exprimait quand, à Riccione, il voulait parler de toutes les choses peu agréables qu'il avait laissées derrière lui, à Ferrare : les affaires, la maison vide, la chaleur estivale, les mélancoliques repas chez *Roveraro*, les moustiques, etc.), montrait, le bras tendu, à Fadigati les centaines de pédalos épars à des distances variables de la rive, et, tout au loin, à peine visibles à l'horizon et comme suspendues entre ciel et mer, les voiles couleur de rouille des *paranze* et des *bragozzi*[1].

Finalement, ils se dirigèrent vers notre tente, Fadigati se laissant précéder d'un mètre environ par mon père et avec, sur le visage, une expression bizarre, à la fois implorante, dégoûtée et coupable. Il devait être onze heures : Deliliers n'avait pas encore fait son apparition. Tandis que je me levais pour aller à leur rencontre, je remarquai que le docteur jetait vers la rangée des cabines, d'où, d'un instant à l'autre, il espérait ou craignait de voir surgir son ami, un coup d'œil rapide et plein d'inquiétude.

---

1. *Paranza* : bateau de pêche, autrefois à voile latine, plus large que long. *Bragozzo* : petit bateau de pêche traditionnel de l'Adriatique, à voile très colorée.

Baciò la mano di mia madre.

«Lei conosce l'avvocato Lavezzoli, non è vero?», disse subito mio padre, ad alta voce.

Fadigati ebbe un attimo di esitazione. Guardò mio padre, accennando di sì col capo; quindi, sulle spine, si volse verso la tenda dei Lavezzoli.

L'avvocato appariva più che mai assorbito dalla lettura di *Antonio Adverse*. I tre «figlioli», sdraiati bocconi sulla sabbia a due passi di distanza, in circolo attorno a un asciugamano di spugna azzurro, prendevano il sole sulla schiena, immobili come lucertole. La signora stava ricamando una tovaglia che le ricadeva in lunghe pieghe dalle ginocchia. Sembrava una Madonna rinascimentale sul suo trono di nuvole.

Famoso per il suo candore, mio padre non si rendeva conto delle cosiddette «situazioni» prima di trovarcisi immerso fino al collo.

«Avvocato», gridò, «guardi qui chi c'è!»

Il baisa la main de ma mère.

«Vous connaissez maître Lavezzoli, n'est-ce pas?» dit aussitôt mon père à haute voix.

Fadigati eut un instant d'hésitation. Regardant mon père, il fit, de la tête, signe que oui; puis, visiblement sur des charbons ardents, il se tourna vers la tente des Lavezzoli.

L'avocat semblait plus que jamais plongé dans la lecture d'*Anthony Adverse*. Les trois «enfants», étendus à plat ventre sur le sable à deux pas de distance en cercle autour d'une serviette en tissu éponge bleu, se doraient le dos au soleil, immobiles comme des lézards. Mme Lavezzoli était en train de broder une nappe, laquelle retombait en larges plis sur ses genoux. Elle avait l'air d'une Madone de la Renaissance sur son trône de nuages.

Célèbre pour sa candeur, mon père ne se rendait compte qu'une «situation» était embarrassante que lorsqu'il y était plongé jusqu'au cou.

«Lavezzoli, cria-t-il, voyez donc qui est là!»

Anticipando la risposta del marito, la signora Lavezzoli fu pronta a intervenire. Alzò di scatto gli occhi dalla tovaglia, e, d'impeto, tese il dorso della mano a Fadigati.

«Ma sì... ma sì...», gorgheggiò.

Fadigati avanzò avvilito nel sole, e al solito un po' barcollava per via delle scarpe e della rena. Raggiunta comunque la tenda dei Lavezzoli, baciò la mano della signora, strinse quella dell' avvocato che nel frattempo si era alzato in piedi, strinse ad una ad una quelle dei tre ragazzi. Infine ritornò verso la nostra tenda, dove mio padre gli aveva già preparato una *chaise longue* di fianco a quella della mamma. Sembrava molto più sereno di poc'anzi: sollevato come uno studente dopo un esame difficile.

Non appena si fu seduto esalò un sospiro di soddisfazione.

«Però che bello, qui», disse, «che bella ventilazione!»

Si girò di tre quarti per parlarmi.

«Ricorda a Bologna, il mese scorso, che razza di caldo faceva?»

Spiegò quindi a mio padre e a mia madre, ai quali non avevo mai raccontato dei nostri periodici incontri sull'accelerato mattutino delle sei e cinquanta, come negli ultimi tre mesi ci fossimo fatti «ottima compagnia». Si esprimeva con disinvoltura mondana.

Avant que son mari ait pu répondre, Mme Lavezzoli intervint rapidement. Levant brusquement les yeux de sa nappe, elle tendit avec élan le dos de sa main à Fadigati.

« Mais oui… mais oui… » gazouilla-t-elle.

Profondément mortifié, Fadigati s'avança dans le soleil, et, comme toujours, il titubait un peu à cause de ses souliers et du sable. Atteignant néanmoins la tente des Lavezzoli, il baisa la main de Mme Lavezzoli, serra celle de l'avocat qui, sur ces entrefaites, s'était levé, et serra l'une après l'autre celles des trois enfants. Finalement, il revint vers notre tente où mon père lui avait déjà préparé une chaise longue à côté de celle de ma mère. Il avait l'air beaucoup plus serein que tout à l'heure : soulagé comme un étudiant après un examen difficile.

Aussitôt assis, il poussa un soupir de satisfaction.

« Qu'il fait donc beau ici, dit-il, comme on respire bien ! »

Il se tourna de trois quarts, pour me parler.

« Vous vous rappelez, le mois dernier, à Bologne, la chaleur qu'il faisait ? »

Il expliqua ensuite à mon père et à ma mère, à qui je n'avais jamais dit un mot de nos rencontres périodiques dans l'omnibus matinal de six heures cinquante que, ces derniers trois mois, nous nous étions « très agréablement » tenu compagnie. Il parlait avec la désinvolture d'un homme du monde.

Non gli pareva vero, lo si capiva benissimo, di ritrovarsi lì, con noi, perfino coi temuti Lavezzoli, restituito d'un tratto al suo ambiente, riaccettato dalla società di persone colte e beneducate a cui aveva sempre appartenuto. «Aah!», faceva di continuo, allargando il petto ad accogliere la brezza marina. Era chiaro che si sentiva felice, libero, e insieme penetrato di gratitudine nei confronti di tutti coloro che gli permettevano di sentirsi così.

Frattanto mio padre aveva riportato il discorso sull'afa incredibile dell'agosto ferrarese.

«La notte non si dormiva», diceva, contraendo il viso in una smorfia di sofferenza : come se gli bastasse il ricordo del caldo cittadino per provarne ancora tutta l'oppressione. «Mi creda, dottore, non si riusciva a chiudere occhio. C'è chi fa cominciare l'Evo moderno dall'anno in cui è stato inventato il Flit. Non discuto. Ma il Flit vuole anche dire finestre tutte chiuse. E le finestre chiuse significano lenzuola che ti si attaccano alla pelle per il sudore. Non scherzo. Fino a ieri vedevo avvicinarsi la notte terrorizzato. Maledette zanzare!»

«Qui è diverso», disse Fadigati con slancio entusiastico. «Anche nelle notti più calde qui c'è sempre modo di respirare.»

E cominciò a diffondersi sui «vantaggi» della costa adriatica in confronto alle altre coste del resto d'Italia.

Il ne lui paraissait pas possible, on le comprenait très bien, qu'il pût être là, avec nous et même avec les redoutables Lavezzoli, rendu brusquement à son milieu et de nouveau accepté par cette société de personnes cultivées et bien élevées, à laquelle il avait toujours appartenu. « Aah ! » faisait-il sans cesse, en dilatant sa poitrine pour accueillir la brise marine. Il était clair qu'il se sentait heureux et libre : et en même temps pénétré de gratitude envers tous ceux qui lui permettaient de se sentir ainsi.

Cependant, mon père avait ramené la conversation sur la chaleur incroyablement étouffante du mois d'août ferrarais.

« La nuit, pas moyen de dormir », disait-il, et son visage se contractait en une grimace de souffrance : comme si le souvenir de la chaleur ferraraise eût suffi pour lui en faire de nouveau éprouver le poids écrasant. « Croyez-moi docteur, je ne parvenais pas à fermer l'œil. Il y en a qui font commencer l'Ère moderne à l'année où le FLIT a été inventé. Je ne dis pas le contraire. Mais le FLIT signifie également des fenêtres hermétiquement closes. Et les fenêtres closes, cela veut dire des draps que la sueur vous colle à la peau. Je ne plaisante pas : jusqu'à hier, je vous le jure, je voyais avec épouvante s'approcher la nuit. Maudits moustiques ! »

« Ici, c'est tout à fait différent, dit Fadigati avec un élan d'enthousiasme. Ici, même par les nuits les plus chaudes, on respire toujours. »

Et il se mit à s'étendre longuement sur les « avantages » de la côte de l'Adriatique comparée aux autres côtes de l'Italie.

Era veneziano — ammise —, aveva trascorso l'infanzia e l'adolescenza al Lido, e quindi il suo giudizio peccava forse di parzialità. Però l'Adriatico a lui sembrava di gran lunga più riposante del Tirreno.

La signora Lavezzoli stava con le orecchie tese. Dissimulando l'intenzione maligna dietro un finto orgoglio municipale, assunse impetuosamente le difese del Tirreno. Dichiarò che se si fosse trovata nelle condizioni di poter scegliere fra una villeggiatura a Riccione e una a Viareggio, non avrebbe esitato nemmeno un momento.

«Guardi certe sere», aggiunse. «A passare davanti al Caffè Zanarini, si ha spesso la sensazione di non essersi spostati da Ferrara di un solo chilometro. Almeno l'estate uno desidererebbe, siamo sinceri, vedere altre facce, diverse una buona volta da quelle che gli vengono offerte tutto il resto dell'anno. Sembra di camminare per la Giovecca, oppure per corso Roma, sotto i portici del Caffè della Borsa. Non trova?»

A disagio, Fadigati si mosse sulla *chaise longue*. Di nuovo gli occhi gli sfuggirono verso i capanni. Ma di Deliliers ancora niente.

«Può darsi, può darsi», rispose con un sorriso nervoso, tornando a portare gli sguardi sul mare.

Come ogni mattina fra le undici e mezzogiorno, l'acqua aveva cambiato colore. Non era già più la massa scialba, oleosa, di mezz'ora avanti.

Il était vénitien, admit-il, il avait passé son enfance et son adolescence au Lido, aussi, probablement, son jugement pouvait-il ne pas être absolument impartial. Selon lui, néanmoins, l'Adriatique était, de loin, beaucoup plus reposante que la Tyrrhénienne.

Mme Lavezzoli avait l'oreille tendue. Dissimulant ses intentions perfides derrière un prétendu orgueil toscan, elle prit avec impétuosité la défense de la Tyrrhénienne. Elle déclara que, si elle s'était trouvée dans une situation telle qu'elle ait pu choisir entre des vacances à Riccione et des vacances à Viareggio, elle n'eût pas hésité un seul instant.

«Voyez certains soirs, ajouta-t-elle. Quand on passe devant le café Zanarini, on a souvent la sensation de ne pas s'être éloigné d'un seul kilomètre de Ferrare. Franchement, l'été au moins, on voudrait voir d'autres têtes enfin différentes de celles qui vous sont offertes tout le reste de l'année. On a l'impression de se promener corso Giovecca ou corso Roma, sous les arcades du café de la Bourse, vous ne trouvez pas?»

Fadigati bougea sur sa chaise longue, mal à l'aise. De nouveau, ses yeux s'enfuirent vers les cabines. Mais toujours pas de Deliliers.

«C'est possible, c'est possible», répondit-il avec un sourire nerveux, en se remettant à contempler la mer.

Comme chaque matin, entre onze heures et midi, l'eau avait changé de couleur. Ce n'était déjà plus la masse blafarde, huileuse, d'une demi-heure plus tôt.

Il vento teso che proveniva dal largo, il sole pressoché a picco, l'avevano trasformata in una distesa azzurra, sparsa di innumerevoli scintille d'oro. La spiaggia cominciava a essere attraversata di corsa dai primi bagnanti. E anche i tre ragazzi Lavezzoli, dopo aver chiesto permesso alla madre, si diressero verso il loro capanno per cambiarsi di costume.

«Può darsi», ripeté Fadigati. «Ma dove li trova, cara signora, pomeriggi come quelli che il sole ci prepara da queste parti, quando si avvia a calare dietro

*l'azzurra visïon di San Marino?*»

Aveva declamato il verso del Pascoli con voce cantante, leggermente nasale, spiccando ogni sillaba e facendo risaltare la dieresi di «visïon». Seguì un silenzio imbarazzato; ma già il dottore ricominciava a discorrere.

«Mi rendo conto», continuò, «che i tramonti della Riviera di Levante sono magnifici. Tuttavia bisogna sempre pagarli a caro prezzo : al prezzo, voglio dire, di pomeriggi infuocati, col mare trasformato in una specie di specchio ustorio, e con la gente costretta a starsene tappata in casa, o, al massimo, a rifugiarsi nelle pinete. Avrà invece notato il colore dell'Adriatico dopo le due o le tre. Più che azzurro, diventa nero : insomma non se ne resta abbacinati. La superficie dell'acqua assorbe i raggi del sole, non li riflette.

Le vent incessant du large, le soleil à peu près au zénith l'avaient transformée en une étendue bleue, parsemée d'innombrables étincelles d'or. Les premiers baigneurs commençaient à traverser la plage en courant. Et les trois jeunes Lavezzoli, eux aussi, après avoir demandé la permission à leur mère, se dirigèrent vers leur cabine pour y changer de maillot.

« C'est possible, répéta Fadigati. Mais où trouveriez-vous, chère Madame, des après-midi comme ceux que le soleil nous prépare ici, quand il va disparaître derrière

*la bleuâtre vision de Saint-Marin ?*»

Il avait déclamé ce vers de Pascoli d'une voix chantante, légèrement nasale, détachant chaque syllabe et soulignant la diérèse de «vision». Un silence embarrassé suivit; mais déjà le docteur recommençait de parler.

«Je me rends compte, enchaîna-t-il, que les couchers de soleil de la Riviera du Levant sont magnifiques. Mais il faut les payer très cher : les payer, veux-je dire, par des après-midi torrides, où la mer est transformée en une sorte de miroir ardent et où les gens sont en conséquence forcés de se tapir chez eux ou, à la rigueur, de se réfugier dans les pinèdes. Vous devez en revanche avoir remarqué la couleur de l'Adriatique après deux ou trois heures de l'après-midi. Plutôt que bleue, elle devient noire : bref on n'est pas ébloui. La surface de son eau absorbe les rayons du soleil, elle ne les réfléchit pas.

O meglio li riflette, sì, ma in direzione della... Jugoslavia! Io, per me», concluse, affatto smemorato, «non vedo l'ora di aver mangiato per tornare subito sulla spiaggia. Le due del pomeriggio. Non c'è momento più bello per godersi in santa pace il nostro divino Amarissimo!»

«Immagino che ci verrà in compagnia di quel suo... quel suo amico inseparabile», disse acida la signora Lavezzoli.

Richiamato così sgarbatamente alla realtà, Fadigati tacque, confuso.

Quand'ecco, un improvviso assembrarsi di persone a qualche centinaio di metri di distanza, dalla parte di Rimini, attirò l'attenzione di mio padre.

«Che cosa succede?» chiese, portandosi una mano alla fronte per veder meglio.

Attraverso il vento giunsero grida di evviva miste a battimani.

«È il Duce che scende in acqua», spiegò la signora Lavezzoli, compunta.

Mio padre storse la bocca.

«Possibile che non ci si salvi nemmeno al mare?», si lamentò fra i denti.

Romantico, patriota, politicamente ingenuo e inesperto come tanti altri ebrei italiani della sua generazione, anche mio padre, tornando dal fronte nel '19, aveva preso la tessera del Fascio. Era stato dunque fascista fin dalla «prima ora», e tale in fondo era rimasto nonostante la sua mitezza e onestà.

Ou, plus exactement, elle les réfléchit, oui, mais en direction de la... Yougoslavie ! Quant à moi, conclut-il, ayant tout oublié, il me tarde d'avoir fini de déjeuner pour revenir tout de suite sur la plage. Deux heures de l'après-midi. Il n'y a pas de meilleur moment pour jouir en paix du spectacle de notre divine Très-amère !

— J'imagine que vous devez y venir en compagnie de votre... de votre inséparable ami », dit, aigrement, Mme Lavezzoli.

Rappelé aussi grossièrement à la réalité, Fadigati se tut, confus.

Voici qu'alors, à quelques centaines de mètres de là, du côté de Rimini, un attroupement soudain attira l'attention de mon père.

« Que se passe-t-il ? » demanda-t-il, en mettant la main en visière devant son front pour mieux voir.

Des vivats mêlés à des applaudissements nous parvinrent, portés par le vent.

« C'est le Duce qui entre dans l'eau », expliqua Mme Lavezzoli avec componction.

Mon père fit la grimace.

« Est-il possible que, même à la mer, on ne puisse pas y échapper ? » gémit-il entre ses dents.

Romantique, patriote, et politiquement naïf et inexpérimenté comme tant d'autres juifs italiens de sa génération, mon père, lui aussi, en revenant du front, en 19, avait pris sa carte du Fascio. Il avait donc été un fasciste de la « première heure », et, au fond, il l'était resté, en dépit de sa douceur et de son honnêteté.

Ma da quando Mussolini, dopo le baruffe dei primi tempi, aveva cominciato a intendersela con Hitler, era diventato inquieto. Non faceva che pensare a un possibile scoppio di antisemitismo anche in Italia; e ogni tanto, pur soffrendone, si lasciava sfuggire qualche amara parola contro il Regime.

« È così semplice, così umano », proseguì senza badargli la signora Lavezzoli. « Da bravo marito, ogni sabato mattina prende la macchina, e via, è capace di far tutta una tirata da Roma fino a Riccione. »

« Davvero bravo », sogghignò mio padre. « Chissà come sarà contenta Donna Rachele! »

Guardava l'avvocato Lavezzoli con intenzione, in cerca del suo consenso. Non era senza tessera, l'avvocato Lavezzoli? Non era stato firmatario nel '24 del famoso manifesto Croce, e almeno per qualche anno, almeno fino al '30, tenuto in conto di « demoliberale » e disfattista? Tutto però fu vano. Sebbene distolti finalmente dalle fitte pagine di *Antonio Adverse*, gli occhi dell'avvocato si mantennero insensibili al muto richiamo di quelli di mio padre. Allungando il collo, socchiudendo le palpebre, l'illustre avv. prof. scrutava ostinato in direzione del mare. I « figlioli » avevano preso a nolo un moscone, e stavano spingendosi troppo al largo.

1. L'Axe Berlin-Rome fut proclamé par Mussolini en novembre 1936, après les entretiens à Berchtesgaden entre Hitler et Ciano, ministre italien des Affaires étrangères.

2. *Manifesto Croce*: le philosophe Benedetto Croce rompit

Mais depuis que Mussolini, après les chamailleries du début, s'était mis à être d'accord avec Hitler[1], mon père était devenu inquiet. Il ne faisait que penser à un possible déchaînement d'antisémitisme également en Italie ; et de temps en temps, bien qu'en souffrant, il se laissait aller à prononcer des paroles amères contre le Régime.

« Il est si simple, si humain, continua Mme Lavezzoli sans lui prêter attention. En bon mari, tous les samedis matin, il prend sa voiture et en route, et il est capable de faire d'une seule traite Rome-Riccione.

— Un bon mari, vraiment ! ricana mon père. Dieu sait si donna Rachele doit être heureuse ! »

Il regardait l'avocat Lavezzoli avec intention, quêtant son approbation. L'avocat Lavezzoli n'était-il pas de ceux qui n'avaient pas la carte du Parti ? N'avait-il pas été signataire, en 24, du fameux manifeste Croce[2], et pendant quelques années au moins, jusqu'en 30 au moins, considéré comme un démo-libéral et un défaitiste ? Mais ce fut en vain. Les yeux de l'avocat, bien que s'étant finalement détachés des pages compactes d'*Anthony Adverse*, demeurèrent insensibles à l'appel muet de ceux de mon père. Tendant le cou, fermant à demi les yeux, l'illustre avocat et professeur regardait obstinément du côté de la mer. Les « enfants » qui avaient loué un pédalo s'aventuraient trop au large.

--------

avec le fascisme seulement en 1925, après l'assassinat du député socialiste Matteotti, en 1924, et lança un « Manifeste des intellectuels antifascistes ».

«L'altro sabato», diceva intanto la signora Lavezzoli, «io e Filippo si rincasava a braccetto per viale dei Mille. Erano le sette e mezzo, o giù di lì. D'un tratto, dal cancello d'una villa, chi ti vedo uscire? Il Duce in persona, vestito di bianco da capo a piedi. Io feci: "Buona sera, Eccellenza". E lui, gentilissimo, togliendosi il cappello: "Buona sera, signora". Non è vero, Pippo», soggiunse, girata verso il marito, «non è vero che fu gentilissimo?»

L'avvocato annuì.

«Forse dovremmo avere la modestia di riconoscere di aver sbagliato», disse gravemente, rivolto a mio padre. «L'Uomo, non dimentichiamolo, ci ha data l'Impero.»

Come se fossero state incise sopra un nastro magnetico, ritrovo nella memoria ad una ad una tutte le parole di quella lontana mattina.

Dopo aver pronunciato la sua sentenza (a udirla, mio padre aveva sgranato tanto d'occhi), l'avvocato Lavezzoli era tornato alla lettura. Ma la signora non aveva ormai più ritegno. Spronata dalla frase del coniuge, e in particolare da quella parola, «Impero», che magari non aveva mai colto prima d'allora dalle austere labbra di lui, insisteva a non finire sul «buon cuore» del Duce, sul suo generoso sangue romagnolo.

«Samedi dernier, disait pendant ce temps Mme Lavezzoli, Filippo et moi, nous rentrions bras dessus bras dessous par l'avenue des Mille. Il était sept heures et demie, ou à peu près. Tout à coup, qui voyons-nous sortir de la grille d'une villa ? Le Duce en personne, en blanc de la tête aux pieds. Moi, je lui dis : « Bonsoir, Excellence. » Et lui, très aimable, en se découvrant : « Bonsoir, Madame. » N'est-ce pas, Pippo, ajouta-t-elle, s'adressant à son mari, n'est-ce pas qu'il a été très aimable ? »

L'avocat acquiesça.

«Nous devrions peut-être avoir l'humilité de reconnaître que nous nous sommes trompés, dit-il gravement, se tournant vers mon père. L'Homme, ne l'oublions pas, nous a donné l'Empire[1]. »

Comme si elles avaient été enregistrées sur une bande magnétique, je retrouve l'une après l'autre dans ma mémoire toutes les paroles de cette lointaine matinée.

Après avoir prononcé cette sentence (en l'entendant, mon père écarquilla tout grands les yeux), l'avocat Lavezzoli avait repris sa lecture. Mais Mme Lavezzoli, elle, avait maintenant perdu toute retenue. Éperonnée par la phrase de son époux et en particulier par ce mot d'«Empire», que, peut-être, elle recueillait alors pour la première fois sur les lèvres austères de celui-ci, elle n'en finissait plus de parler du bon cœur du Duce et de son généreux sang romagnol.

---

1. *L'Impero* : en mai 1936, le roi d'Italie était devenu empereur d'Éthiopie.

«A questo proposito», disse, «voglio raccontarvi un episodio di cui sono stata testimone io stessa tre anni fa, proprio qui, a Riccione. Una mattina il Duce stava facendo il bagno coi due ragazzi maggiori, Vittorio e Bruno. Verso l'una viene su dall'acqua, e cosa ti trova, ad attenderlo? Un dispaccio telegrafico arrivato un attimo prima, che gli comunica la notizia dell'assassinio del cancelliere austriaco Dollfuss. Quell'anno la nostra tenda era a due passi dalla tenda dei Mussolini: dunque quello che dico è la pura verità. Non appena ebbe letto il telegramma il Duce uscì in una gran bestemmia in dialetto (eh, si capisce, il temperamento è il temperamento!). Ma poi si mise a piangere, gliele ho vedute io le lacrime che gli rigavano le gote. Erano grandi amici, i Mussolini, dei Dollfuss. Anzi: la signora Dollfuss, una signora piccina, magra, modesta, tanto carina, appunto quell'estate era ospite loro, nella loro villa, insieme coi bambini. E lui piangeva, il Duce, certo pensando a ciò che di lì a qualche minuto, rientrato a casa per il desinare, avrebbe per forza dovuto dire a quella sventurata madre...»

Fadigati si alzò in piedi di scatto. Umiliato dalla frase velenosa della signora Lavezzoli, da quel momento in poi non aveva più aperto bocca. Sopra pensiero, non faceva che mordersi le labbra. Perché mai Deliliers tardava talmente? Che cosa gli era accaduto?

«Con permesso», balbettò impacciato.

« À ce propos, dit-elle, je veux vous raconter un épisode dont j'ai été moi-même témoin il y a trois ans, ici même, à Riccione. Un matin, le Duce se baignait avec ses deux fils aînés : Vittorio et Bruno. Vers une heure, il sort de l'eau, et qu'est-ce qu'il trouve, l'attendant ? Un télégramme, arrivé un instant plus tôt, qui lui annonce la nouvelle de l'assassinat du chancelier autrichien Dollfuss[1]. Cette année-là, notre tente était à deux pas de celle des Mussolini ; donc, ce que je dis est la pure vérité. À peine eut-il lu le télégramme que le Duce jura violemment en dialecte — eh ! cela se comprend, le tempérament est le tempérament ! Mais ensuite il se mit à pleurer et j'ai vu moi-même les larmes qui lui sillonnaient les joues. C'est que les Mussolini étaient de grands amis des Dollfuss. Et même : Mme Dollfuss, une toute petite femme, maigre, effacée et si gentille, était justement cette année-là l'invitée des Mussolini dans leur villa avec ses enfants. Et s'il pleurait, lui, le Duce, c'était certainement en pensant à ce qu'il allait devoir dire quelques minutes plus tard à cette malheureuse mère, quand ils se retrouveraient tous pour déjeuner… »

Tout à coup, Fadigati se leva. Humilié par la phrase venimeuse de Mme Lavezzoli, il n'avait, depuis lors, plus ouvert la bouche. Soucieux, il ne cessait pas de se mordiller les lèvres. Pourquoi Deliliers n'était-il pas encore là ? Que lui était-il arrivé ?

« Excusez-moi, balbutia-t-il, embarrassé.

1. Le 25 juillet 1934.

185

«Ma è presto!», protestò la signora Lavezzoli. «Non aspetta il suo amico? Mancano ancora venti minuti al tocco!»

Fadigati borbottò qualcosa di incomprensibile. Strinse in giro tutte le mani, quindi si allontanò, arrancando, in direzione dell'ombrellone.

Raggiunto che ebbe l'ombrellone, si chinò a raccogliere il libro giallo e l'asciugamano di spugna. Dopodiché lo vedemmo attraversare di nuovo la spiaggia sotto il sole dell'una, ma questa volta diretto verso l'albergo.

Camminava a fatica, tenendo il libro giallo sotto il braccio e l'asciugamano sulla spalla, il volto disfatto dal sudore e dall'ansia. Tanto che mio padre, il quale era stato messo subito al corrente di ogni cosa, e lo seguiva con occhio impietosito, mormorò sottovoce:

*«Puvràz.»*

« — Mais il est encore tôt ! protesta Mme Lavezzoli. Vous n'attendez pas votre ami ? Il est tout au plus une heure moins vingt ! »

Fadigati bredouilla quelque chose d'incompréhensible. Il serra toutes les mains à la ronde et puis s'éloigna, en marchant péniblement, en direction de son parasol.

Quand il fut parvenu à ce dernier, il se baissa pour ramasser son roman policier et la serviette en tissu éponge. Après quoi, nous le vîmes qui traversait de nouveau la plage sous le soleil d'une heure, mais, cette fois-ci, en se dirigeant vers l'hôtel.

Il avançait avec peine, le roman policier sous son bras et la serviette sur l'épaule, le visage décomposé par la sueur et par l'anxiété. Si bien que mon père, que l'on avait aussitôt mis au courant de tout et qui le suivait d'un œil apitoyé, murmura à mi-voix :

*« Puvràz ! »*

# 10

Subito dopo mangiato tornai da solo sulla spiaggia.

Mi sedetti sotto la tenda. Il mare era già diventato blu scuro. Quel giorno, però, cominciando da pochi metri dalla riva fino a perdita d'occhio, le cime di ogni onda inalberavano ciascuna un pennacchio più candido della neve. Il vento soffiava sempre dal largo, ma adesso un poco di traverso. Se alzavo il binocolo militare di mio padre in modo da inquadrare lo sperone della Punta di Pesaro che chiudeva l'arco della baia alla mia destra, lo vedevo piegare lassù in alto i tronchi dei pini, scompigliarne selvaggiamente le chiome. Sospinti dal cosiddetto vento greco del pomeriggio, i lunghi cavalloni venivano avanti a ranghi serrati e successivi. Prima che cominciassero a ridurre l'altezza dei loro cimieri di schiuma sino a farli sparire quasi del tutto negli ultimi metri, pareva che si precipitassero all'assalto della terraferma. Sdraiato sulla *chaise longue*, sentivo il sordo urto delle ondate contro la riva.

# 10

Tout de suite après le déjeuner, je revins seul sur la plage.

Je m'assis sous la tente. La mer était déjà devenue bleu foncé. Ce jour-là, pourtant, en commençant à quelques mètres du bord jusqu'à perte de vue, la crête de chaque vague se terminait par un panache d'écume, plus blanc que la neige. Le vent soufflait toujours du large, mais, maintenant, un peu de biais. Quand je levais les jumelles militaires de mon père de façon à cadrer l'éperon de la Pointe de Pesaro, qui fermait, à ma droite, l'arc de la baie, je voyais le vent courber, là-haut, le tronc des pins et en agiter sauvagement le feuillage. Poussées par ce qu'on appelle le vent grec de l'après-midi, les longues lames s'avançaient en rangs serrés et successifs. Avant que ne commençât à se réduire la hauteur de leurs cimiers d'écume jusqu'à les faire presque entièrement disparaître pendant les derniers mètres, on eût dit qu'elles se précipitaient à l'assaut de la terre ferme. Étendu sur ma chaise longue, j'entendais le bruit sourd des vagues contre la rive.

Il deserto del mare, da cui erano scomparse anche le vele dei pescherecci (l'indomani mattina, che era domenica, le avrebbe viste schierate in maggioranza lungo le banchine dei porti-canale di Rimini e di Cesenatico), rispondeva al deserto altrettanto completo della spiaggia. Sotto una tenda non lontana dalla nostra qualcuno faceva andare un grammofono. Non potrei dire che musica fosse : forse *jazz*. Per più di tre ore rimasi così, con gli occhi fissi a un vecchio pescatore di telline che veniva sarchiando il fondo del mare lì davanti, a pochissima distanza dall'asciutto, e con quella musica negli orecchi, non meno triste e instancabile. Quando mi levai su, poco dopo le cinque, il vecchio continuava ancora a cercare le sue telline, il grammofono a suonare. Il sole aveva allungato di molto le ombre delle tende e degli ombrelloni. Quella dell'ombrellone di Fadigati toccava ormai quasi l'acqua.

Dalla parte del mare, la rotonda dinanzi al Grand Hôtel confinava direttamente con le dune. Non appena vi misi piede, notai subito Fadigati seduto su una delle panchine di cemento di fronte alla scalinata esterna dell'albergo.

Anche lui mi vide.

«Buon giorno», dissi, avvicinandomi.

Accennò alla panchina.

«Perché non siede? Sieda un momento.»

Obbedii.

Portò la mano al taschino interno della giacca, ne trasse un pacchetto di Nazionali, e me lo offrì.

Le désert de la mer, dont peu à peu avaient même disparu les voiles des bateaux de pêche (le lendemain matin, qui était un dimanche, on verrait ceux-ci alignés pour la plupart le long des quais des ports-canaux de Rimini et de Cesenatico), correspondait au désert tout aussi complet de la plage. Sous une tente assez proche de la nôtre, quelqu'un faisait jouer un phonographe. Je serais incapable de dire quelle musique c'était : du jazz sans doute. Pendant plus de trois heures je restai ainsi, les yeux fixés sur un vieux pêcheur de palourdes, qui sarclait le fond de la mer à peu de distance du rivage ; et avec, dans les oreilles, cette musique non moins triste et infatigable. Lorsque, un peu après cinq heures, je me levai, le vieux était encore en train de chercher ses palourdes et le phonographe de jouer. Le soleil avait considérablement allongé l'ombre des tentes et des parasols. Celle du parasol de Fadigati atteignait maintenant presque l'eau.

Du côté de la mer, la rotonde devant le *Grand Hôtel* confinait directement avec les dunes. Je n'y eus pas plus tôt mis le pied que je remarquai immédiatement Fadigati assis sur l'un des bancs de ciment, en face de l'escalier extérieur de l'hôtel.

Il me vit lui aussi.

« Bonjour », dis-je en m'approchant.

Il montra le banc. « Pourquoi ne vous asseyez-vous pas ? Asseyez-vous donc un instant. »

J'obéis. Il mit la main à la poche intérieure de sa veste, en tira un paquet de *Nazionali* et me le tendit.

Nel pacchetto non erano rimaste che due sigarette. Si accorse che esitavo ad accettare.

«Sono Nazionali!», esclamò con un lampo di strano fanatismo negli occhi.

Comprese infine la ragione della mia incertezza, e sorrise.

«Oh, prenda, prenda pure! Da buoni amici: una per lei, e una per me.»

Fischiando sull'asfalto della curva, una macchina irruppe nel piazzale. Fadigati si volse a guardarla, ma senza speranza. Infatti non era l'Alfa. Si trattava di una Fiat 1500, une berlina grigia.

«Credo che dovrò andare», dissi.

Tuttavia presi una delle due sigarette.

Notò i miei zoccoli.

«Vedo che viene dalla spiaggia. Chissà che bel mare, oggi!»

«Sì, ma non per fare per il bagno.»

«Non le venga mai in mente di tuffarsi prima di una data ora, mi raccomando!», esclamò. «Lei è un ragazzo, avrà un cuore senza dubbio eccellente, fortunato lei, ma la congestione fulmina, *tac*, stronca anche i più robusti.»

Mi tese il fiammifero acceso.

«E adesso ha qualche appuntamento?»

Gli risposi che ero atteso per le sei dai ragazzi Lavezzoli. Avevamo fissato per quell'ora il campo di tennis dietro il Caffè Zanarini.

Dans le paquet, il ne restait que deux cigarettes. Il s'aperçut que j'hésitais à accepter.

«Ce sont des *Nazionali*!» s'exclama-t-il, avec,
dans les yeux, un éclair d'étrange fanatisme.

Comprenant finalement la raison de mon hésitation, il sourit.

«Oh! prenez, prenez donc! En bons amis : une
pour vous et une pour moi.»

Ses pneus crissant sur l'asphalte du virage, une
auto fit irruption sur l'esplanade. Fadigati se
tourna pour la regarder, mais sans espoir. Ce
n'était effectivement pas l'Alfa Romeo. Il s'agissait d'une Fiat 1500, une berline grise.

«Je crois qu'il va falloir que je m'en aille», dis-
je. Néanmoins je pris l'une des deux cigarettes.

Il remarqua mes sabots. «Je vois que vous venez
de la plage. La mer devait être belle aujourd'hui.

— Oui, mais pas pour se baigner!

— Je vous en prie, ne vous avisez jamais de
plonger avant une certaine heure! s'exclama-t-il.
Vous êtes jeune, vous avez probablement la chance
d'avoir un cœur en parfait état, mais la conges-
tion est foudroyante, *tac*, elle démolit même les
plus robustes.»

Il me tendit une allumette allumée.

«Et maintenant, vous avez sans doute un rendez-vous quelconque?»

Je lui répondis que les jeunes Lavezzoli m'at-
tendaient à six heures. Nous avions retenu pour
cette heure-là le court de tennis derrière le café
Zanarini.

Era vero che mancava ancora una ventina di minuti alle sei, ma dovevo passare da casa, cambiarmi, prendere la racchetta e le palle. Temevo insomma di non arrivare puntuale.

«E speriamo che Fanny non si metta in testa di venire anche lei!», aggiunsi. «La mamma non la lascerebbe andare prima di averle rifatto le trecce, col risultato che io perderei altri dieci minuti buoni.»

Mentre parlavo, lo vidi impegnato in una curiosa manovra. Staccò dalle labbra la Nazionale, per poi accenderla dal capo opposto, quello della marca. Quindi buttò via il pacchetto vuoto.

Soltanto a questo punto mi accorsi che il terreno dinanzi a noi era cosparso di mozziconi di sigarette, più di una dozzina.

«Ha visto come fumo?», disse.

«Già.»

Una domanda mi bruciava : «E Deliliers?». Ma non ne fui capace.

Mi alzai in piedi e gli tesi la mano.

«Prima non fumava affatto, se non sbaglio.»

«Cerco anche io di dare il mio modesto contributo alla diffusione del... mal di gola», ridacchiò miserabilmente. «Ho pensato che mi conveniva.»

Mi allontanai di qualche passo.

«Ha detto il campo di tennis vicino al *Zanarini*, no?», mi gridò dietro. «Chissà che più tardi non venga ad ammirarvi.»

Évidemment, il s'en fallait encore d'une vingtaine de minutes avant qu'il fût six heures, mais je devais passer à la villa, me changer, prendre ma raquette et des balles. Bref, j'avais peur de ne pas arriver à l'heure.

«Et espérons que Fanny ne va pas se mettre dans la tête de venir elle aussi! ajoutai-je. Jamais ma mère ne consentirait à la laisser partir sans lui avoir refait ses nattes, et moi, ça me ferait perdre encore une bonne dizaine de minutes.»

Tandis que je parlais, je le vis se livrer à une bizarre manœuvre. Il ôta sa *Nazionale* de sa bouche, pour l'allumer ensuite par l'extrémité opposée, le côté de la marque. Après quoi, il jeta sur le sol le paquet vide.

À ce moment-là seulement, je m'aperçus que, devant nous, le sol était jonché de mégots, plus d'une douzaine.

«Vous avez vu comme je fume? dit-il.

— Oui.»

Une question me brûlait les lèvres : «Et Deliliers?» Mais je fus incapable de la poser.

Je me levai et lui tendis la main.

«Autrefois, si je ne me trompe, vous ne fumiez pas.

— Je m'efforce, moi aussi, d'apporter ma modeste contribution à la diffusion… des maux de gorge, ricana-t-il pitoyablement. J'ai pensé que c'était mon intérêt.»

Je m'éloignai de quelques pas.

«Vous avez bien dit le court de tennis à côté du café Zanarini, n'est-ce pas? me cria-t-il. Il se peut que tout à l'heure je vienne vous admirer.»

Come risultò di lì a poco, a Deliliers non era successo nulla di grave. Questo, in sostanza : che invece di fare il bagno a Riccione, di punto in bianco gli era venuta voglia di farlo a Rimini, dove, all'altezza dell'Hôtel Vittoria, conosceva certe sorelle di Parma. Aveva preso la macchina e via, era sparito senza nemmeno curarsi di lasciare due righe per il compagno di camera. Era tornato circa alle otto — raccontò la signora Lavezzoli che, insieme col marito, si trovava per caso nell' atrio del Grand Hôtel a bere un aperitivo —. Improvvisamente avevano veduto «quel Deliliers» attraversare l'atrio a gran passi, nero in faccia, e con Fadigati quasi in lacrime alle calcagna.

Fu Deliliers ad avvicinarmi quella sera stessa sulla terrazza del Grand Hôtel.

Ci ero venuto coi miei genitori e coi soliti Lavezzoli, avvocato e consorte. Tuttora stanco del tennis, non mi andava di ballare. Ascoltavo in silenzio la signora Lavezzoli, la quale, sebbene certo non ignorasse quanto la cosa potesse ferirci, si era messa a discorrere con pretese di «obbiettività» della Germania hitleriana, sostenendo che bisognava finalmente decidersi a riconoscerne «l'innegabile grandezza».

«Badi però, signora, che il *suo* Dollfuss pare che l'abbia liquidato proprio Hitler», dissi con un sogghigno.

Si strinse nelle spalle.

«Che cosa significa!», sbuffò.

Ainsi qu'on l'apprit un peu plus tard, il n'était rien arrivé de grave à Deliliers. Simplement cela : au lieu de se baigner à Riccione, il lui était soudain venu l'envie de se baigner à Rimini où, à la hauteur de l'*Hôtel Vittoria*, il connaissait des sœurs originaires de Parme. Il avait pris sa voiture, et il avait disparu tranquillement, sans même se donner la peine de laisser un mot à son compagnon de chambre. Il était revenu vers huit heures — raconta Mme Lavezzoli qui, en compagnie de son mari, se trouvait par hasard dans le hall du *Grand Hôtel*, en train de prendre l'apéritif. Brusquement, ils avaient vu «ce Deliliers» traverser le hall à grands pas, l'air furieux et suivi de Fadigati presque en larmes.

Ce fut Deliliers qui, ce même soir, m'aborda sur la terrasse du *Grand Hôtel*.

J'y étais venu avec mes parents et avec les inévitables Lavezzoli, l'avocat et sa femme. Encore fatigué par le tennis, je n'avais pas envie de danser. J'écoutais en silence Mme Lavezzoli qui, bien qu'elle n'ignorât certainement pas combien cela pouvait nous blesser, s'était mise à parler avec une prétendue «objectivité» de l'Allemagne hitlérienne, soutenant qu'il fallait finalement se décider à en reconnaître «l'indéniable grandeur».

«N'oubliez pas néanmoins, Madame, qu'il semble que ce soit Hitler lui-même qui a liquidé *votre* Dollfuss», dis-je avec un ricanement.

Elle haussa les épaules.

«Et alors?» ronchonna-t-elle.

Assunse l'espressione compiaciuta e longanime della maestra di scuola disposta a giustificare nel primo della classe qualsiasi marachella.

«Sono purtroppo le esigenze della politica», continuò. «Lasciamo stare le simpatie o antipatie personali. Fatto si è che in determinate circostanze un Capo di Stato, uno Statista davvero degno di questo nome, per il bene e il vantaggio del proprio Popolo deve anche sapere passar sopra alle delicatezze della gente comune... della piccola gente come noi.»

Ed ebbe un sorriso pieno d'orgoglio, in netto contrasto con queste ultime parole.

Sconvolto, mio padre aprì la bocca per dire qualcosa. Ma come al solito la signora Lavezzoli non gliene dette il tempo. Con l'aria di cambiare discorso, e rivolgendosi direttamente a lui, era già passata a esporre il contenuto di un «interessante» articolo apparso nell'ultimo numero della «Civiltà cattolica», a firma del celebre Padre Gemelli.

Tema dell'articolo era la «vecchissima e vessatissima *question juive*». Secondo il Padre Gemelli — riferiva la signora —, le ricorrenti persecuzioni, di cui gli «israeliti» venivano fatti oggetto in ogni parte del mondo da quasi duemila anni, non potevano esser spiegate altro che come segni dell' ira celeste.

---

1. *Marachella*: le mot, qui vient de l'hébreu *meraggel*, se retrouve dans le dialecte de Trieste *(maraghel)*; il avait autrefois le sens d'espion.
2. *Civiltà cattolica*, la revue de l'ordre des Jésuites, fondée à Naples en 1850, transférée ensuite à Rome, se caractérisait par

Elle avait pris l'expression indulgente et patiente d'une maîtresse d'école disposée à justifier toutes les incartades[1] du premier de la classe.

« Ce sont, hélas ! les exigences de la politique, continua-t-elle. Laissons de côté les sympathies et les antipathies personnelles. Il est de fait que, dans des circonstances déterminées, un chef de gouvernement, un homme d'État digne de ce nom doit, quand il s'agit du bien et de l'intérêt de son peuple, passer outre aux scrupules des gens ordinaires…, des humbles mortels comme nous. »

Et elle eut un sourire plein d'orgueil, qui contrastait nettement avec ces derniers mots.

Bouleversé, mon père ouvrit la bouche pour dire quelque chose. Mais encore une fois Mme Lavezzoli ne lui en laissa pas le temps. Affectant de changer de sujet et s'adressant directement à lui, elle s'était déjà mise à nous exposer le contenu d'un « intéressant » article paru dans le dernier numéro de *Civiltà cattolica*[2] et signé du célèbre Père Gemelli.

Le thème de cet article était la « très ancienne et très douloureuse *question juive.* Selon le Père Gemelli, disait Mme Lavezzoli, les persécutions périodiques auxquelles, depuis près de deux mille ans, étaient soumis les « israélites » dans toutes les parties du monde, ne pouvaient être interprétées que comme une manifestation de la colère céleste.

---

son intransigeance. Le 2 avril 1938 parut un nouvel article retentissant, où l'on souhaitait une « ségrégation » des juifs italiens de nationalité équivoque et toujours soupçonnés de messianisme.

E l'articolo si chiudeva con la seguente domanda :
è lecito al cristiano, anche se il suo cuore repugna,
si capisce, da ogni idea di violenza, avanzare un
giudizio su eventi storici attraverso i quali manife-
stamente si esprima la volontà di Dio ?

A questo punto mi tirai su dalla poltroncina di
vimini, e senza tanti complimenti mi eclissai.

Stavo dunque con la schiena appoggiata allo
stipite della grande vetrata che separava il salone
da pranzo dalla terrazza, e l'orchestra aveva attac-
cato, se non sbaglio, *Blue Moon*.

> *Ma tuu… pallida luna, perchèe…*
> *Sei tanto triste, cos'èe…*

cantava l'abituale voce melensa. Ad un tratto sentii due dita toccarmi duramente una spalla.

« Ciao », fece Deliliers.

Era la prima volta, a Riccione, che mi rivolgeva
la parola.

« Ciao », risposi. « Come va ? »

« Oggi un po' meglio », disse ammiccando. « E
tu cosa fai ? »

« Leggo… studio… », mentii. « Ho due esami da
dare a ottobre. »

---

1. À l'origine, *Blue Moon* se trouve dans le générique de
*Manhattan Melodrama (L'ennemi public n° 1)* de W. S. Dyke avec
Clark Gable (1934). La chanson fut interprétée entre autres
par Frank Sinatra et Ella Fitzgerald. *« Blue moon, you saw me*

Et l'article se terminait par la question suivante :
est-il licite pour un chrétien, même si son cœur
répugne, bien entendu, à toute idée de violence,
de porter un jugement sur des événements histo-
riques à travers lesquels s'exprime manifestement
la volonté de Dieu ?

À ce moment-là, je me levai de mon fauteuil de
rotin et je m'éclipsai sans plus de cérémonies.

J'étais donc adossé au montant de la grande
baie qui séparait la salle à manger de la terrasse ;
et l'orchestre venait, si je ne me trompe, d'atta-
quer *Blue Moon*[1].

> *Mais toi... pâle lune, pourquoi...*
> *Es-tu si triste, pourquoi...*

chantait l'habituelle voix sirupeuse. Soudain, je
sentis deux doigts me toucher durement une
épaule.

«Salut !» fit Deliliers.

C'était la première fois qu'il m'adressait la
parole à Riccione.

«Salut ! répondis-je. Ça va ?

— Un peu mieux aujourd'hui, dit-il en clignant de l'œil. Et toi, qu'est-ce que tu fais ?

— Je lis... je travaille... mentis-je. J'ai deux
examens à passer en octobre.

---

*standing alone / Without a dream in my heart, without a love of my*
*own* », dit la version originale. Elle est sans doute interprétée
par un *crooner* italien de cette époque, Natalino Otto.

«Eh già!», sospirò Deliliers, grattandosi pensierosamente col mignolo fra i capelli lucidi di brillantina.

Ma non gliene importava niente. Di colpo il suo volto mutò espressione. A bassa voce, con l'aria di mettermi a parte di un segreto importante, e guardandosi ogni tanto alle spalle come se temesse di venir sorpreso, mi raccontò in poche battute del bagno fatto a Rimini e delle due ragazze di Parma.

«Perché non ci vieni anche tu, domattina, in macchina? Io ci torno. Vieni, dài, aiutami! Non posso mica andare con due ragazze in una volta. E piantala di studiare!»

Fadigati apparve in fondo al salone, in *smoking*. Strizzando gli occhi miopi dietro le lenti, si guardava attorno. Dov'era la giacchetta bianca di Deliliers? Creata apposta per *Blue Moon*, la penombra tipo luna gli impediva di distinguere bene.

«Mah», dissi, «non so se potrò.»

«Ti aspetto in albergo.»

«Cercherò di venire. A che ora partiamo?»

«Alle nove e mezzo. D'accordo?»

«Sì, ma senza impegno.»

Accennai col mento a Fadigati.

«Ti vogliono.»

«Allora intesi, eh?», fece Deliliers, girando sui tacchi e dirigendosi verso l'amico intento a pulire febbrilmente gli occhiali col fazzoletto.

— Ah! oui!» dit Deliliers, en se grattant pensivement le crâne avec le petit doigt, sous ses cheveux luisant de brillantine.

Mais il s'en fichait bien. Soudain, son visage changea d'expression. À voix basse, de l'air de me confier un secret important et regardant de temps en temps derrière lui comme s'il avait peur d'être surpris, il me parla en quelques phrases du bain qu'il avait pris à Rimini et aussi des deux filles de Parme.

«Pourquoi ne viendrais-tu pas, toi aussi, demain matin, en auto? Moi, j'y retourne. Viens, quoi, rends-moi ce service! Je ne peux tout de même pas sortir avec deux filles à la fois. Et laisse tomber ton boulot!»

Fadigati apparut au fond de la salle à manger, en smoking. Il regardait autour de lui, clignant de ses yeux de myope derrière ses lunettes. Où était la veste blanche de Deliliers? La pénombre lunaire créée exprès pour *Blue Moon* l'empêchait de bien distinguer.

«Çà! dis-je, je ne sais pas si je vais pouvoir.

— Je t'attendrai à l'hôtel.

— Je vais tâcher de venir. À quelle heure partirait-on?

— À neuf heures et demie. Ça te va?

— Oui, mais je ne te promets rien.»

Du menton, j'indiquai Fadigati.

«On te cherche.

— Alors, c'est entendu, hein?» fit Deliliers en pivotant sur ses talons et en se dirigeant vers son ami occupé à nettoyer fébrilement ses lunettes avec son mouchoir.

E di lì a qualche secondo il rombo inconfondibile dell'Alfa Romeo si levò dal piazzale sottostante ad avvertire tutto l'albergo che i due «sposini», forse per festeggiare nel modo più degno l'avvenuta riconciliazione, avevano deciso di concedersi una serata eccezionale.

Et, quelques secondes plus tard, le vrombissement caractéristique de l'Alfa Romeo s'éleva de l'esplanade située en dessous de la terrasse, pour avertir tout l'hôtel que les deux « tourtereaux » avaient décidé, sans doute pour fêter dignement leur réconciliation, de s'accorder une soirée exceptionnelle.

# 11

L'indomani mattina, debbo ammetterlo, fui tentato per qualche momento d'andare a Rimini con Deliliers.

Ciò che più mi attirava era la corsa in macchina lungo la strada litoranea. Ma poi? — cominciai a dirmi quasi subito —. Quelle sorelle di Parma che tipi erano, veramente? Si trattava di ragazze qualsiasi da portare difilato in pineta (come era facile), oppure di due signorine di buona famiglia da intrattenere sulla spiaggia sotto i vigili occhi di un'altra signora Lavezzoli? In un caso come nell'altro (sebbene non fosse per nulla impossibile una eventualità intermedia...), non mi reputavo abbastanza amico di Deliliers per accettare a cuor leggero il suo invito. Strano. Deliliers non mi aveva mai dimostrato né molta simpatia né vera considerazione, e adesso invece mi chiedeva, quasi mi supplicava, di accompagnarlo a donne. Davvero strano.

# 11

Le lendemain matin, je l'avoue, je fus un instant tenté d'aller à Rimini avec Deliliers.

Ce qui m'attirait surtout, c'était la randonnée en voiture sur la route du littoral. Mais après? — me dis-je. Qui étaient exactement ces deux sœurs de Parme? Deux filles quelconques, que l'on pouvait emmener directement dans la pinède comme on voulait; ou deux jeunes filles de bonne famille à qui il fallait faire la conversation sur la plage, sous les yeux vigilants d'une autre Mme Lavezzoli? Dans un cas comme dans l'autre (bien que, après tout, une solution intermédiaire ne fût pas à exclure…), je ne me considérais pas comme assez ami de Deliliers pour accepter d'un cœur léger son invitation. Étrange. Deliliers ne m'avait jamais manifesté ni grande sympathie ni véritable considération et maintenant, au contraire, il me demandait, il me suppliait presque de l'accompagner chez les filles. Vraiment étrange.

Non ci teneva soprattutto a far sapere in giro, per caso, servendosi di me, che lui con Fadigati non ci stava per vizio ma soltanto per pagarsi la villeggiatura, e che comunque gli preferiva sempre una ragazza?

«Va'là, patàca!», borbottai alla romagnola, già deciso a rimanere.

E poco più tardi, sulla spiaggia, scorgendo di lontano il dottore sotto l'ombrellone, abbandonato a una solitudine che mi parve di colpo immensa, immedicabile, mi sentii intimamente ripagato della rinuncia. Io almeno non lo avevo fatto fesso. Anziché associarmi a chi lo tradiva e lo sfruttava, avevo saputo resistere, conservargli un minimo di rispetto.

Un attimo prima che raggiungessi l'ombrellone, Fadigati si voltò.

«Ah, è lei», disse, ma senza sorpresa. «È gentile da parte sua venire a farmi visita.»

Tutto in lui esprimeva la stanchezza e il dolore di un litigio recente. Nonostante le probabili promesse della sera prima, Deliliers a Rimini c'era andato lo stesso.

Chiuse il libro che stava leggendo e lo posò su uno sgabello lì accanto, mezzo all'ombra e mezzo al sole. Non era il solito libro giallo, bensì un opuscolo sottile, ricoperto di vecchia carta fiorata.

Ne tenait-il pas surtout par hasard à faire savoir, à la ronde, par mon intermédiaire que s'il était avec Fadigati, ce n'était pas par vice mais seulement pour se faire payer des vacances, et qu'en tout cas il lui préférait toujours une jolie fille ?

« *Va'là, patàca*[1] ! » marmonnai-je à la romagnole, déjà décidé à rester.

Et un peu plus tard, sur la plage, apercevant de loin le docteur sous son parasol en proie à une solitude qui, soudain, me sembla immense, sans remède, je me sentis intimement payé de mon sacrifice. Moi, du moins, je ne l'avais pas trompé. Au lieu de m'associer à celui qui le trompait et qui l'exploitait, j'avais su résister et lui conserver un minimum de respect.

Un instant avant que je fusse arrivé au parasol, Fadigati se tourna.

« Ah ! c'est vous, dit-il, mais sans surprise. C'est gentil de votre part de venir me rendre visite. »

Tout en lui exprimait la lassitude et la douleur d'une dispute récente. Malgré les probables promesses du soir précédent, Deliliers était tout de même allé à Rimini.

Il ferma le livre qu'il était en train de lire et le posa sur un pliant qui était près de lui, mi-à l'ombre, mi-au soleil. Il ne s'agissait pas de l'habituel roman policier mais d'un mince volume, recouvert d'un vieux papier à fleurs.

---

1. L'expression typique de la région de Rimini — on la retrouve chez Fellini — définit un individu à la fois médiocre et prétentieux. On traduirait aujourd'hui : « Va donc, eh ! bouffon ! »

«Che cosa leggeva?», chiesi, accennando all' opuscolo. «Versi?»

«Guardi pure.»

Era una edizione scolastica del primo canto dell'*Iliade*, corredata di traduzione interlineare.

«*Mènin aèide teà peleiàdeo Achillèos*», recitò lentamente, con un sorriso amaro. «L'ho trovato nella valigia.»

Mio padre e mia madre arrivavano proprio allora, la mamma tenendo Fanny per mano. Levai un braccio per avvertirli della mia presenza, e modulai il fischio di famiglia: la prima battuta di un *Lied* di Schubert.

Fadigati si volse, si alzò a metà dalla *chaise longue*, si levò il panama con deferenza. I miei genitori risposero assieme: mia madre chinando secca il capo, e mio padre toccando con due dita la visiera del berretto di tela bianca, nuovo fiammante. Capii subito che erano scontenti di trovarmi in compagnia di Fadigati. Non appena mi aveva visto, Fanny si era girata a chiedere qualcosa alla mamma, certo il permesso di raggiungermi. Ma mia madre l'aveva visibilmente trattenuta.

«Come è graziosa la sua sorellina», disse Fadigati. «Quanti anni ha?»

«Dodici: otto anni giusti meno di me», risposi imbarazzato.

«Ma loro sono in tre fratelli, mi pare.»

«Que lisez-vous? demandai-je, en indiquant le petit volume. Des vers?

— Vous pouvez regarder.»

C'était une édition scolaire du premier chant de l'*Iliade*, avec la traduction juxtalinéaire.

«*Mènin aèide teà peleiàdeo Achillèos*[1]», récita-t-il lentement avec un sourire amer. «Je l'ai trouvé dans la valise.»

Mon père et ma mère arrivaient alors, maman tenant Fanny par la main. Je levai un bras pour les avertir de ma présence et sifflai le signal de reconnaissance de la famille : la première mesure d'un *Lied* de Schubert.

Fadigati se tourna, se leva à demi de sa chaise longue et ôta avec déférence son panama. Mes parents lui rendirent ensemble son salut : ma mère en inclinant sèchement la tête et mon père en portant deux doigts à la visière de sa casquette de toile blanche, flambant neuve. Je compris sur-le-champ qu'ils étaient mécontents de me trouver en compagnie de Fadigati. Dès qu'elle m'avait vu, Fanny s'était tournée pour demander quelque chose à ma mère, sans nul doute la permission de me rejoindre. Mais ma mère l'avait visiblement retenue.

«Votre petite sœur est vraiment charmante! dit Fadigati. Quel âge a-t-elle?

— Douze ans : exactement huit ans de moins que moi, répondis-je, embarrassé.

— Mais vous êtes trois, je crois.

---

1. «Chante la colère d'Achille, le fils de Pélée» (*Iliade*, I, 1).

«Infatti. Due maschi e una femmina: a quattro anni di distanza l'uno dall'altro. Ernesto, il secondo, è in Inghilterra...»

«Che visetto intelligente!», sospirò Fadigati, continuando a guardare in direzione di Fanny. «E come le sta bene quel costumino rosa! È sempre una gran fortuna per una femminuccia avere dei fratelli ormai grandi.»

«È ancora molto bambina», dissi io.

«Oh, si capisce. Le avrei dato al massimo dieci anni. Del resto non vuol dire. Le bambine si sviluppano tutte in una volta... Vedrà che sorpresa... Fa il ginnasio?»

«Sì, la terza.»

Scosse il capo in atto di malinconica deplorazione: come se misurasse dentro se stesso tutta la fatica e tutto il dolore a cui ogni essere umano deve andare incontro per crescere, per maturare.

Ma pensava già ad altro.

«E i signori Lavezzoli?», domandò.

«Mah. Credo che stamattina non li vedremo prima di mezzogiorno. Per via della Messa.»

«Ah, è vero, oggi è domenica», disse trasalendo.

«Però, quando è così», soggiunse dopo un'altra pausa, mentre si alzava in piedi, «venga che andiamo a salutare i suoi genitori.»

Camminammo fianco a fianco sulla sabbia che già cominciava a scottare.

«Ho l'impressione», mi diceva frattanto, «ho l'impressione che la signora Lavezzoli non mi abbia troppo in simpatia.»

— Effectivement. Deux garçons et une fille : nous nous suivons à quatre ans d'intervalle. Ernesto, mon cadet, est en Angleterre...

— Quel petit visage intelligent ! soupira Fadigati, en continuant de regarder dans la direction de Fanny. Et comme cette robe rose lui va bien ! C'est toujours de la chance pour une petite fille d'avoir des frères qui sont grands, maintenant.

— Elle est encore très gamine, dis-je.

— Oh ! cela se voit. Je lui aurais donné tout au plus dix ans. Du reste, ça ne signifie rien. Les fillettes se développent d'un seul coup... Vous verrez la surprise que ce sera... Elle va au lycée, n'est-ce pas ?

— Oui... elle est en quatrième... »

Il hocha la tête, dans un geste de mélancolique regret : comme mesurant en lui-même les peines et les douleurs que tous les êtres humains doivent connaître pour grandir et pour mûrir.

Mais il pensait déjà à autre chose.

« Et les Lavezzoli ? demanda-t-il.

— Bah ! Je crois que ce matin, nous ne les verrons pas avant midi. À cause de la messe.

— Ah ! c'est vrai, dit-il en tressaillant, c'est aujourd'hui dimanche.

« Mais puisqu'il en est ainsi, ajouta-t-il après un nouveau silence tout en se levant, venez, allons dire bonjour à vos parents. »

Nous avançâmes côte à côte sur le sable qui commençait déjà à être brûlant.

« J'ai l'impression, me disait-il en marchant, j'ai l'impression que Mme Lavezzoli n'a pas grande sympathie pour moi.

«Ma no, non credo.»

«Comunque è sempre meglio, penso, approfittare quando non c'è.»

Assenti i Lavezzoli, mio padre e mia madre non riuscirono a perseverare nei loro chiari propositi di sostenutezza. Specie mio padre, che in breve avviò col dottore una conversazione della massima cordialità.

Tirava un leggero vento di terra, il garbino. Sebbene il sole non avesse ancora raggiunto lo zenit, il mare, del tutto sgombro di vele, appariva già scuro : una coltre compatta, color del piombo. Forse perché reduce dalla lettura del primo canto dell'*Iliade*, Fadigati parlava del sentimento della natura nei Greci e del significato che secondo lui bisognava attribuire ad aggettivi come «purpureo» e «violaceo», applicati da Omero all'acqua dell'oceano. Mio padre parlò a sua volta di Orazio, e quindi delle *Odi barbare*, le quali rappresentavano, in polemica quasi quotidiana con me, il suo ideale supremo nel campo della poesia moderna.

— Mais non, je ne crois pas.

— De toute façon, il vaut toujours mieux, je pense, profiter de ce qu'elle n'est pas là. »

Les Lavezzoli étant absents, mon père et ma mère ne réussirent pas à persévérer dans leur évidente intention de froideur. En particulier mon père, qui ne tarda pas à engager avec le docteur une conversation de la plus grande cordialité.

Il soufflait un léger vent de terre, le *garbino*[1]. Entièrement vide de voiles, la mer, bien que le soleil n'eût pas encore atteint le zénith, était déjà d'une couleur sombre : une masse compacte, couleur de plomb. Sans doute parce qu'il sortait de la lecture du premier chant de l'*Iliade*, Fadigati parlait du sentiment de la nature chez les Grecs et en particulier de la signification qu'il fallait, selon lui, attribuer à des épithètes comme « de pourpre » et « violacée », appliquées par Homère à l'eau de l'océan. Mon père parla à son tour d'Horace et ensuite des *Odes barbares*[2], lesquelles représentaient, et c'était avec moi un sujet de polémique presque quotidien, son idéal suprême dans le domaine de la poésie moderne.

---

1. Le mot, qui appartient au littoral adriatique, vient de l'arabe *gharbi*, et désigne un vent du sud-ouest.
2. C'est le recueil le plus connu du poète Giuseppe Carducci (1835-1907).

Conversavano tra loro tanto d'accordo, insomma (il fatto che Deliliers non dovesse spuntare da un momento all'altro di qua dai capanni giovava evidentemente all'equilibrio nervoso del dottore), che quando la famiglia Lavezzoli, fresca di Messa, sopraggiunse al completo verso mezzogiorno, Fadigati fu in grado di sopportare con disinvoltura le inevitabili frecciate della signora Lavezzoli, e anzi di ribattere a qualcuna di esse non senza efficacia.

Deliliers sulla spiaggia non l'avremmo più veduto : né quel giorno, né i successivi. Dalle sue scorribande in macchina mai che tornasse prima delle due dopo mezzanotte, e Fadigati, lasciato solo a se stesso, ricercava sempre più sovente la nostra compagnia.

Fu così, dunque, che oltre a frequentare nelle ore antimeridiane la nostra tenda (a mio padre in fondo non pareva vero poter discutere con lui di musica, di letteratura, di arte, invece che con la signora Lavezzoli di politica), prese l'abitudine, il pomeriggio, quando sentiva che io e i ragazzi Lavezzoli ci saremmo andati, di venire al campo di tennis dietro il Caffè Zanarini.

I nostri fiacchi palleggi a quattro, una coppia maschile contro una mista, non erano certo tali da entusiasmare. Se io me la cavavo mediocremente, Franco e Gilberto Lavezzoli sapevano appena impugnare la racchetta.

Bref, l'accord qu'il y avait entre eux était si grand (et le fait que Deliliers ne dût pas surgir d'un instant à l'autre de derrière les cabines était évidemment favorable à l'équilibre nerveux du docteur), que lorsque la famille Lavezzoli, arrivant tout droit de la messe, survint au grand complet vers midi, Fadigati put supporter avec désinvolture les inévitables flèches de Mme Lavezzoli et, même, répondre à quelques-unes de celles-ci avec une certaine efficacité.

Quant à Deliliers, nous ne devions plus le voir sur la plage : ni ce jour-là, ni les jours suivants. De ses randonnées en auto, il ne rentrait jamais avant deux heures du matin, et Fadigati, abandonné à lui-même, recherchait de plus en plus souvent notre compagnie.

Ce fut ainsi, donc, qu'en plus de fréquenter notre tente pendant la matinée (mon père, au fond, n'était que trop heureux de pouvoir parler de musique, de littérature et d'art avec lui au lieu de politique avec Mme Lavezzoli), il prit l'habitude l'après-midi, de venir au court de tennis qui était derrière le café Zanarini, quand il savait que les jeunes Lavezzoli et moi-même devions y aller.

Nos languissants échanges de balles à quatre, un couple masculin contre un couple mixte, n'avaient certainement rien d'enthousiasmant. Si déjà moi-même, je m'en tirais assez mal, Franco et Gilberto Lavezzoli savaient à peine tenir une raquette.

Quanto poi a Cristina, la loro bionda, rosea, delicata sorella quindicenne (usciva allora allora da un collegio di monache fiorentino, e l'intera famiglia la portava in palmo di mano), come giocatrice valeva ancora meno dei fratelli. Si era lasciata crescere intorno al capo una piccola corona di capelli che Fadigati stesso, una volta, paternamente ammirando, aveva definito «alla angelo musicante di Melozzo». Piuttosto che scomporne un solo ricciolo avrebbe rinunciato perfino a camminare. Altro che badare allo stile del *drive* o a far passare il rovescio!

Eppure, anche se il nostro gioco risultava così scadente e noioso, Fadigati sembrava apprezzarlo moltissimo. «Bella palla!», «Fuori di un dito!», «Peccato!»: era prodigo di lodi per tutti, con un commento, talora magari a sproposito, sempre pronto per ogni colpo.

A volte, per altro, il palleggio languiva un po' troppo.

«Perché non fate una partita?», proponeva.

«Per carità!», si schermiva subito Cristina, arrossendo. «Se non prendo una palla!»

Lui non stava ad ascoltarla.

«Volontà e impegno!», proclamava festoso. «Il dottor Fadigati premierà la coppia vincitrice con due superbe bottigliette di aranciata San Pellegrino!»

Quant à Cristina, leur blonde, rose et délicate sœur de quinze ans (elle sortait tout juste d'un couvent de religieuses de Florence, et toute sa famille la portait aux nues), en tant que joueuse de tennis, elle valait encore moins que ses frères. Elle avait laissé pousser autour de sa tête une petite couronne de boucles qu'une fois, Fadigati lui-même, paternellement admiratif, avait définie «à l'ange musicien de Melozzo». Plutôt que d'en déranger une seule, elle eût même renoncé à marcher. Il était bien question alors de soigner son *drive* ou de travailler ses revers!

Et pourtant, Fadigati semblait extrêmement admirateur de notre jeu, si médiocre et ennuyeux fût-il. «Jolie balle!» «Un rien, et elle n'était pas *out*!» «Dommage!» : il était prodigue de louanges pour tous et avait toujours un commentaire de prêt, parfois, du reste, à tort et à travers, pour chaque balle.

Parfois, néanmoins, nos échanges de balles languissaient un peu trop.

«Pourquoi ne faites-vous pas une partie? proposait-il.

— Oh! non! se dérobait aussitôt Cristina, en rougissant. Je n'arrive même pas à rattraper une balle!»

Mais lui ne l'écoutait pas.

«Volonté et persévérance! clamait-il joyeusement. Le docteur Fadigati récompensera l'équipe victorieuse avec deux superbes petites bouteilles d'orangeade San Pellegrino!»

Correva al capanno del custode, ne tirava fuori una scranna tarlata e pericolante, alta almeno due metri, la trasportava a forza di braccia da un lato del campo, infine vi si arrampicava sopra. L'aria a poco a poco imbruniva; il suo cappello, controluce, appariva circondato da un'aureola di moscerini. Ma lui, appollaiato sulla sua gruccia come un grosso uccello, rimaneva ancora lassù, a scandire uno dopo l'altro i punti con voce metallica, tenace ad assolvere fino all'ultimo il suo compito di arbitro imparziale. Era chiaro : non sapeva cosa altro fare, in che modo riempire il vuoto tremendo delle giornate.

Il courait à la cabane du gardien, en extrayait un siège d'arbitre, vermoulu et branlant, et d'au moins deux mètres de haut, le transportait à bout de bras d'un côté du court et, finalement, grimpait dessus. Le ciel peu à peu s'assombrissait; son chapeau, à contre-jour, semblait entouré d'une auréole de moucherons. Mais lui, juché sur son perchoir, tel un gros oiseau, restait encore là-haut, scandant nos points l'un après l'autre, d'une voix métallique, et s'obstinant à jouer jusqu'au bout son rôle d'arbitre impartial. Visiblement, il ne savait quoi faire d'autre, ni comment combler le vide terrible de ses journées.

## 12

Come spesso accade sull'Adriatico, ai primi di settembre la stagione di colpo mutò. Piovve un giorno soltanto, il 31 agosto. Ma il bel tempo dell' indomani non ingannò nessuno. Il mare era inquieto e verde, d'un verde vegetale; il cielo d'una trasparenza esagerata, da pietra preziosa. Nel tepore stesso dell'aria si era insinuata una piccola persistente punta di freddo.

Il numero dei villeggianti cominciò a diminuire. Sulla spiaggia le tre o quattro file di tende o di ombrelloni si ridussero in breve a due, e poi, dopo una nuova giornata di pioggia, a una sola. Di là dai capanni ormai in buona parte smontati, le dune, ricoperte fino a pochi giorni avanti di una sterpaglia stenta e bruciacchiata, apparivano punteggiate da una quantità incredibile di meravigliosi fiori gialli, alti sui gambi come gigli. Per rendersi esatto conto del significato di quella fioritura bastava un po' conoscere la costa romagnola. L'estate era finita : da quel momento non sarebbe stata più che un ricordo.

## 12

Ainsi qu'il arrive souvent sur l'Adriatique, le temps, dès les premiers jours de septembre, changea brusquement. Il ne plut qu'un seul jour, le 31 août. Mais le beau temps du lendemain ne trompa plus personne. La mer, inquiète, était verte, d'un vert végétal ; et le ciel, d'une transparence exagérée, de pierre précieuse. Dans la tiédeur même de l'air s'était insinuée une petite et persistante pointe de froid.

Le nombre des estivants commença à diminuer. Sur la plage, les trois ou quatre rangées de tentes et de parasols se réduisirent bientôt à deux et puis, après une nouvelle journée de pluie, à une seule. Au-delà des cabines, désormais en grande partie démontées, les dunes recouvertes, il y a quelques jours encore, d'une maigre broussaille desséchée à présent, étaient ponctuées par une incroyable quantité de merveilleuses fleurs jaunes, aussi hautes sur tige que des lis. Il suffisait de connaître un peu la côte romagnole pour savoir ce que signifiait cette floraison. L'été était fini : à partir de cet instant, il n'allait plus être qu'un souvenir.

Ne approfittai per mettermi a studiare. Contavo di dare l'esame di storia antica l'ottobre successivo, almeno quello; e perciò rimanevo chiuso in camera fin verso mezzogiorno, a leggere le dispense.

La stessa cosa facevo il pomeriggio aspettando l'ora del tennis.

Un giorno, dopo pranzo, mentre appunto stavo studiando (quella mattina non ero andato nemmeno sulla spiaggia : appena alzato, il lontano fragore del mare mi aveva immediatamente distolto da ogni idea di bagno), udii salire dal giardino la voce acuta della signora Lavezzoli. Non distinguevo le sue parole. Capivo però, dal tono, che era indignata di qualcosa.

«Eh, no... lo scandalo di ieri sera...», riuscii ad afferrare.

Con chi ce l'aveva? Perché era venuta a farci visita? — mi chiesi irritato —. E subito, istintivamente, pensai a Fadigati.

Resistetti alla tentazione di scendere in tinello per mettermi a origliare dietro la porta che dava nel giardino, e quando di lì a un'ora mi affacciai la signora Lavezzoli non c'era più. Mio padre sedeva sotto il solito pino, all'ombra. Non appena avvertì il rumore dei miei passi sulla ghiaia, abbassò il giornale spiegato sulle ginocchia.

Ero vestito da tennis. Con una mano tenevo la bicicletta dal manubrio, con l'altra la racchetta. Tuttavia mi domandò :

«Dove vai?»

J'en profitai pour me mettre à travailler. En octobre, je voulais, au moins, passer mon examen d'histoire ancienne ; et, en conséquence, je restais enfermé dans ma chambre jusque vers midi, à revoir mes cours.

L'après-midi, j'attendais l'heure du tennis en me livrant à la même activité.

Un jour, après déjeuner, alors que j'étais justement en train de travailler (ce matin-là, je n'étais même pas allé sur la plage : à peine levé, le lointain fracas de la mer avait chassé pour moi toute idée de bain), j'entendis monter du jardin la voix aiguë de Mme Lavezzoli. Je ne distinguais pas ce qu'elle disait. Mais, à son intonation, je comprenais qu'elle était indignée de quelque chose.

«Ah ! non... le scandale d'hier soir... », réussis-je à saisir.

Contre qui en avait-elle ? Et pourquoi était-elle venue nous rendre visite ? me demandai-je, irrité. Et sur-le-champ, instinctivement, je pensai à Fadigati.

Je résistai à la tentation de descendre dans la petite salle à manger et d'écouter derrière la porte qui donnait dans le jardin et une heure plus tard, lorsque je fis mon apparition, Mme Lavezzoli n'était plus là. Mon père était assis sous son pin habituel, à l'ombre. Dès qu'il entendit le bruit de mes pas sur le gravier, il reposa son journal plié sur ses genoux.

J'étais en tenue de tennis. D'une main, je tenais ma bicyclette par le guidon et de l'autre ma raquette. Il ne m'en demanda pas moins :

«Où vas-tu ? »

Due estati prima, sempre a Riccione, ad una quindicina di giorni dall'aver trionfato nell'esame di maturità ero finito a letto (ed era stata la prima volta, in assoluto!) con una trentenne signora milanese, conoscente occasionale di mia madre. In dubbio se essere fiero o preoccupato della mia avventura, per due mesi buoni il papà non aveva perduto uno solo dei miei movimenti. Bastava che mi accingessi a uscire di casa, o magari mi allontanassi dalla tenda, che già mi sentivo i suoi occhi addosso.

Ed ecco rispuntare nei suoi occhi la stessa espressione di allora, fra timida e indiscreta. Sentii il sangue montarmi alla testa.

«Non lo vedi?», risposi.

Per qualche istante stette zitto. Oltre che inquieto, sembrava affaticato. La visita della signora Lavezzoli, evidentemente inaspettata, gli aveva impedito di fare l'abituale sonnellino pomeridiano.

«Non credo che ci troverai nessuno», disse. «Era qui un momento fa la signora Lavezzoli. È venuta ad avvisare che quest'oggi i suoi ragazzi non ci vanno. I due maschi hanno da studiare, e Cristina da sola non la manda.»

Volse il capo dalla parte di Fanny, accucciata in fondo al giardino a giocare con la bambola. Di schiena, con le piccole scapole sporgenti sotto la maglietta, le treccine imbiondite dal sole, sembrava anche più gracile e immatura.

Deux étés auparavant, toujours à Riccione, une quinzaine de jours après avoir eu triomphalement mon baccalauréat, j'avais fini au lit (et c'était la première fois, dans l'absolu!) avec une jeune femme Milanaise de trente ans, relation occasionnelle de ma mère. Ne sachant s'il devait s'enorgueillir ou s'inquiéter de mon aventure, mon père, pendant deux bons mois, n'avait pas perdu de vue un seul de mes mouvements. Il suffisait que je me prépare à quitter la villa ou, simplement, que je m'éloigne de la tente, je sentais qu'il me suivait du regard.

Et voici que réapparaissait dans son regard la même expression qu'alors, timide et indiscrète à la fois. Je sentis le sang me monter à la tête.

« Tu ne le vois pas ? » répondis-je.

Il se tut pendant quelques instants. Il semblait non seulement inquiet mais fatigué. La visite de Mme Lavezzoli, évidemment inattendue, l'avait empêché de faire son habituelle petite sieste de l'après-midi.

« Je crois que tu ne trouveras personne, dit-il. Mme Lavezzoli était là il y a un instant. Elle est venue nous prévenir qu'aujourd'hui ses enfants n'iraient pas au tennis. Les deux garçons doivent travailler et elle ne laissera pas Cristina y aller toute seule. »

Il tourna la tête vers Fanny qui, accroupie au fond du jardin, jouait avec sa poupée. De dos, ses petites omoplates saillant sous son chandail et ses maigres nattes blondies par le soleil, elle avait l'air encore plus gracile et enfantin.

Indicò infine la poltrona di vimini di fronte alla sua.

«Siedi un momento», fece, e mi sorrise incerto.

Voleva parlarmi, era chiaro, ma gli dispiaceva. Finsi di non aver sentito.

«È stata gentile a scomodarsi, ma vado lo stesso», dissi.

Gli voltai le spalle e mi avviai verso il cancello.

«Ha scritto Ernesto», disse ancora mio padre, levando lamentoso la voce. «Non vuoi nemmeno leggere la lettera di tuo fratello?»

Dalla soglia del cancello mi girai, e in quell'attimo Fanny alzò il capo. Sebbene così di lontano, colsi chiara nel suo sguardo un'espressione di rimprovero.

«Più tardi, quando torno», risposi, e pedalai via.

Arrivai al tennis. Fadigati c'era. In piedi accanto alla scranna dell'arbitro rimasta là dal pomeriggio precedente, stava guardando dinanzi a sé. Fumava.

Si voltò.

«Ah, è solo!» disse. «E gli altri?»

Accostata la bicicletta alla rete metallica di recinzione, mi avvicinai.

«Oggi non vengono», risposi.

Ebbe un debole sorriso, con la bocca storta. Aveva il labbro superiore piuttosto gonfio. Una doppia incrinatura attraversava la lente di sinistra dei suoi begli occhiali d'oro.

«Non capisco per quale ragione», soggiunsi.

Puis il me montra du geste le fauteuil en osier qui était en face du sien.

«Assieds-toi un instant», dit-il avec un sourire hésitant.

Il voulait me parler, mais cela l'ennuyait, c'était évident. Je feignis de ne pas avoir entendu.

«C'est très aimable à elle de s'être dérangée, mais j'y vais tout de même», dis-je.

Je lui tournai le dos et me dirigeai vers la grille.

«Ernesto a écrit, me cria encore mon père d'un ton plaintif. Tu ne veux même pas lire la lettre de ton frère?»

De la grille, je me retournai, et, à cet instant précis, Fanny leva la tête. Quoiqu'elle fût éloignée, je vis clairement dans son regard une expression de reproche.

«Plus tard, quand je reviendrai!», répondis-je, et je m'éloignai en pédalant.

J'arrivai au tennis. Fadigati s'y trouvait. Debout, près du siège de l'arbitre, resté là depuis l'après-midi précédent, il regardait devant lui. Il fumait.

Il se tourna.

«Ah! vous êtes seul! dit-il. Et les autres?»

Après avoir appuyé ma bicyclette contre le grillage métallique de l'enclos, je m'approchai.

«Aujourd'hui, ils ne viendront pas», répondis-je.

Ses lèvres crispées eurent un faible sourire. Sa lèvre supérieure était plutôt enflée. Une double fêlure traversait le verre gauche de ses belles lunettes d'or.

«Je ne comprends pas pourquoi, ajoutai-je.

«Pare che Franco e Gilberto abbiano da studiare. Ma mi sa di scusa. Spero, comunque...»

«Glielo dirò io, perché», mi interruppe Fadigati amaramente. «Sarà certo a causa della storia di ieri sera.»

«Quale storia?»

«Non mi caschi dalle nuvole, per favore!», sogghignò disperato. «Va bene che stamattina al mare lei non l'ho visto. Ma possibile che più tardi, magari a tavola, i suoi genitori non ne abbiano parlato?»

Bisognava che cercassi di convincerlo del contrario. Avevo, sì — dissi —, sentito pronunciare dalla signora Lavezzoli la parola «scandalo» — e spiegai come e quando —; ma non sapevo altro.

Allora, previo un rapido, strano ammicco laterale, e stringendo quindi le palpebre come se fosse stato improvvisamente attratto da qualcosa di vago e di distante dietro le mie spalle, cominciò a raccontare come la sera prima, nel salone del Grand Hôtel, «davanti a tutti», avesse avuto una «discussione» con Deliliers.

«Io lo rimproveravo, ma sottovoce, s'intende, della vita che si era messo a fare in questi ultimi tempi... sempre in qua e in là... sempre in giro con la macchina... tanto che, si può dire, non lo vedevo quasi più. E lui a un dato momento sa cosa fa? Si alza, e *pam*, mi lascia andare un gran pugno in piena faccia!»

Il paraît que Franco et Gilberto doivent travailler. Mais ça m'a l'air d'un prétexte. En tout cas, j'espère...

— Moi, je vais vous dire pourquoi, m'interrompit Fadigati avec amertume. C'est certainement à cause de l'histoire d'hier soir.

— Quelle histoire ?

— S'il vous plaît, ne faites pas comme si vous tombiez des nues ! ricana-t-il avec désespoir. Évidemment, ce matin, sur la plage, je ne vous ai pas vu. Mais se peut-il que, plus tard, à table par exemple, vos parents n'en aient pas parlé ? »

Il fallait que j'essaye de le convaincre du contraire. Certes, dis-je, j'avais entendu Mme Lavezzoli prononcer le mot « scandale », et j'expliquai comment et quand ; mais je n'en savais pas davantage.

Alors, donnant un rapide et étrange coup d'œil sur le côté, et plissant ses paupières comme s'il avait été brusquement attiré par quelque chose de vague et de lointain derrière moi, il commença à raconter que, la veille au soir, dans le salon du *Grand Hôtel,* « devant tout le monde », il avait eu une « discussion » avec Deliliers.

« Je lui faisais des reproches, mais à voix basse, bien entendu, au sujet de la vie qu'il s'est mis à mener ces temps derniers... toujours par monts et par vaux... toujours en balade avec la voiture... si bien, on peut le dire, que je ne le voyais presque plus. Et lui, à un certain moment, vous savez ce qu'il fait ? Il se lève et, pam, il me décoche un grand coup de poing en pleine figure ! »

Si toccò il labbro gonfio.

«Qui, vede?»

«Le fa male?»

«Oh, no», fece, alzando una spalla. «È vero che sono finito a gambe per aria, e che lì per lì non ho capito più niente. Ma un pugno, in fondo, che cosa vuole che conti? E lo scandalo, anche, che cosa vuol mai che conti lo scandalo in... in confronto al resto?»

Tacque. E anche io tacqui, pieno di imbarazzo. Pensavo a quelle parole: «in confronto al resto». Mi toccava vedermela con l'immagine del suo dolore di amante vilipeso, un'immagine che in quel momento, debbo confessarlo, più che impietosirmi mi repugnava.

Ma lo avevo capito soltanto a metà.

«Oggi, alla una, quando sono rientrato in albergo», stava dicendo, «mi attendeva la sorpresa più amara. Guardi qua che cosa ho trovato su in camera.»

Cavò fuori dalla tasca della giacca un foglietto spiegazzato e me lo porse.

«Legga, legga pure.»

C'era poco da leggere, ma bastava. Al centro del foglietto, scritte a lapis in stampatello, due righe soltanto. Queste:

GRAZIE E TANTI SALUTI
DA ERALDO

Ripiegai il foglietto in quattro e glielo restituii.

«È partito, sì... se ne è andato», sospirò.

Il toucha sa lèvre enflée.

« Vous voyez ?

— Ça vous fait mal ?

— Oh ! non, fit-il, haussant l'épaule. Il est vrai que j'ai fini les quatre fers à l'air et que, sur le moment, j'ai presque perdu connaissance. Mais un coup de poing, après tout, quelle importance cela a-t-il ? Et le scandale, aussi, quelle importance cela peut-il avoir le scandale… à côté du reste ? »

Il se tut. Et moi aussi, je me tus, très embarrassé. Je pensais à ces mots : « à côté du reste » ; et je n'échappais pas à l'image de sa douleur d'amant bafoué, une image qui, à ce moment-là, je dois l'avouer, me répugnait plus qu'elle ne m'apitoyait.

Mais je ne savais encore que la moitié.

« Aujourd'hui, à une heure, continuait Fadigati, quand je suis rentré à l'hôtel, la surprise la plus amère m'attendait. Regardez ce que j'ai trouvé là-haut, dans la chambre. »

Il tira de la poche de sa veste une petite feuille de papier toute froissée et me la tendit.

« Lisez, lisez donc. »

Il n'y en avait pas long à lire, mais cela suffisait. Au milieu de la feuille, écrites au crayon en caractères d'imprimerie, deux lignes seulement :

REMERCIEMENTS ET TOUTES LES SALUTATIONS
D'ERALDO

Je repliai la feuille en quatre et je la lui rendis.
« Il est parti, oui… Il s'en est allé, soupira-t-il.

«Ma il guaio peggiore», aggiunse, con un tremito del labbro gonfio e della voce, «il guaio peggiore è che mi ha portato via tutto.»

«Tutto?!», esclamai.

«Già. Oltre alla macchina, che d'altronde era sua, l'avevo comperata apposta, mi ha preso anche tutta la roba, vestiti, biancheria, cravatte, due valige, un orologio d'oro, un libretto di assegni, un migliaio di lire che tenevo nel comodino. Non ha dimenticato proprio niente. Nemmeno la carta da lettere intestata, nemmeno il pettine e lo spazzolino da denti!»

Terminò con uno strano grido, quasi esaltato. Come se, da ultimo, l'enumerazione degli oggetti rubati da Deliliers avesse avuto l'effetto di tramutare il suo strazio in un senso, più forte, di orgoglio e di piacere.

Stava venendo gente : due giovanotti e due ragazze, tutti e quattro in bicicletta.

«Sono le cinque e tre quarti!», gridò allegramente una delle ragazze, consultando l'orologino da polso. «Abbiamo prenotato il campo per le sei, ma visto che nessuno gioca possiamo entrare lo stesso?»

Dopo essere usciti dal recinto, io e Fadigati prendemmo in silenzio per il vialetto di robinie, chiuso in fondo dal muro rosso del *Zanarini*. Laggiù nel cortile si vedevano camerieri andare e venire attraverso la pista da ballo di cemento, trasportando sedie e tavoli.

«E adesso», chiesi, «che cosa ha intenzione di fare?»

Mais le pire, reprit-t-il, et sa voix et sa lèvre tuméfiée tremblèrent, le pire, c'est qu'il m'a tout emporté.

— Tout ! m'exclamai-je.

— Tout. Il a pris non seulement la voiture, qui d'ailleurs était à lui, je l'avais achetée pour lui, mais aussi tout le reste : vêtements, linge, cravates, deux valises, une montre en or, un carnet de chèques et un millier de lires qui étaient dans ma table de nuit. Il n'a absolument rien oublié. Pas même mon papier à lettres à en-tête, pas même mon peigne et ma brosse à dents ! »

Il termina par un cri bizarre, presque d'exaltation. Comme si, finalement, l'énumération des objets volés par Deliliers avait eu pour effet de transformer son chagrin en un sentiment, plus fort, d'orgueil et de plaisir.

Des gens arrivaient : deux jeunes gens et deux jeunes filles, tous les quatre à bicyclette.

« Il est cinq heures quarante-cinq ! cria gaiement l'une des jeunes filles, en consultant son bracelet-montre. Nous avons retenu le court pour six heures, mais puisque personne ne joue, nous pouvons peut-être entrer tout de suite ? »

Fadigati et moi, nous sortîmes de l'enclos et prîmes en silence la petite allée d'acacias fermée au bout par le mur rouge du café Zanarini. Là-bas, dans la cour, on voyait des garçons aller et venir, transportant chaises et tables, à travers la piste de danse en ciment.

« Et maintenant, demandai-je, qu'avez-vous l'intention de faire ?

«Vado via stasera. C'è un accelerato che parte da Rimini alle nove, e arriva a Ferrara a mezzanotte e mezzo circa. Spero che mi sia rimasto tanto da pagare il conto dell'albergo.»

Mi fermai sui due piedi, squadrandolo. Era vestito da città, col cappello di feltro e tutto. Fissavo il cappello di feltro. Dunque non era vero che Deliliers gli avesse portato via ogni cosa — riflettevo —; dunque un po' esagerava.

«Perché non lo denuncia?», buttai lì, freddamente.

Mi fissò anche lui.

«Denunciarlo!», borbottò sorpreso.

Nei suoi occhi balenò a un tratto un lampo di scherno.

«Denunciarlo?», ripeté, e mi guardava come si guarda un estraneo un po' ridicolo. «Ma le pare possibile?»

— Je m'en vais ce soir. Il y a un train semi-direct qui part de Rimini à neuf heures et qui arrive à Ferrare aux environs de minuit et demi. J'espère qu'il me reste assez pour régler la note de l'hôtel. »

Je m'arrêtai brusquement et le regardai fixement. Il était en tenue de ville, chapeau de feutre et tout. Je regardais fixement son chapeau de feutre. Je réfléchissais : donc, il n'était pas vrai que Deliliers lui avait tout emporté ; donc, il exagérait un peu.

« Pourquoi ne portez-vous pas plainte ? » lançai-je froidement.

Il me regarda fixement lui aussi.

« Porter plainte ? » grommela-t-il, surpris.

Dans ses yeux, soudain, passa un éclair de dérision.

« Porter plainte ? » répéta-t-il, et il me regardait comme on regarde un étranger un peu ridicule. « Mais vous n'y songez pas ! »

# 13

Da Riccione venimmo via il 10 di ottobre, un sabato pomeriggio.

Intorno alla metà del mese precedente il barometro si era fissato sul bello stabile. D'allora in poi si erano susseguite giornate splendide, con cieli senza una nuvola e col mare sempre molto calmo. Ma chi aveva più potuto badare a queste cose? Ciò che mio padre aveva tanto temuto si era, purtroppo, puntualmente verificato. A nemmeno una settimana di distanza dalla partenza di Fadigati, su tutti i giornali italiani, il «Corriere padano» incluso, era cominciata di colpo la violenta campagna denigratoria che nel termine di un anno avrebbe portato alla promulgazione delle leggi razziali.

Ricordo quei primi giorni come un incubo. Mio padre affranto, che usciva di casa la mattina presto a caccia di carta stampata; gli occhi di mia madre, gonfi sempre di lacrime; Fanny ancora ignara, povera bimba, eppure in qualche modo già consapevole;

# 13

Nous quittâmes Riccione le 10 octobre, un samedi après-midi.

Aux alentours du milieu du mois précédent, le baromètre s'était mis au beau fixe. Par la suite, des journées superbes s'étaient succédé, avec un ciel sans un seul nuage et une mer toujours très calme. Mais qui avait l'esprit à remarquer ce genre de choses? Ce que mon père avait tant redouté, était, hélas! en train de se réaliser. Moins d'une semaine après le départ de Fadigati, avait brusquement débuté dans tous les journaux italiens, le *Corriere padano* en tête, la violente campagne de dénigrement qui, au bout d'un an, devait amener la promulgation des lois raciales.

Je me souviens comme d'un cauchemar de ces premiers jours. Mon père anéanti, qui sortait le matin de bonne heure pour aller chercher les journaux; les yeux de ma mère, éternellement gonflés de larmes; Fanny qui ne savait rien, pauvre gamine, et qui était pourtant, en quelque sorte, déjà consciente de tout;

il gusto doloroso da parte mia di chiudermi in un silenzio ostinato. Sempre solo, e invaso di rabbia, addirittura di odio, alla semplice idea di ritrovarmi al cospetto della signora Lavezzoli troneggiante nella sua *chaise longue*, di dovere magari udirla discettare come se nulla fosse di cristianesimo e di ebraismo, nonché della colpa da attribuirsi o meno agli «israeliti» a proposito della crocifissione di Gesù Cristo (in linea di massima la signora si era subito dichiarata contraria alla nuova politica del governo nei nostri confronti, e tuttavia anche il Papa — mi sembrava adesso di sentirla —, in un certo suo discorso del '29...), ormai non mi facevo più vedere nemmeno sulla spiaggia. Mi bastava, e ne avevo d'avanzo, essere costretto durante i pasti ad ascoltare mio padre, il quale, in vana polemica con gli articoli velenosi che di continuo leggeva sui giornali, si intestava a enumerare i «meriti patriottici» degli ebrei italiani, tutti, o quasi — non faceva che ripeterlo, spalancando gli occhi azzurri —, stati sempre «ottimi fascisti». Anche io, insomma, ero disperato. Mi sforzavo di tirare avanti con la preparazione del mio esame. Ma compivo soprattutto lunghissime scorribande in bicicletta sulle colline dell'entroterra. Una volta, senza aver prima avvertito nessuno, col risultato, al ritorno, di ritrovare mio padre e mia madre ambedue in pianti, mi spinsi fino a San Leo e in Carpegna, stando via nell'insieme quasi tre giorni. Pensavo senza tregua al prossimo rientro a Ferrara.

le plaisir douloureux, en ce qui me concernait, de m'enfermer dans un silence obstiné. Toujours seul, possédé par la rage, voire la haine, à la simple idée de me retrouver face à Mme Lavezzoli, trônant dans sa chaise longue, de devoir même l'entendre disserter, comme si de rien n'était, sur le christianisme et sur le judaïsme, et, même, sur la responsabilité plus ou moins grande à attribuer aux «Israélites» dans la crucifixion de Jésus-Christ (en ligne générale, elle avait tout de suite désapprouvé la nouvelle politique du gouvernement à notre égard, et pourtant, le Pape lui-même — c'était comme si je l'entendais —, dans un de ses discours de 29...), à présent, je ne me montrais même plus sur la plage. Il me suffisait, et j'en avais par-dessus la tête, de devoir écouter mon père durant les repas qui, dans une vaine polémique avec les articles venimeux qu'il ne cessait de lire dans les journaux, s'entêtait à énumérer les «mérites patriotiques» des juifs italiens; tous ou presque — il ne cessait de le répéter en écarquillant ses yeux bleus — ayant toujours été d'«excellents fascistes». En réalité, j'étais, moi aussi, désespéré. Je m'efforçais de poursuivre la préparation de mon examen. Mais je faisais surtout de très longues promenades à bicyclette dans les collines de l'arrière-pays. Une fois, sans avertir personne et avec comme résultat, au retour, de trouver mon père et ma mère tous les deux en larmes, je poussai jusqu'à San Leo et la Carpegna, restant en tout absent pendant près de trois jours. Je pensais sans trêve à notre prochain retour à Ferrare.

Ci pensavo con una specie di terrore, con un senso ognora crescente di intima lacerazione.

Da ultimo riprese a piovere, e fu necessario partire.

Come sempre mi succedeva ogni qualvolta tornavamo dalla villeggiatura, immediatamente dopo l'arrivo non seppi resistere al desiderio di fare un giro per la città. Chiesi in prestito la bicicletta al portiere di casa, il vecchio Tubi, e prima ancora di rimettere piede nella mia stanza, o di telefonare a Vittorio Molon e a Nino Bottecchiari, me ne andai a zonzo, senza una meta precisa.

Finii verso sera sulla Mura degli Angeli, dove avevo passato tanti pomeriggi dell'infanzia e dell' adolescenza; e in breve, pedalando lungo il sentiero in cima al bastione, fui all'altezza del cimitero israelitico.

Scesi allora dalla bicicletta, e mi addossai al tronco di un albero.

Guardavo al campo sottostante, in cui erano sepolti i nostri morti. Fra le rare lapidi, piccoli per la distanza, vedevo aggirarsi un uomo e una donna, entrambi di mezza età: probabilmente due forestieri fermatisi fra un treno e l'altro — mi dicevo —, se erano riusciti a ottenere dal dottor Levi la dispensa necessaria per visitare il cimitero di sabato. Giravano fra le tombe con cautela e distacco da ospiti, da estranei.

J'y pensais avec une sorte de terreur, avec un sentiment de plus en plus grand de déchirement intérieur.

Finalement, il se remit à pleuvoir et il fallut partir.

Comme je le faisais toujours quand nous rentrions de vacances, je ne pus résister au désir d'aller faire tout de suite après mon arrivée un tour en ville. J'empruntai sa bicyclette au concierge de notre maison, le vieux Tubi, et avant même de remettre les pieds dans ma chambre, ou de téléphoner à Vittorio Molon et à Nino Bottecchiari, je partis en balade, sans but précis.

Vers le soir, je finis par échouer sur le Rempart des Anges où j'avais passé tant d'après-midi de mon enfance et de mon adolescence ; et bientôt, pédalant sur le sentier qui est au sommet du rempart, j'arrivai à la hauteur du cimetière israélite.

Je descendis alors de bicyclette et je m'adossai à un tronc d'arbre.

Je regardais à mes pieds ce cimetière où étaient enterrés nos morts. Parmi les rares pierres tombales, je voyais errer un homme et une femme, tous deux d'âge moyen et que la distance faisait paraître tout petits : pour avoir réussi à obtenir du *dottor* Levi l'autorisation nécessaire pour visiter le cimetière un samedi, me disais-je, c'étaient probablement deux étrangers qui s'étaient arrêtés entre deux trains. Ils se promenaient entre les tombes, avec la prudence et le détachement d'invités, d'étrangers.

Quand'ecco, guardando a loro e al vasto paesaggio urbano che mi si mostrava di lassù in tutta la sua estensione, mi sentii d'un tratto penetrare da una gran dolcezza, da una pace e da una gratitudine tenerissime. Il sole al tramonto, forando una scura coltre di nuvole bassa sull'orizzonte, illuminava vivamente ogni cosa : il cimitero ebraico ai miei piedi, l'abside e il campanile della chiesa di San Cristoforo poco più in là, e sullo sfondo, alte sopra la bruna distesa dei tetti, le lontane moli del castello Estense e del duomo. Mi era bastato recuperare l'antico volto materno della mia città, riaverlo ancora una volta tutto per me, perché quell'atroce senso di esclusione che mi aveva tormentato nei giorni scorsi cadesse all'istante. Il futuro di persecuzioni e di massacri che forse ci attendeva (fin da bambino ne avevo continuamente sentito parlare come di un'eventualità per noi ebrei sempre possibile), non mi faceva più paura.

E poi, chissà ? — mi ripetevo, tornando verso casa —. Chi poteva leggere nel futuro ?

Ma ogni mia speranza e illusione durarono molto poco.

L'indomani mattina, mentre passavo sotto il portico del Caffè della Borsa, in corso Roma, qualcuno gridò il mio nome.

Et voici qu'à les regarder, eux, et à regarder le vaste paysage urbain qui, de là-haut, s'offrait à moi dans toute son étendue, je sentis tout à coup m'envahir une grande douceur, une paix et une reconnaissance pleines de tendresse. Le soleil à son couchant, perçant une sombre nappe de nuages bas à l'horizon, éclairait vivement l'ensemble : le cimetière juif à mes pieds, l'abside et le campanile de l'église San Cristoforo un peu plus loin, et, au fond, se dressant au-dessus de la brune étendue des maisons, les masses lointaines du château des Este et de la cathédrale. Il m'avait suffi de retrouver inchangé l'antique visage maternel de ma ville, de l'avoir une fois encore devant moi tout entier à moi, pour que disparaisse d'un coup cette atroce sensation d'être exclu qui m'avait tourmenté ces derniers jours. L'avenir de persécutions et de massacres qui nous attendait peut-être (dès l'enfance, j'en avais continuellement entendu parler comme d'une éventualité toujours possible pour nous autres juifs) ne me faisait plus peur.

Et puis, du reste, qui sait ? me répétais-je en regagnant la maison. Qui est-ce qui pouvait lire dans l'avenir ?

Mais illusion et espérance durèrent bien peu.

Le lendemain matin, comme je passais sous les arcades du café de la Bourse, corso Roma, quelqu'un cria mon nom.

Era Nino Bottecchiari. Sedeva da solo a un tavolino all'aperto, e per alzarsi rovesciò quasi la tazzina dell'espresso.

«Ben tornato!», esclamò, venendomi incontro a braccia aperte. «Da quando abbiamo il piacere e l'onore di riaverti fra noi?»

Saputo che ero a Ferrara dalle cinque del pomeriggio precedente, si lamentò che non gli avessi telefonato.

«Dirai naturalmente che lo avresti fatto oggi stesso, ad ora di pranzo», sorrise. «Nega, se puoi!»

Gli avrei telefonato, stavo davvero pensandoci quando lui mi aveva chiamato. Ma proprio per questo tacqui, confuso.

«Vieni, dài, che ti offro un caffè!», soggiunse Nino, prendendomi sottobraccio.

«Accompagnami a casa», proposi.

«Così presto? Se non è nemmeno mezzogiorno!», replicò. «*Ach bazòrla*: non vorrai mica perdere l'uscita dalla Messa!»

Mi precedette, facendomi strada fra seggiole e tavolini. Senonché, dopo qualche passo, mi fermai sui due piedi. Tutto mi disturbava, tutto mi feriva.

«E allora?» fece Nino, che già si era riseduto.

---

1. Nino Bottechiari, déjà présent au chapitre 4, est une figure des étranges parcours de certains intellectuels italiens. *Les lunettes d'or* en montre en quelque sorte la préhistoire, qui confirme la description qui se trouve dans *Clelia Trotti* (1955) et *Une plaque commémorative via Mazzini* (1956) : à l'automne 1939, soit deux ans après, il fait carrière au sein du G.U.F. ; en

C'était Nino Bottecchiari[1]. Il était assis, tout seul, à une table de la terrasse et, en se levant, il s'en fallut de peu qu'il ne renversât sa tasse d'*espresso*.

« Content de te voir ! s'écria-t-il en venant à ma rencontre les bras ouverts. Depuis quand avons-nous le plaisir et l'honneur de te compter parmi nous ? »

Quand il sut que j'étais à Ferrare depuis la veille, cinq heures de l'après-midi, il se plaignit que je ne lui eusse pas téléphoné.

« Naturellement, tu vas me dire que tu allais le faire aujourd'hui même, à l'heure du déjeuner, ajouta-t-il en souriant. Nie-le, si tu oses ! »

Je lui aurais téléphoné, j'étais vraiment en train d'y penser quand il m'avait appelé. Mais justement à cause de cela, je gardai le silence, confus.

« Viens, je te paie un café ! » reprit Nino en passant son bras sous le mien.

« Accompagne-moi jusque chez moi, proposai-je.

— Déjà ? Il n'est pas même midi ! répliqua-t-il. *Ach bazòrla*[2] : tu ne voudrais tout de même pas rater la sortie de la messe ! »

Il me précéda en se frayant un passage au milieu des chaises et des guéridons. Si ce n'est que, après quelques pas, je m'arrêtai. Tout me gênait, tout me blessait.

« Alors ? fit Nino qui s'était déjà rassis.

octobre 1946, on le retrouve secrétaire provincial de l'A.N.P.I. (Association nationale des partisans italiens) et, deux ans plus tard, c'est un brillant député communiste.

2. *Ach bazòrla*, dialecte ferrarais, qui correspond à « dépêche-toi ! », a été introduit dans l'édition de 1980.

« Debbo andare, scusa », borbottai, alzando una mano per salutarlo.

« Aspetta ! »

Il suo grido, e la lunga manovra a cui fu costretto per pagare (il cameriere Giovanni non aveva da dargli il resto di un biglietto da cinquanta : bisognò che, ciabattando e brontolando, il vecchio andasse a cambiarlo alla vicina farmacia Barilari), attirarono definitivamente su Nino e su me l'attenzione degli astanti. Mi sentii osservato con insistenza da molti sguardi. Persino attorno ai due tavolini contigui, riservati in permanenza agli squadristi della prima ora, e occupati, quel giorno, oltre che dal solito triumvirato Aretusi-Sturla-Bellistracci, dal Segretario Federale Bolognesi e da Gino Cariani, il Segretario del G.U.F., la conversazione cessò all'improvviso. Dopo essersi voltato indietro a sbirciarmi, Cariani, servile come sempre, si piegò a sussurrare qualcosa all'orecchio di Aretusi. Vidi Sciagura abbozzare una smorfia e annuire gravemente.

Nell'attesa che Nino riuscisse ad avere il suo resto mi allontanai di qualche passo. La giornata era bellissima, corso Roma appariva allegro e animato come mai.

---

1. Le pharmacien Barilari est le personnage clé d'*Une nuit de 43*. Paralysé et jaloux de sa femme, il assiste involontairement derrière sa fenêtre au massacre de onze otages ferrarais, perpétré par une milice nazi-fasciste venue de Vérone.

2. *Squadrista* : de *squadra*, équipe, groupe de combat ; le *squadrista* fait partie d'un groupe d'action fasciste, sorte de milice

— Excuse-moi, il faut que je m'en aille », bredouillai-je en levant une main pour lui dire au revoir.

« Attends ! »

Son cri et la longue manœuvre qu'il dut faire pour payer (Giovanni, le garçon, n'avait pas la monnaie d'un billet de cinquante lires : il fallut que le vieillard, traînant la savate et ronchonnant, allât changer le billet à la pharmacie Barilari[1], toute proche) attirèrent définitivement sur Nino et sur moi-même l'attention des personnes présentes. Je me sentis observé avec insistance par de nombreux regards. Et même autour des deux tables voisines, réservées en permanence aux *squadristi*[2] de la première heure, et occupées ce jour-là non seulement par l'habituel triumvirat Aretusi-Sturla-Bellistracci, mais aussi par le secrétaire fédéral Bolognesi et Gino Cariani, le secrétaire du G.U.F., la conversation cessa d'un coup. Après s'être retourné pour me lorgner, Cariani, servile comme toujours, se pencha pour murmurer quelque chose à l'oreille d'Aretusi. Je vis Sciagura ébaucher une grimace et acquiescer gravement.

En attendant que Nino ait réussi à avoir sa monnaie, je m'éloignai de quelques pas. La journée était magnifique et le corso Roma était plus gai et plus animé que jamais.

---

armée, orientée principalement contre les organisations syndicales et politiques de gauche. Le « triumvirat » dont il est question joue un rôle essentiel dans *Une nuit de 43*. Aretusi, surnommé *Sciagura* (« Malheur »), est l'organisateur du massacre des otages.

Da sotto il portico guardavo inerte verso il centro della strada, dove decine di biciclette, montate in prevalenza da studenti medi, e scintillanti al sole di vernici e cromature, volteggiavano tra la folla domenicale. Un biondino di dodici o tredici anni, ancora coi calzoni corti, passò rapido su una Maino da corsa grigia. Levò alto un braccio e gridò : «Ehi!». Trasalii. Mi girai per vedere chi fosse, ma era già sparito dietro l'angolo di Giovecca.

Nino finalmente mi raggiunse.

«Scusami», disse affannato, «ma con quella lumaca di Giovanni bisogna aver pazienza.»

Ci avviammo in direzione del duomo, camminando uno a fianco dell'altro lungo il marciapiede.

Come gli altri anni erano stati in villeggiatura a Moena, in Val di Fassa — diceva intanto Nino, riferendo di sé e della famiglia —. Prati, abeti, mucche, campanacci : la solita roba, tanto che, e adesso se ne rammaricava, aveva ritenuto superfluo mandarmi la sacramentale cartolina. Da principio insomma una gran noia.

De sous les arcades du café, je regardais, inerte, le milieu de la chaussée où des dizaines de bicyclettes, montées en majorité par des lycéens et scintillant au soleil de tous leurs vernis et de tous leurs chromes, virevoltaient dans la foule dominicale. Un blondinet de douze ou treize ans, encore en culottes courtes, passa à toute vitesse sur une Maino[1] de course grise. Il leva un bras et cria : « Eho ! » Je tressaillis. Je me tournai pour voir qui c'était, mais il avait déjà disparu au coin du corso Giovecca.

Nino me rejoignit enfin.

« Excuse-moi, dit-il, essoufflé. Mais avec cet escargot de Giovanni, il faut avoir de la patience. »

Nous nous éloignâmes en direction de la cathédrale, marchant l'un à côté de l'autre sur le trottoir.

Comme les autres années, ils étaient allés en vacances à Moena, dans la vallée de Fassa, me disait alors Nino, parlant de lui-même et de sa famille. Des prairies, des sapins, des vaches, des sonnailles : toujours la même chose, si bien que, et à présent il le regrettait, il avait jugé superflu de m'envoyer la traditionnelle carte postale. D'abord, en somme, il s'était pas mal embêté.

---

1. Dans la version de 1958, il s'agissait d'une « Bianchi de course bleu clair », sans doute jugée trop luxueuse par l'écrivain.

La fortuna tuttavia aveva voluto che in agosto avessero avuto ospite per una quindicina di giorni lo zio Mauro, l'ex onorevole socialista, il quale, a partire dal primo momento del suo arrivo, col suo carattere esuberantissimo aveva messo alla frusta l'intero parentado. Non stava mai fermo un secondo. L'occhio d'aquila sempre fisso alle cime. Se lui non gli avesse fatto da accompagnatore, chi l'avrebbe trattenuto? Quello là sarebbe stato più che capace d'andarsene in giro per le Dolomiti solo soletto.

«Eh, l'anziano compagno è tuttora piuttosto in gamba, te lo garantisco io», seguitò, e ammiccava allusivo. «Che tempra! Si arrampicava su per le montagne che era un piacere guardarlo, cantando *Bandiera rossa* a squarciagola. Ci siamo promessi amicizia. Ha garantito che subito dopo la laurea mi prenderà nel suo studio a fare pratica...»

Eravamo arrivati di fronte all'ingresso principale dell'Arcivescovado.

«Passiamo per di qua», propose Nino.

Entrò per primo nell'androne fresco e buio. Sul fondo, tutto al sole, il giardino interno splendeva immobile. Il rumore di corso Roma era ormai lontano: un fioco, confuso brusio nel quale i campanelli delle biciclette si distinguevano appena.

Nino si fermò.

«A proposito», chiese, «hai saputo di Deliliers?»

Fui afferrato da una strana sensazione di colpa.

Par chance, néanmoins, en août, ils avaient eu comme hôte pendant une quinzaine de jours son oncle Mauro, l'ex-député socialiste, qui dès le début de son arrivée, avec son caractère survolté, avait électrisé l'atmosphère familiale. Il ne restait jamais en place une seconde. L'œil d'aigle toujours fixé sur les cimes. S'il ne lui avait pas servi d'accompagnateur, qui aurait pu le retenir? Il aurait été plus que capable d'aller tout seul en excursion dans les Dolomites.

«Ah! le vieux militant, je te garantis qu'il est toujours en pleine forme, continua-t-il, allusif, en me clignant de l'œil. Quelle vigueur! Il te faisait de ces escalades en montagne, que c'était un vrai plaisir de le regarder, et cela en chantant à tue-tête *Bandiera rossa*[1]. Nous nous sommes promis de devenir amis. Il m'a même assuré qu'il me prendrait comme stagiaire dans son cabinet, dès que j'aurais passé ma licence...»

Nous étions arrivés devant l'entrée principale de l'archevêché.

«Passons par là», proposa Nino.

Il me précéda dans le vestibule frais et sombre. Au fond, en plein soleil, le jardin intérieur était d'une immobile splendeur. Le bruit du corso Roma était désormais lointain, un brouhaha confus où l'on distinguait à peine le timbre des bicyclettes.

Nino s'arrêta.

«À propos, demanda-t-il. Tu es au courant, pour Deliliers?»

Un bizarre sentiment de culpabilité m'envahit.

---

1. L'hymne communiste italien.

«Ma sì...», balbettai assurdamente. «L'ho veduto a Riccione il mese scorso... Siccome sulla spiaggia non eravamo nella stessa compagnia, gli avrò parlato un paio di volte soltanto...»

«Oh no, per carità!», mi interruppe Nino. «La notizia che era a Riccione in viaggio di nozze con quell'ignobile nave-scuola del dottor Fadigati è arrivata in un lampo anche a Moena, si capisce. No, no, non è mica di questo che volevo vedere se tu fossi informato.»

Si mise quindi a raccontare come una settimana avanti avesse ricevuto una lettera di Deliers nientemeno che da Parigi. Peccato, non l'aveva con sé. Contava di mostrarmela, però: ne valeva davvero la spesa. Un documento di *sfattìsia* non avrebbe saputo dire se più ributtante o più comico non gli era mai capitato fra le mani.

«Che schifo!», esclamò.

Cominciò a diffondersi con enfasi sulla lettera: sul suo tono, e sugli insulti di cui tutti quanti noialtri, me compreso, ex compagni di viaggi su e giù tra Ferrare e Bologna, eravamo in essa abbastanza pesantemente gratificati. Per la verità, più che insultarci — precisò ridendo —, il coglionaccio tentava di prenderci in giro. Ci trattava da figli di papà, da provinciali, da borghesucci...

«Mais oui…, balbutiai-je absurdement. Je l'ai vu à Riccione le mois dernier… Mais comme sur la plage nous ne faisions pas partie du même groupe, j'ai dû lui parler une ou deux fois seulement…

— Oh! non, par pitié! m'interrompit Nino. La nouvelle de sa présence à Riccione en voyage de noces avec cette ignoble rombière débauchée[1] qu'est Fadigati est parvenue tout de suite à Moena également. Non, non : ce n'est pas de cela que je voulais savoir si tu étais informé.»

Et effectivement, il se mit à me raconter comment une semaine auparavant il avait reçu une lettre de Deliliers, et de Paris, s'il vous plaît! Dommage, il ne l'avait pas sur lui. Mais il me la montrerait : cela en valait la peine. Jamais un tel échantillon de *sfattìsia*[2], dont il n'aurait su dire ce qui l'emportait du répugnant ou du comique, ne lui était jamais tombé entre les mains.

«Dégoûtant!» s'exclama-t-il.

Il commença à se répandre avec emphase sur la lettre : son ton, les insultes dont nous tous, moi compris, anciens camarades du parcours Ferrare-Bologne, étions assez lourdement gratifiés. À la vérité, plus que nous insulter — précisa-t-il en riant —, ce couillon essayait de se foutre de nous. Il nous traitait de fils à papa, de provinciaux, de petits-bourgeois…

---

1. *Nave-scuola* (fém.), «bateau-école» : l'expression, désuète aujourd'hui, désignait les femmes mûres, initiatrices sexuelles de jeunes gens.
2. Dialecte ferrarais : «cynisme» (version de 1980).

«Ricordi quello che aveva in programma?» divagò. «Un giorno o l'altro avrebbe realizzato un colpetto, chissà poi quale, dopodiché la sua unica attività sarebbe diventata la boxe. Figuriamoci. Si sarà invece già messo alle costole di qualche nuovo facoltoso finocchio, stavolta magari di tipo internazionale. Ma per rimanerci fino a tempo indeterminato, intendiamoci, o per lo meno fino a quando avrà succhiato ben bene anche lui. Altro che boxe!»

Venne poi a parlare della Francia, la quale — disse —, se non fosse stata quel completo disastro che era (il fascismo dava della Francia un giudizio purtroppo ineccepibile, lui lo condivideva in pieno), ad avventurieri di quella specie avrebbe dovuto proibire tassativamente di entrarle in casa.

«Quanto a noi, all'Italia», concluse, diventato a un tratto quasi serio, «lo sai che cosa dovremmo farne, di gente così? Approfittare dei pieni poteri concessi all'esecutivo per metterli al muro, e buona notte. Ma è una società, anche quella italiana?...»

Aveva finito.

«Stupendo», proferii, calmo. «Suppongo che a me darà del lurido ebreo.»

Esitò a rispondere. Nella penombra dell'androne lo vidi arrossire.

«Andiamo», fece, tornando a prendermi sottobraccio. «La Messa sarà già finita.»

«Tu te souviens de ce qu'il méditait? divagua-t-il. Un jour ou l'autre, il ferait un beau coup, Dieu sait lequel, et ensuite il se consacrerait à la boxe. Tu parles. Il doit s'être mis avec une quelconque nouvelle tante avec des sous, cette fois peut-être même de classe internationale. Mais pour rester avec lui pendant un temps indéterminé, bien sûr, ou pour le moins jusqu'à ce qu'il l'ait sucé jusqu'à la moelle, lui aussi. Foutaise, la boxe!»

Puis il en vint à parler de la France qui — dit-il —, si elle n'était pas dans l'état pitoyable où elle se trouvait (le fascisme avait sur la France un jugement malheureusement irréfutable avec lequel, lui, il était totalement d'accord), aurait dû formellement interdire à des aventuriers de ce genre de pénétrer sur son sol.

«Quant à nous, quant à l'Italie, conclut-il, devenu tout à coup presque sérieux, tu sais ce que nous devrions faire des gens de cette sorte? Profiter des pleins pouvoirs accordés à l'exécutif pour les fusiller, et bonsoir. Mais la société italienne en est-elle encore une?...»

Il avait fini.

«Étonnant, énonçai-je, calmement. J'imagine qu'il doit me traiter de sale youpin.»

Nino hésita à répondre. Dans la pénombre du vestibule, je le vis rougir.

«Viens, dit-il en mettant son bras sous le mien, la messe doit être déjà finie.»

E mi trascinò un po' a forza verso l'uscita secondaria dell'Arcivescovado: quella che, proprio all'angolo con via Gorgadello, dà su piazza Cattedrale.

Et il m'entraîna presque de force vers la sortie secondaire de l'archevêché : celle qui, juste à l'angle de la via Gorgadello, donne sur la place de la Cathédrale.

# 14

La Messa di mezzogiorno stava per finire. Una piccola folla di ragazzi, di giovanotti, di sfaccendati, indugiava come sempre davanti al sagrato.

Li guardavo. Fino a pochi mesi prima io non avevo mai perduto la domenicale uscita delle dodici e mezzo da San Carlo o dal duomo, ed anche oggi, in fondo — riflettevo —, non l'avrei perduta. Ma poteva bastarmi? Oggi era diverso. Non mi trovavo più laggiù, mescolato agli altri, confuso in mezzo a tutti gli altri nella solita attesa tra beffarda e ansiosa. Addossato al portone del Palazzo Arcivescovile, confinato in un angolo della piazza (la presenza al mio fianco di Nino Bottecchiari aumentava se mai la mia amarezza), mi sentivo tagliato fuori, irrimediabilmente un intruso.

Risuonò in quell'attimo il grido rauco di un venditore di giornali.

# 14

La messe de midi allait se terminer. Une petite foule de gamins, de jeunes gens et d'oisifs, s'attardait comme toujours autour du parvis.

Je les regardais. Jusqu'à ces tout derniers mois, je n'avais jamais raté, le dimanche matin, la sortie de la messe de midi et demi à San Carlo ou à la cathédrale, et ce jour-là non plus, après tout, réfléchissais-je, je n'allais pas la rater. Mais cela pouvait-il me suffire ? Aujourd'hui, c'était différent. Je n'étais plus là-bas, mêlé aux autres qui étaient probablement en train de rire et de plaisanter dans l'attente habituelle. Adossé au portail du palais archiépiscopal, relégué dans un coin de la place (la présence à mes côtés de Nino Bottecchiari ne faisait qu'accroître encore mon amertume), je me sentais exclu, irrémédiablement un intrus.

À cet instant précis, le cri rauque d'un vendeur de journaux retentit.

Era Cenzo, un quasi deficiente di età indefinibile, strabico, semi sciancato, sempre in giro per i marciapiedi con un grosso fascio di quotidiani sotto il braccio, e trattato per solito dall'intera cittadinanza, e talvolta anche da me, a bonarie manate sulle spalle, a insulti affettuosi, a sardoniche richieste di previsione circa gli imminenti destini della *S.P.A.L.*, eccetera.

Strascicando le grosse suole chiodate sul lastrico, Cenzo si dirigeva verso il centro della piazza tenendo alto con la mano destra un giornale spiegato.

«Prossimi provvedimenti del Gran Consiglio contro *i abrei*!», berciava indifferente, con la sua voce cavernosa.

E mentre Nino pieno di disagio taceva, io sentivo nascere dentro me stesso con indicibile ripugnanza l'antico, atavico odio dell'ebreo nei confronti di tutto ciò che fosse cristiano, cattolico, insomma *goi*. *Goi, goìm*: che vergogna, che umiliazione, che ribrezzo, a esprimermi così! Eppure ci riuscivo già — mi dicevo — : diventato simile a un qualsiasi ebreo dell'Europa orientale che non fosse mai vissuto fuori dal proprio ghetto. Pensavo anche al nostro, di ghetto, a via Mazzini, a via Vignatagliata, al vicolo-mozzo Torcicoda.

C'était Cenzo, un demi-crétin d'âge indéfinissable, qui louchait et qui, à moitié bancal, parcourait tous les trottoirs de la ville, un gros paquet de quotidiens sous le bras ; il était invariablement l'objet de la part de tous les Ferrarais, parfois moi compris, de cordiales bourrades dans le dos, d'affectueuses insultes, de sardoniques demandes de prévision sur les destins imminents de la S.P.A.L., etc.

Du pas traînant de ses vieilles godasses cloutées sur la chaussée, Cenzo se dirigeait vers le centre de la place en brandissant dans sa main droite un journal déployé.

« Prochaines mesures du Grand Conseil contre *li abrei*[1] ! » braillait-il avec indifférence, de sa voix caverneuse.

Et cependant que Nino se taisait, très gêné, je sentais naître en moi, avec une indicible répugnance, la vieille et atavique haine du juif pour tout ce qui est chrétien, catholique, bref, *goy*. *Goy, goïm* : quelle honte, quelle humiliation, quel dégoût de m'exprimer ainsi ! Et pourtant j'y parvenais déjà, me disais-je, tel un quelconque juif de l'Europe de l'Est, qui n'aurait jamais vécu hors de son ghetto. Je pensais au nôtre, de ghetto, à la via Mazzini, à la via Vignatagliata, à l'impasse Torcicoda.

---

1. Prononciation dialectale du mot *ebrei* (« juifs »).

In un futuro abbastanza vicino, loro, i *goìm*, ci avrebbero costretti a brulicare di nuovo là, per le anguste, tortuose viuzze di quel misero quartiere medioevale da cui in fin dei conti non eravamo venuti fuori che da settanta, ottanta anni. Ammassati l'uno sull'altro dietro i cancelli come tante bestie impaurite, non ne saremmo evasi mai più.

«Mi seccava parlartene», cominciò Nino senza guardarmi, «ma non puoi immaginare come quello che sta succedendo mi riempia di tristezza. Lo zio Mauro è pessimista, inutile che te lo nasconda : e d'altra parte è naturale, lui l'ha *sempre* desiderato che le cose vadano il peggio possibile. Io però non credo. Nonostante le apparenze, non credo che nei vostri riguardi l'Italia si metterà davvero sulla stessa strada della Germania. Vedrai che tutto finirà nella solita bolla di sapone.»

Avrei dovuto essergli riconoscente di avere intavolato l'argomento. Cos'altro in fondo avrebbe potuto dire? E invece no. Mentre parlava, riuscii appena a mascherare il fastidio che mi davano le sue parole, e il tono, in ispecie, il tono deluso della sua voce. «Tutto finirà nella solita bolla di sapone.» Si poteva essere più goffi, più insensibili, più ottusamente *goìm* di così?

Dans un futur assez proche, eux, les *goïm,* allaient nous forcer à grouiller à nouveau là, parmi les étroites et tortueuses ruelles de ce misérable quartier médiéval, dont en fin de compte nous n'étions sortis que depuis soixante-dix, quatre-vingts ans[1]. Entassés les uns sur les autres, derrière les grilles, comme autant de bêtes apeurées, nous ne nous en évaderions plus jamais.

« Ça m'embêtait de t'en parler, commença Nino sans me regarder ; mais tu ne peux pas imaginer combien ce qui est en train de se passer me fait de la peine. Mon oncle Mauro est pessimiste, inutile que je te le cache : et d'ailleurs, c'est naturel, car lui a *toujours* souhaité que les choses aillent le plus mal possible. Moi, personnellement, je ne crois pas. Malgré les apparences, je ne crois pas que, en ce qui vous concerne, l'Italie imitera vraiment l'Allemagne. Tu verras, comme d'habitude, tout cela finira en bulle de savon. »

J'aurais dû lui être reconnaissant d'avoir abordé ce sujet. Qu'eût-il pu dire d'autre, après tout ? Eh bien, non. Pendant qu'il parlait, je parvins à peine à dissimuler l'agacement que me causaient ce qu'il disait et le ton, surtout le ton désabusé de sa voix. « Comme d'habitude, tout cela finira en bulle de savon. » Pouvait-on être plus maladroit, plus insensible, plus obtusément *goïm* que cela ?

---

1. L'émancipation définitive de la population juive et l'abolition des ghettos datent de l'Unité italienne (1860 et 1870 pour le ghetto de Rome). Le dévouement de cette population, très bien intégrée, à la maison de Savoie fut total, et englobra en partie le régime fasciste, jusqu'aux fameuses lois de 1938.

Gli domandai perché lui, a differenza dello zio, fosse ottimista.

«Oh, noialtri italiani siamo troppo buffoni», replicò, senza mostrare di essersi accorto della mia ironia. «Noi dei tedeschi potremo imitare qualsiasi cosa, perfino il passo dell'oca, ma non il senso tragico che hanno loro della vita. Siamo troppo vecchi, troppo scettici e consumati.»

Soltanto a questo punto, dal mio silenzio, dovette rendersi conto dell'inopportunità, dell' inevitabile ambiguità di ciò che era venuto dicendo. Di colpo il suo viso mutò espressione.

«E meno male, non ti pare?», esclamò con allegria forzata. «Viva dopo tutto la nostra millenaria saggezza latina!»

Era sicuro — continuò — che da noi l'antisemitismo non avrebbe mai potuto assumere forme gravi, *politiche*, e quindi attecchire. Per convincersi come una netta separazione dell'«elemento» ebraico da quello «cosiddetto ariano» fosse nel nostro Paese in pratica irrealizzabile, sarebbe bastato semplicemente pensare a Ferrara, una città che «sotto il profilo sociale» poteva dirsi piuttosto tipica. Gli «israeliti», a Ferrara, appartenevano tutti, o quasi tutti, alla borghesia cittadina, di cui anzi costituivano in un certo senso il nerbo, la spina dorsale. Il fatto medesimo che la maggior parte di essi fossero stati fascisti, e non pochi, come ben sapevo, della prima ora, dimostrava la loro perfetta solidarietà e fusione con l'ambiente.

Je lui demandai pourquoi, lui, à la différence de son oncle, il était optimiste.

«Oh, nous autres Italiens, nous sommes trop farceurs, répliqua-t-il sans paraître avoir remarqué mon ironie. Nous pouvons sans doute imiter tout ce que font les Allemands, y compris le pas de l'oie, mais point le sentiment tragique qu'ils ont de la vie. Nous sommes trop vieux, trop sceptiques et trop usés.»

C'est seulement alors, à mon silence, qu'il dut se rendre compte de l'inopportunité et de l'inévitable ambiguïté de ce qu'il était en train de dire. Brusquement, son visage changea d'expression.

«Et c'est tant mieux, tu ne crois pas? s'écria-t-il avec une gaieté forcée. Après tout, vive notre millénaire sagesse latine!»

Il était sûr, continua-t-il, que, chez nous, l'antisémitisme ne pourrait jamais prendre des formes graves, *politiques*, et donc s'enraciner. Il suffirait simplement de penser à Ferrare – une ville qu'on pouvait dire «socialement parlant» parfaitement représentative — pour se convaincre qu'une séparation nette de l'«élément» juif de celui dit «aryen» était dans notre pays pratiquement irréalisable. Les «israélites», à Ferrare, appartenaient tous, ou presque tous, à la bourgeoisie des villes, dont, en un certain sens, ils constituaient le nerf, l'épine dorsale. Le fait même que la majorité d'entre eux aient été fascistes, et beaucoup, comme je le savais, des fascistes de la «première heure», prouvait leur parfaite solidarité et leur parfaite fusion avec leur milieu.

Si poteva immaginare qualcuno più israelita e insieme più ferrarese dell'avvocato Geremia Tabet, tanto per fare il primo nome che venisse alle labbra, il quale apparteneva al ristretto numero di persone (con Carlo Aretusi, Vezio Sturla, Osvaldo Bellistracci, il console Bolognesi, e due o tre altri) che nel '19 avevano fondato la prima sezione locale dei Fasci di Combattimento? E chi più «nostro» del vecchio dottor Corcos, Elia Corcos, il celebre clinico, tanto che, a rigore, avrebbe potuto magnificamente sopportare l'incorporazione in effige nello stemma municipale? E mio padre? E l'avvocato Lattes, il papà di Bruno? No, no: a scorrere l'elenco del telefono, dove i nomi degli israeliti apparivano inevitabilmente accompagnati da qualifiche professionali e accademiche, dottori, avvocati, ingegneri, titolari di ditte commerciali grandi e piccole, e così via, uno avrebbe avuto subito il senso dell'impossibilità di attuare a Ferrara una politica razziale che avesse qualche pretesa di riuscita.

Pouvait-on imaginer quelqu'un de plus israélite et de plus ferrarais à la fois que l'avocat Geremia Tabet[1], pour citer le premier nom qui vous venait aux lèvres, un homme qui appartenait au groupe restreint de personnes (avec Carlo Aretusi, Vezio Sturla, Osvaldo Bellistracci, le consul Bolognesi et deux ou trois autres) qui, en 19, avaient fondé la première section locale des *Fasci* de combat ? Et qui y avait-il de plus « nôtre » que le vieux docteur Corcos, Elia Corcos, le célèbre clinicien, à tel point nôtre que, à la rigueur, il eût très bien pu supporter de figurer en effigie dans le blason de notre ville ? Et mon père ? Et l'avocat Lattès, le père de Bruno ? Non, non : il suffisait de parcourir l'annuaire du téléphone, où le nom des israélites était inévitablement suivi de titres professionnels et académiques, docteurs, avocats, ingénieurs, directeurs de grandes et petites entreprises, et ainsi de suite, pour avoir aussitôt le sentiment de l'impossibilité de réaliser à Ferrare une politique raciste ayant quelque prétention de réussite.

1. L'avocat Geremia Tabet, oncle maternel de Geo Josz, est présenté dans *Une nuit de 43* comme un vieux fou qui se pavanait jusqu'à « l'extrême limite de la belle époque » (c'est-à-dire 1938) au café de la Bourse, en uniforme fasciste.

Una simile politica avrebbe potuto «incontrare» soltanto nel caso che le famiglie genere Finzi-Contini, con quel loro specialissimo gusto di starsene segregati in una grande casa nobiliare (lui stesso, quantunque conoscesse parecchio bene Alberto Finzi-Contini, non era mai riuscito a farsi invitare a giocare a tennis a casa loro, nel loro magnifico campo di tennis privato!), fossero state più numerose. Ma i Finzi-Contini, a Ferrara, rappresentavano appunto una eccezione. E poi non svolgevano anche essi una insopprimibile «funzione storica», essendo sottentrati nel possesso del palazzo di corso Ercole I e delle terre, nonché nel sistema di vivere isolati, a qualche antica famiglia dell'aristocrazia ferrarese oramai estinta?

Disse tutto questo, e altro che non ricordo. Mentre parlava, neppure io lo guardavo. Il cielo sopra la piazza era pieno di luce. Per tener dietro ai voli dei colombi che di tanto in tanto lo attraversavano, ero costretto a socchiudere gli occhi.

D'un tratto mi toccò una mano.

«Avrei bisogno di un consiglio», disse. «Di un consiglio da amico.»

«Prego.»

Une telle politique n'aurait eu des chances de « marcher » qu'au cas où des familles du genre des Finzi-Contini, avec leur tendance très « typique » à rester isolées dans une vaste demeure aristocratique (lui-même, bien que connaissant très bien Alberto Finzi-Contini[1], n'avait jamais réussi à se faire inviter chez eux pour jouer au tennis, sur leur magnifique court de tennis privé !), eussent été plus nombreuses. Mais, à Ferrare, les Finzi-Contini représentaient justement une exception. Et puis n'accomplissaient-ils pas, eux aussi, une « fonction historique » impossible à supprimer, puisqu'ils avaient succédé à une ancienne famille de l'aristocratie ferraraise, maintenant éteinte, non seulement comme propriétaires de la demeure du corso Ercole Ier et des terres de celle-ci, mais aussi dans la façon de vivre isolée qui avait été la sienne ?

Il dit tout cela et autre chose encore dont je ne me souviens pas. Tandis qu'il parlait, j'évitais, moi aussi, de le regarder. Au-dessus de la place, le ciel était plein de lumière. Pour suivre le vol des pigeons qui le traversaient de temps en temps, je devais fermer à demi mes yeux.

Tout à coup, il me toucha la main.

« J'aurais besoin que tu me donnes un conseil, dit-il. Un conseil d'ami.

— Je t'en prie.

---

1. La présence des Finzi-Contini dans ce texte, à l'origine de 1958, nous rappelle que Bassani a commencé à rédiger *Le jardin des Finzi-Contini*, paru en 1962, dès 1956.

«Puoi garantirmi la massima sincerità?»

«Ma sì.»

Dovevo dunque sapere — cominciò, abbassando il tono della voce —, che un paio di giorni avanti lui era stato avvicinato da «quel rettile» di Gino Cariani, il quale, senza troppi preamboli, gli aveva proposto di assumere la carica di Addetto alla Cultura. Lì per lì lui non aveva né accettato né rifiutato. Aveva solamente chiesto un poco di tempo per pensarci sopra. Adesso però una decisione si imponeva. Anche quella mattina, al caffè, poco prima che arrivassi io, Cariani era tornato sull'argomento.

«Che fare?», domandò a questo punto, dopo una pausa.

Strinse le labbra, perplesso. Ma già riprendeva a discorrere.

«Appartengo a un *clan* familiare che ha le tradizioni che sai», disse. «Ebbene, sta' pur sicuro che quando mio padre venisse a sapere che non ho accettato la proposta di Cariani, si metterebbe le mani nei capelli, ecco cosa farebbe. E lo zio Mauro, credi che si comporterebbe in modo gran ché diverso? Sarebbe sufficiente che il papà gli chiedesse di mandarmi a chiamare, e lui pronto, lo accontenterebbe subito, non fosse altro che per distogliere da se stesso ogni accusa di proselitismo. Vedo già la sua faccia nel momento in cui mi invita tutto bonario a tornare sulla mia decisione. Sento già le sue parole. Mi esorta a non comportarmi come un bambino, a riflettere, perché nella vita...»

Rise, disgustato.

— Tu me promets la plus grande sincérité ?

— Mais oui. »

Deux jours plus tôt — il fallait que je le sache, commença-t-il en baissant la voix —, « ce reptile » de Gino Cariani était venu le trouver et, sans trop de préambules, lui avait proposé de prendre les fonctions de préposé à la Culture. Sur le coup, il n'avait ni accepté ni refusé. Il avait seulement demandé un peu de temps pour réfléchir. Maintenant, pourtant, il fallait se décider. Ce matin encore, au café, un peu avant mon arrivée, Cariani était revenu à la charge.

« Que faire ? » demanda-t-il alors, après un court silence.

Il serra les lèvres, perplexe. Mais déjà il recommençait à parler.

« J'appartiens à un *clan* familial qui a les traditions que tu sais, dit-il. Eh bien, tu peux en être sûr : quand mon père apprendra que je n'ai pas accepté la proposition de Cariani, il s'arrachera littéralement les cheveux, voilà ce qu'il fera. Et mon oncle Mauro, crois-tu qu'il se comportera différemment ? Il suffira que papa lui demande de me convoquer et lui, aussitôt, le fera, ne fût-ce que pour qu'on ne puisse pas l'accuser de prosélytisme. Je vois déjà sa tête quand il m'invitera avec bonhomie à revenir sur ma décision. J'entends déjà ce qu'il me dira. Il m'exhortera à ne pas me comporter comme un enfant, à réfléchir, car, dans la vie… »

Il eut un rire dégoûté.

«Guarda», soggiunse : «ho così poca stima della natura umana, e del carattere di noi italiani in particolare, da non poter garantire nemmeno di me stesso. Viviamo in un Paese, carissimo, dove di romano, di romano in senso antico, è rimasto soltanto il saluto col braccio in su. Per cui mi domando anche io : *a quoi bon?* Alla fin fine, se rifiutassi...»

«Faresti molto male», lo interruppi, tranquillo.

Mi scrutò con un'ombra di diffidenza negli occhi.

«Parli sul serio?»

«Come no. Non vedo perché non dovresti aspirare a far carriera nel Partito, o attraverso il Partito. Se io fossi nei tuoi panni... se, voglio dire, studiassi legge come te... non esiterei un istante.»

Avevo avuto cura di non lasciar trapelare nulla di ciò che avevo dentro. Nino schiarì l'espressione del viso. Accese una sigaretta. La mia obbiettività, il mio disinteresse, lo avevano palesemente colpito.

Mi ringraziava del consiglio — disse poi, restituendo all'aria una prima grossa boccata di fumo —. Quanto però a seguirlo, avrebbe lasciato passare qualche giorno ancora. Voleva vedere chiaro nelle cose e in se stesso. Il fascismo era senza dubbio in crisi. Ma si trattava di crisi *nel* sistema, o *del* sistema? Muoversi, va bene. Ma come? Bisognava cercare di cambiar le cose *dall'interno*, o invece...?

«Tiens, ajouta-t-il, j'ai si peu d'estime pour la nature humaine et pour le caractère de nous autres Italiens en particulier, que je ne peux même pas me porter garant pour moi-même. Nous vivons dans un pays, mon cher, où il n'est resté de romain, de romain au sens antique, que le salut bras tendu. Raison pour laquelle je me demande moi aussi : *à quoi bon* ? En fin de compte, si je refusais…

— Tu aurais grand tort », l'interrompis-je tranquillement.

Il me scruta, avec une nuance de méfiance dans les yeux.

« Tu parles sérieusement ?

— Et comment ! Je ne vois pas pourquoi tu ne devrais pas aspirer à faire carrière dans le parti ou grâce au parti. Moi, si j'étais à ta place… si, je veux dire, je faisais mon droit comme toi… je n'hésiterais pas un seul instant… »

J'avais pris soin de ne rien laisser transparaître de ce que j'éprouvais. L'expression du visage de Nino s'éclaira. Il alluma une cigarette. Mon objectivité, mon détachement l'avaient visiblement frappé.

Il me remerciait du conseil — dit-il ensuite, en exhalant une première grosse bouffée de fumée. Quant à le suivre, néanmoins, il laisserait passer quelques jours encore. Il voulait y voir clair dans les choses et en lui-même. Le fascisme, il n'y avait pas de doute, était en crise. Mais s'agissait-il d'une crise *au sein* du régime ou d'une crise *du régime* ? Agir, d'accord, mais comment ? Essayer de changer les choses *de l'intérieur* ou bien… ?

Terminò con un gesto vago della mano.

I prossimi giorni, comunque — riprese —, sarebbe venuto a trovarmi a casa. Io ero un letterato... un poeta... — e sorrise, tentando una volta ancora di assumere quel tono tra affettuoso e protettivo, da politico, che spesso usava nei miei confronti —. Lui ad ogni modo ci teneva moltissimo a riesaminare insieme con me l'intera questione. Dovevamo telefonarci, vederci, mantenere a tutti i costi i contatti... Insomma reagire!

Sbuffò.

«A proposito», chiese improvvisamente, corrugando la fronte. «Quand'è che hai il primo esame a Bologna? Bisognerà pensare al rinnovo dell'abbonamento ferroviario, accidenti...»

Il termina par un geste vague de la main.

En tout cas, reprit-il, ces prochains jours, il viendrait me voir chez moi. J'étais un lettré... un poète... — et il sourit, s'efforçant de prendre encore une fois ce ton à la fois affectueux et protecteur, ce ton d'homme politique qu'il adoptait souvent avec moi. Lui, en tout cas, tenait énormément à examiner de nouveau avec moi toute la question. Nous devions nous téléphoner, nous voir, maintenir à tout prix le contact. Bref, réagir !

Il grogna.

« À propos, demanda-t-il brusquement, en fronçant le sourcil. Ton premier examen, à Bologne, c'est quand ? Il va falloir penser au renouvellement de notre abonnement de chemin de fer, bon Dieu !... »

## 15

Rividi Fadigati.

Fu per istrada e di notte : una umida, nebbiosa notte del novembre successivo, a metà circa del mese. Uscito dal postribolo di via Bomporto con i panni impregnati del solito odore, indugiavo lì, davanti alla soglia, senza risolvermi a rincasare e col desiderio di raggiungere i bastioni non lontani alla ricerca di un po' di aria pura.

Il silenzio attorno era perfetto. Dall'interno del casino filtrava alle mie spalle la stanca conversazione di tre voci, due maschili e una femminile. Discorrevano di calcio. I due uomini deploravano che la *S.P.A.L.*, che negli anni del primo dopoguerra era stata una gran squadra, una delle più forti dell'Italia settentrionale (nel '23 si era trovata a un pelo dal vincere il campionato di Prima Divisione :

## 15

Je revis Fadigati.

Ce fut dans la rue, de nuit : une humide nuit de brouillard, environ au milieu du mois de novembre suivant. Je sortais du lupanar de la via Bomporto, avec mes vêtements imprégnés de l'habituelle odeur, et je m'attardais là, devant la porte, ne pouvant me résoudre à rentrer chez moi et avec le désir d'aller jusqu'aux remparts proches, en quête d'un peu d'air pur.

Le silence alentour était total. De l'intérieur de la maison close, derrière moi, filtrait la conversation paresseuse de trois voix : deux masculines et une féminine. Elles parlaient de football. Les deux hommes déploraient que l'équipe de la S.P.A.L. qui, dans les premières années de l'après-guerre, avait été une grande équipe, l'une des plus fortes de l'Italie du Nord (en 23, même, il s'en était fallu d'un cheveu qu'elle ne remportât carrément le championnat de première division :

per vincerlo le sarebbe bastato pareggiare l'ultima partita, in casa della *Pro Vercelli*...), fosse ormai finita in Serie C, e costretta ogni anno a lottare per rimanerci. Ah, gli anni del centromediano Condorelli, dei due Banfi, Beppe e Ilario, del grande Baùsi, quelli sì che erano stati anni! La donna interloquiva di rado. Diceva per esempio: «Andate là, che a voi ferraresi vi piace troppo far l'amore». Oppure: «A voi di Ferrara non è mica tanto lo *zigo-zago*, è soprattutto la gran flanella a rovinarvi!» Gli altri due la lasciavano dire, per poi riattaccare col medesimo argomento. Dovevano essere clienti anziani, sui quarantacinque, cinquanta: vecchi fumatori. La puttana naturalmente non era ferrarese. Veneta, dalla parte forse del Friuli.

Adagio, inciampando sui ciottoli aguzzi del vicolo, un passo pesante si avvicinava.

«Ma si può sapere cos'è che vuoi? Hai fame, eh?»

Era Fadigati. Prima ancora che mi riuscisse di scorgerlo dentro il nebbione fittissimo, l'avevo riconosciuto alla voce.

«Stupida, sporcacciona che non sei altro! Non ho da darti un bel niente, lo sai pure!»

Con chi stava parlando? E perché quel tono lagnoso, grondante di tenerezza manierata?

Infine apparve. Alonata dalla luce gialla dell'unico lampione stradale, la sua grossa sagoma si profilò in mezzo ai vapori.

il lui eût suffi, au cours de la dernière partie, de faire match nul sur le terrain de la *Pro Vercelli*...), ils déploraient donc qu'elle fût désormais réduite à se classer en série C et obligée de lutter chaque année pour s'y maintenir. Ah, les années du demi-centre Condorelli, des deux Banfi, Beppe et Ilario, et celles du grand Baùsi, ça oui, c'étaient de fameuses années ! La femme n'intervenait que rarement. Par des phrases du genre de celle-ci : « Allez donc, vous autres Ferrarais, vous aimez trop faire l'amour ! » Ou bien : « Vous autres, à Ferrare, ce n'est pas tant le zig-zig qui vous démolit : c'est de passer votre temps à vous tourner les pouces ! » Les deux autres la laissaient dire et puis ils enchaînaient sur le même sujet. Ce devaient être des clients âgés, dans les quarante-cinq à cinquante ans : de vieux fumeurs. La prostituée bien sûr n'était pas ferraraise. Elle était de Vénétie, peut-être de la région du Frioul.

Lentement, trébuchant sur les cailloux pointus de la ruelle, un pas lourd s'approchait.

« Mais est-ce qu'on peut savoir ce que tu veux ? Tu as faim, hein ? »

C'était Fadigati. Je l'avais reconnu à la voix, avant même de réussir à le voir dans le brouillard très épais.

« Idiote, espèce de petite salope ! Tu sais bien que je n'ai absolument rien à te donner ! »

À qui parlait-il donc ? Et pourquoi ce ton geignard, débordant de tendresse maniérée ?

Il parut enfin. Auréolée par la lumière jaune de l'unique réverbère de la rue, sa grosse silhouette se profila au milieu des vapeurs.

Avanzava lentamente, un po' piegato sul fianco e sempre discorrendo : rivolto a un cane, come mi accorsi subito.

Si fermò a qualche metro di distanza.

«E allora, vuoi lasciarmi in pace, sì o no?»

Fissava la bestia negli occhi, alzando l'indice in atto di minaccia. E la bestia, una cagna bastarda di taglia media, bianca a chiazze marrone, gli ricambiava dal basso, scodinzolando disperata, uno sguardo umido, trepidante. Si trascinava intanto sui ciottoli verso le scarpe del dottore. Tra un momento si sarebbe rovesciata sul dorso pancia e zampe all'aria, completamente alla sua mercé.

«Buona sera.»

Staccò gli occhi da quelli del cane e mi guardò.

«Come va?», disse, ravvisandomi. «Sta bene?»

Ci stringemmo la mano. Eravamo uno di fronte all'altro, davanti all'uscio chiodato del bordello. Come era invecchiato, mio Dio! Le guance cascanti, offuscate da una barba ispida e grigia, lo facevano sembrare un sessantenne. Dalle palpebre arrossate e cispose si vedeva inoltre che era stanco, che dormiva poco. Eppure lo sguardo dietro le lenti era ancora vivo, alacre...

«È dimagrito anche lei, lo sa?», diceva. «Ma le dona, la rende molto più uomo. Guardi, certe volte nella vita bastano pochi mesi. Contano di più pochi mesi, alle volte, che interi anni.»

Il avançait lentement, un peu penché sur le côté, parlant toujours : s'adressant à un chien, ainsi que je m'en aperçus aussitôt.

Il s'arrêta à quelques mètres de distance.

« Et alors : vas-tu, oui ou non, me ficher la paix ? »

Il regardait l'animal dans les yeux, son index levé dans un geste de menace. Et l'animal, une chienne bâtarde, de taille moyenne, blanche à taches marron, lui rendait, d'en bas, agitant désespérément la queue, un regard humide et implorant avec anxiété. Et, cependant, elle se traînait sur les cailloux, vers les souliers du docteur. Dans un instant, elle allait se renverser sur le dos, ventre et pattes en l'air, entièrement à sa merci.

« Bonsoir. »

Il détacha ses yeux de ceux du chien et me regarda.

« Comment allez-vous ? dit-il, me reconnaissant. Bien ? »

Nous nous serrâmes la main. Nous étions l'un en face de l'autre, devant la porte bardée de clous du bordel. Comme il avait vieilli, mon Dieu ! Ses joues tombantes, masquées par une barbe hirsute et grise, lui donnaient l'air d'un homme de soixante ans. À ses paupières rougies et chassieuses, on voyait en outre qu'il était fatigué, qu'il dormait peu. Et pourtant son regard, derrière ses lunettes, était encore vif, gai…

« Vous avez maigri vous aussi, le savez-vous ? disait-il. Mais cela vous va bien, cela vous rend plus homme. Vous voyez, certaines fois, dans la vie, quelques mois suffisent. Parfois, quelques mois comptent plus que des années entières. »

La porticina chiodata si aprì, e ne uscirono quattro o cinque giovanotti : tipi dei sobborghi, se non addirittura di campagna. Sostarono in circolo ad accendere le sigarette. Uno si accostò al muro, di fianco all'uscio, e cominciò a orinare. Tutti, intanto, compreso l'ultimo, ci sbirciavano con insistenza.

Passando sotto le gambe aperte del giovanotto fermo davanti al muro, un piccolo rigagnolo serpeggiante avanzò rapido in discesa verso il centro del vicolo. La cagna ne fu attratta. Cautamente si avvicinò ad annusare.

«Sarà meglio che ce ne andiamo», bisbigliò Fadigati con un leggero tremito nella voce.

Ci allontanammo in silenzio, mentre alle nostre spalle il vicolo risuonava di urli osceni e di risa. Per un attimo temetti che la piccola banda ci venisse dietro. Ma ecco per fortuna via Ripagrande, dove la nebbia sembrava anche più fitta. Bastò attraversare la strada, salire sul marciapiede opposto, e subito fui certo che avevamo fatto perdere le nostre tracce.

Camminammo affiancati a passo più lento verso il Montagnone. Mezzanotte era suonata da un pezzo, e per la strade non si incontrava nessuno. File e file di imposte chiuse e cieche, porte sprangate, e, a intervalli, le luci quasi subacquee dei lampioni.

La petite porte bardée de clous s'ouvrit et en sortirent quatre ou cinq jeunes gens : des types des faubourgs, sinon carrément de la campagne Ils s'arrêtèrent en cercle, pour allumer des cigarettes. L'un d'eux se rapprocha du mur, près de la porte, et se mit à uriner. Cependant, tous, ce dernier y compris, nous lorgnaient avec insistance.

Passant sous les jambes écartées du jeune homme immobile devant le mur, une petite rigole descendit rapidement, en serpentant, vers le milieu de la ruelle. La chienne fut attirée par elle. Prudemment, elle s'approcha pour la flairer.

« Il vaudrait mieux que nous partions ! » chuchota Fadigati, avec un léger tremblement dans la voix.

Nous nous éloignâmes en silence, cependant que, derrière nous, la ruelle retentissait de hurlements obscènes et de rires. Pendant un instant, je craignis que la petite bande ne nous suivît. Mais, heureusement, nous étions déjà via Ripagrande, où le brouillard semblait encore plus épais. Il suffit de traverser la rue, de monter sur le trottoir d'en face, et aussitôt je fus certain que nous leur avions fait perdre nos traces.

Nous marchions côte à côte, d'un pas lent, vers le Montagnone. Minuit avait sonné depuis longtemps, et dans les rues on ne rencontrait personne. Des rangées et des rangées de volets clos et aveugles, des portes verrouillées et, de loin en loin, la lumière quasi sous-marine des réverbères.

Si era fatto così tardi che forse eravamo rimasti noi due soli, io e Fadigati, in giro a quell'ora per la città. Mi parlava accorato, sommesso. Mi raccontava le sue disgrazie. Lo avevano esonerato dall'ospedale con un pretesto qualsiasi. Anche allo studio di via Gorgadello c'erano ormai pomeriggi interi che non si presentava più un solo paziente. Lui, al mondo, d'accordo, non aveva nessuno a cui pensare... a cui provvedere...; difficoltà immediate, dal punto di vista finanziario, ancora non gli si annunciavano... Ma era possibile durare indefinitivamente a vivere così, nella solitudine più assoluta, circondato dall'ostilità generale? Presto in ogni caso sarebbe venuto il momento che avrebbe dovuto licenziare l'infermiera, ridursi in un ambulatorio più piccolo, cominciare a vendere i quadri. Tanto dunque valeva andar via subito, tentare di trasferirsi altrove.

«Perché non lo fa?»

«Dice bene, lei», sospirò. «Ma alla mia età... E poi, anche se avessi il coraggio e la forza di decidermi a un passo simile, crede che servirebbe a qualcosa?»

Arrivati nei pressi del Montagnone, sentimmo dietro di noi un leggero zampettio. Ci voltammo. Era la cagna bastarda di poco prima, che sopraggiungeva trafelata.

Si arrestò, felice di averci rintracciati a fiuto in quel mare di nebbia.

Il était si tard que nous étions peut-être les seuls, Fadigati et moi, à tourner en ville à cette heure-là. Il me parlait d'une voix basse, désolée. Il me racontait ses malheurs. Sous un prétexte quelconque, on l'avait révoqué de son poste à l'hôpital. Même à son cabinet de la via Gorgadello, des après-midi entiers s'écoulaient désormais sans que se présentât un seul malade. Il n'avait personne au monde, d'accord, personne à qui penser... ou dont s'occuper...; des préoccupations immédiates, du point de vue financier, ne s'annonçaient pas encore... Mais était-il possible de continuer à vivre longtemps ainsi, dans la solitude la plus absolue, entouré de l'hostilité générale ? Bientôt, de toute façon, viendrait le moment où il lui faudrait congédier son infirmière, réduire les dimensions de son cabinet médical et commencer à vendre ses tableaux. Il valait donc mieux partir tout de suite, essayer d'aller s'établir ailleurs.

« Pourquoi ne le faites-vous pas ?

— C'est facile à dire, soupira-t-il. Mais à mon âge... Et puis, même si j'avais le courage et la force de me décider à une telle solution, croyez-vous que cela servirait à quelque chose ? »

Comme nous arrivions à proximité du Montagnone, nous entendîmes derrière nous un léger bruit de piétinement. Nous nous retournâmes. C'était la chienne bâtarde de tout à l'heure qui arrivait, hors d'haleine.

Elle s'immobilisa, heureuse de nous avoir retrouvés, grâce à son flair, dans cette mer de brouillard.

E buttando indietro sul collo le lunghe e tenere orecchie, guaendo e scodinzolando festosa, già rinnovava in onore di Fadigati, soprattutto, le sue patetiche proteste di devozione.

«È sua?», chiesi.

«Macché. L'ho trovata stasera dalle parti dell'Acquedotto. Le ho fatto una carezza, ma mi ha preso troppo sul serio, che diamine! Da allora in poi non sono più riuscito a levarmela di torno.»

Notai che aveva le mammelle grosse e pendenti, gonfie di latte.

«Ha i piccoli, vede?»

«È vero!», esclamò Fadigati. «È proprio vero!»

E poi, rivolto alla cagna:

«Lazzarona! Dov'è che hai lasciato i tuoi bambini? Non ti vergogni di andare in giro per le strade a quest'ora? Madre snaturata!»

Di nuovo la cagna si appiattì ventre a terra a qualche centimetro dai piedi di Fadigati. «Picchiami, uccidimi pure se vuoi!», sembrava voler dire. «È giusto, e poi mi piace!»

Il dottore si chinò a carezzarla sul capo. In preda a un accesso di autentica passione, la bestia non finiva più di leccargli la mano. Tentò perfino di arrivargli al viso con un fulmineo bacio a tradimento.

«Calma, sta' calma...», badava a ripetere Fadigati.

Sempre seguiti o preceduti dalla cagna, riprendemmo infine la nostra passeggiata.

Et rejetant sur son cou ses longues et douces oreilles, jappant et remuant joyeusement la queue, elle renouvelait déjà en l'honneur, surtout, de Fadigati, ses pathétiques protestations d'affection.

« Elle est à vous ? demandai-je.

— Vous n'y pensez pas ! Je l'ai trouvée ce soir, du côté de l'aqueduc. Je l'ai caressée, mais, bon sang, elle a pris ça trop au sérieux ! Depuis lors, je ne suis plus arrivé à m'en débarrasser. »

Je remarquai que ses mamelles, grosses et pendantes, étaient gonflées de lait.

« Elle a des petits, vous voyez ?

— Mais oui ! s'écria Fadigati. Mais oui, c'est tout à fait vrai ! »

Et puis s'adressant à la chienne :

« Feignasse ! Où as-tu laissé tes enfants ? Tu n'as pas honte de vadrouiller dans les rues à une heure pareille ? Mère dénaturée ! »

De nouveau, la chienne s'aplatit, le ventre contre terre, à quelques centimètres des pieds de Fadigati. « Bats-moi, tue-moi si tu veux ! semblait-elle vouloir dire. Ce n'est que justice, et puis j'aime ça ! »

Le docteur se pencha pour lui caresser la tête. En proie à un véritable accès de passion, l'animal n'en finissait plus de lui lécher la main. Elle tenta même d'atteindre traîtreusement son visage d'un coup de langue foudroyant.

« Du calme, du calme… », répétait avec insistance Fadigati.

Toujours suivis ou précédés par la chienne, nous reprîmes enfin notre promenade.

Stavamo ormai avvicinandoci a casa mia. Se ci precedeva, la cagna si fermava a ogni incrocio come timorosa di perderci un'altra volta.

«La guardi», diceva intanto Fadigati, indicandomela. «Forse bisognerebbe essere così, sapere accettare la propria natura. Ma d'altra parte come si fa? È possibile pagare un prezzo simile? Nell' uomo c'è molto della bestia, eppure può, l'uomo, arrendersi? Ammettere di essere una bestia, e soltanto una bestia?»

Scoppiai in una gran risata.

«Oh, no», dissi. «Sarebbe come dire : può un italiano, un cittadino italiano, ammettere di essere un ebreo, e soltanto un ebreo?»

Mi guardò umiliato.

«Comprendo cosa vuol dire», disse poi. «In questi giorni, mi creda, ho pensato tante volte a lei e ai suoi. Però, mi permetta di dirglielo, se io fossi in lei...»

«Che cosa dovrei fare?», lo interruppi con impeto. «Accettare di essere quello che sono? O meglio adattarmi ad essere quello che gli altri vogliono che io sia?»

«Non so perché non dovrebbe», ribatté dolcemente. «Caro amico, se essere quello che è la rende tanto più umano (non si troverebbe qui in mia compagnia, altrimenti!), perché rifiuta, perché si ribella? Il mio caso è diverso, l'opposto esatto del suo. Dopo ciò che è accaduto l'estate scorsa non mi riesce più di tollerarmi.

Nous nous rapprochions maintenant de chez moi. Quand elle nous précédait, la chienne s'arrêtait à chaque croisement, comme craignant de nous perdre une nouvelle fois.

« Regardez-la, disait pendant ce temps Fadigati, en me la montrant. Peut-être faudrait-il être ainsi, savoir accepter sa propre nature. Mais, d'autre part, comment faire ? Est-il possible de payer un tel prix ? Il y a beaucoup de la bête en l'homme : et pourtant, l'homme peut-il s'avouer vaincu ? Admettre qu'il est une bête et seulement une bête ? »

J'éclatai d'un grand rire.

« Oh non, dis-je. Ce serait comme si l'on disait : un Italien, un citoyen italien, peut-il admettre qu'il est un juif et seulement un juif ? »

Il me regarda, humilié.

« Je comprends ce que vous voulez dire, dit-il ensuite. Ces jours-ci, vous pouvez me croire, j'ai bien des fois pensé à vous et aux vôtres. Mais, permettez-moi de vous le dire, si j'étais vous...

— Qu'est-ce que je devrais faire ? l'interrompis-je avec impétuosité. Accepter d'être ce que je suis ? Ou mieux : me résigner à être ce que les autres veulent que je sois ?

— Je ne sais pas pourquoi vous ne le devriez pas, répliqua-t-il avec douceur. Cher ami, si le fait d'être ce que vous êtes vous rend tellement plus humain (sinon, vous ne seriez pas là, maintenant, avec moi !), pourquoi refusez-vous, pourquoi vous révoltez-vous ? Mon cas est différent, exactement l'opposé du vôtre. Après ce qui s'est passé l'été dernier, je ne parviens plus à me supporter

Non posso più, non debbo. Ci credi che certe volte non sopporto di farmi la barba davanti allo specchio? Potessi almeno vestirmi in un altro modo! Tuttavia mi vede, lei, senza questo cappello... questo pastrano... questi occhiali da tipo per bene? E d'altra parte, messo su così mi sento talmente ridicolo, grottesco, assurdo! Eh no, *inde redire negant*, è proprio il caso di dirlo. Non c'è più niente da fare, per me, senta!»

Tacqui. Pensavo a Deliliers e a Fadigati: uno carnefice, l'altro vittima. La vittima al solito perdonava, consentiva al carnefice. Ma io no, su di me Fadigati si illudeva. All'odio non sarei mai riuscito a rispondere altro che con l'odio.

Non appena fummo dinanzi al portone di casa, tirai fuori di tasca la chiave e aprii. La cagna mise il capo nella fessura, come se volesse entrare.

«Via!», gridai. «Va' via!»

La bestiola guaì di spavento, rifugiandosi subito presso le gambe del suo amico.

«Buona notte», dissi. «È tardi, devo proprio salire.»

Ricambiò la mia stretta di mano con grande effusione.

«Buona notte... Stia bene... E tante cose anche per la sua famiglia», ripeté più volte.

Je ne le peux plus ; je ne le dois plus. Me croirez-vous si je vous dis que, parfois, je ne supporte pas de me raser devant la glace ? Si je pouvais au moins m'habiller différemment ! Mais est-ce que vous me voyez, vous, sans ce chapeau… sans ce manteau… sans ces lunettes d'homme convenable ? Et d'autre part, vêtu ainsi, je me sens tellement ridicule, grotesque, absurde ! Ah, non ! *inde redire negant*[1], c'est vraiment le cas de le dire ! Pour moi, comprenez-vous, il n'y a plus rien à faire. »

Je gardai le silence. Je pensais à Deliliers et à Fadigati, l'un bourreau et l'autre victime. La victime pardonnait, comme d'habitude, se soumettait au bourreau. Mais moi, il n'en était pas question, Fadigati se trompait. Je ne réussirais jamais à répondre à la haine que par la haine.

Dès que nous fûmes devant la porte de chez moi, je tirai ma clé de ma poche et ouvris. La chienne passa la tête dans l'embrasure, comme pour entrer.

« Va-t'en ! criai-je. Va-t'en de là ! »

L'animal hurla plaintivement, épouvanté, et se réfugia tout de suite près des jambes de son ami.

« Bonne nuit, dis-je. Il est tard, il faut vraiment que je monte. »

Il me rendit ma poignée de main avec une grande effusion.

« Bonne nuit… Portez-vous bien… Et bien des choses aussi à vos parents », répéta-t-il plusieurs fois.

---

1. Inspiré de Catulle, « Le moineau de Lesbie » : « De là [les Enfers], on dit que personne ne revient. »

Varcai la soglia. E poiché lui, sempre sorridendo e tenendo levato il braccio in segno di saluto, non si decideva ad andarsene (sedutasi sul marciapiede, anche la cagna mi guardava di sotto in su con aria interrogativa), cominciai a chiudere il portone.

«Mi telefona?», chiesi leggermente, prima di accostare del tutto i battenti.

«Mah», fece, sorridendo un po' misterioso attraverso l'ultimo spiraglio. «Chi vivrà vedrà.»

Je franchis le seuil. Et comme lui, toujours souriant et levant le bras dans un geste d'adieu, ne se décidait pas à s'en aller (assise sur le trottoir, la chienne elle aussi me regardait de bas en haut, d'un air interrogateur), je commençai à fermer la porte.

«Vous me téléphonez?» demandai-je légèrement, avant de pousser tout à fait les battants de la porte.

«Ça!» fit-il en souriant un peu mystérieusement alors que la porte allait se fermer. «Qui vivra verra.»

# 16

Chiamò di lì a due giorni, giusto all'ora di pranzo. Stavamo mettendoci a tavola. Siccome non si era ancora seduta, fu mia madre a rispondere.

Sporse quasi subito il capo attraverso l'uscio socchiuso dello sgabuzzino del telefono, e mi cercò con lo sguardo.

«È per te», disse.

«Chi'è?»

Venne avanti, stringendosi nelle spalle.

«Un signore... Non sono riuscita a capire il nome.»

Distratta, perennemente sognante e impratica, non era mai stata molto brava a sbrigare questo tipo di faccende, e da quando eravamo tornati dal mare meno che meno.

«Bastava chiedere», risposi irritato. «Ci voleva così poco!»

Mi alzai, sbuffando. Ma un segreto batticuore mi aveva già avvertito di chi poteva trattarsi.

«Chi parla?»

## 16

Il me téléphona deux jours plus tard, juste à l'heure du déjeuner. Nous allions nous mettre à table. Ce fut ma mère, qui ne s'était pas encore assise, qui répondit.

Elle passa presque tout de suite la tête par la porte entrouverte du cagibi réservé au téléphone et me chercha du regard.

« C'est pour toi, dit-elle.

— Qui est-ce ? »

Elle s'approcha en haussant les épaules.

« C'est un monsieur... Je n'ai pas pu comprendre qui c'était. »

Distraite, éternellement rêveuse, dépourvue de sens pratique, elle n'avait jamais su rendre ce genre de service et encore moins depuis que nous étions revenus de la mer.

« Il suffisait de demander, répondis-je irrité. Ce n'est pas difficile ! »

Je me levai en ronchonnant. Mais un secret battement de cœur m'avait déjà averti de qui il pouvait s'agir.

« Qui est à l'appareil ?

«Pronto... Sono io, Fadigati», disse. «Mi dispiace di averli disturbati. Erano già a tavola?»

Rimasi sorpreso dalla sua voce. Nel ricevitore suonava più acuta. Anche l'accento veneto risaltava maggiormente.

«No, no... Aspetti un momento, scusi.»

Riaprii la porta, sporsi il capo a mia volta, e senza rivelare chi fosse all'apparecchio accennai alla mamma, procurando di sorriderle, di coprirmi la scodella con un piatto. Fanny fu svelta a prevenirla. Stupito, immediatamente geloso, mio padre mi fissò. Alzò il mento come per chiedere : «Che cosa succede?» Ma ero già tornato a rinchiudermi nello stambugio.

«Dica pure.»

«Oh, niente», ridacchiò il dottore dall'altro capo del filo. «Mi aveva detto di telefonarle, e allora... L'ho disturbato, sia sincero!»

«Ma no, anzi», protestai. «Mi ha fatto piacere. Vuole che ci vediamo?»

Ebbi una leggera esitazione (che certo non gli sfuggì); poi aggiunsi : «Senta, perché non viene a trovarci? Credo che il papà sarebbe contentissimo di vederla. Vuole?».

«No, grazie... Lei è molto gentile... lei sì che è gentile! No... magari in seguito, con vera gioia... sempre che... Sul serio con grande gioia!»

« — Allô… C'est moi, Fadigati, dit-il. Je suis désolé de vous avoir dérangé. Vous étiez déjà à table ? »

Sa voix me surprit. Dans le récepteur, elle avait un son plus aigu. Et son accent vénitien ressortait aussi davantage.

« Non, non… Attendez un instant, s'il vous plaît. »

Je rouvris la porte, je passai la tête à mon tour et, sans dire qui était à l'appareil, je fis signe à ma mère, en essayant de lui sourire, de couvrir ma soupe avec une assiette. Fanny, prestement, la devança. Étonné, immédiatement jaloux, mon père me regarda. Il leva le menton comme pour demander : « Que se passe-t-il ? » Mais j'étais déjà retourné m'enfermer dans le réduit.

« Je vous écoute.

— Oh, rien de spécial, ricana le docteur à l'autre bout du fil. Vous m'aviez dit de vous téléphoner, et alors… Soyez franc, je vous ai dérangé !

— Mais non, au contraire ! protestai-je. Vous m'avez fait plaisir. Vous voulez que nous nous voyions ? »

J'eus une légère hésitation (qui ne lui échappa certainement pas) ; et puis j'ajoutai : « Écoutez, pourquoi ne viendriez-vous pas nous voir ? Je crois que mon père serait très heureux de vous voir. Vous voulez bien ?

— Non, merci… Vous êtes vraiment gentil… Oui, vous au moins, vous êtes gentil ! Non… plus tard peut-être, avec une vraie joie… en admettant toujours que… Vraiment, avec une grande joie ! »

Non sapevo più cosa dire. Dopo una pausa piuttosto lunga, durante la quale non mi giunse, attraverso il ricevitore, altro che il suo grosso respiro di cardiaco, fu lui a ricominciare a parlare.

«A proposito, il cane mi ha poi accompagnato fino a casa, sa?»

Sul momento non mi raccapezzai.

«Quale cane?»

«Ma sì, la cagna dell'altra sera... la madre snaturata!», rise.

«Ah già... la cagna bastarda.»

«Non solo mi ha accompagnato fino a casa», proseguì, «ma quando siamo arrivati qua, in via Gorgadello, davanti alla porta di strada, non c'è stato verso, ha voluto assolutamente salire. Aveva fame, povera! Ho racimolato dalla dispensa un fondo di salame, del pane duro, delle croste di formaggio... Doveva vedere con che razza di appetito ha mandato giù tutto! Ma aspetti, non ho finito. Dopo, s'immagini, ho dovuto portarmela in camera.»

«Come, addirittura a letto?»

«Eh, c'è mancato poco... Ci siamo sistemati così: io sul letto, e lei per terra, in un angolo della stanza. Ogni tanto si svegliava, si metteva a piagnucolare con un filo di voce, andava a grattare alla porta. "Cuccia là!", le gridavo nel buio. Per un po' stava buona e tranquilla, un quarto d'ora, mezz'ora. Ma poi ricominciava. Una notte d'inferno, glielo assicuro!»

Je ne savais plus que dire. Après un temps plutôt long, durant lequel je n'entendis dans l'écouteur que sa lourde respiration de cardiaque, ce fut lui qui se remit à parler.

« À propos : vous savez, le chien m'a finalement accompagné jusque chez moi. »

Sur le moment, je ne compris pas.

« Quel chien ?

— Mais oui, la chienne de l'autre soir... la mère dénaturée ! dit-il en riant.

— Ah si... la chienne bâtarde.

— Non seulement elle m'a accompagné chez moi, continua-t-il, mais quand nous sommes arrivés ici, via Gorgadello, devant la porte de la rue, il n'y a rien eu à faire, elle a absolument voulu monter. Elle avait faim, la pauvre bête ! J'ai rassemblé dans le garde-manger un bout de saucisson, du pain dur, des croûtes de fromage... J'aurais voulu que vous voyiez avec quel appétit elle a dévoré le tout ! Mais attendez, je n'ai pas fini. Après, figurez-vous, j'ai dû la prendre avec moi dans ma chambre !

— Comment ? Même dans votre lit ?

— Oh, il s'en est fallu de peu... Nous nous sommes installés de la façon suivante : moi, dans mon lit, et elle, par terre, dans un coin de la chambre. De temps en temps, elle se réveillait, se mettait à geindre tout doucement et allait gratter à la porte. "Couchée !" lui criais-je dans le noir. Pendant un moment, elle restait tranquille et sage, un quart d'heure, une demi-heure. Mais ensuite elle recommençait. Une nuit infernale, je vous assure !

«Se voleva andar via, perché non l'ha lasciata andare?»

«Cosa vuole, la pigrizia. Mi seccava alzarmi, accompagnarla fino da basso... sa come succede. Non appena però ha fatto chiaro, mi sono affrettato ad accontentarla. Mi sono vestito, e l'ho accompagnata fuori. Già... l'ho accompagnata io, questa volta. Mi era venuto in mente che non sapesse come ritrovare la via di casa.»

«L'aveva incontrata dalle parti dell'Acquedotto, se non sbaglio.»

«Precisamente. Stia a sentire. Proprio in fondo a via Garibaldi, all'angolo che via Garibaldi fa con la Spianata, a un certo punto sento gridare: "Vampa!". Era un garzone di fornaio, un ragazzetto bruno, in bicicletta. La cagna gli si butta subito addosso, e non le dico l'altro, che abbracci e che baci. Insomma, grandi feste reciproche. E poi via, insieme, lui in bicicletta e lei dietro.»

«Le vede le donne?», scherzai.

«Eh, un poco sì», sospirò. «Era già lontana, stavano quasi imboccare via Piangipane, e si è voltata a guardarmi, ci crede?, come per dire: "Scusa se ti pianto, vecchio signore, ma debbo proprio andare con questo ragazzo qui, abbi pazienza!".»

Rise da solo, niente affatto amareggiato.

«Lei però non potrà mai indovinare», soggiunse, «per qual motivo durante la notte volesse andarsene.»

— Si elle voulait s'en aller, pourquoi l'en avez-vous empêchée?

— Que voulez-vous : la paresse. Cela m'ennuyait de me lever et de l'accompagner jusqu'en bas... Vous savez comment c'est. En tout cas, dès qu'il a fait jour, je me suis hâté de la satisfaire. Je me suis habillé, je l'ai accompagnée dehors  Oui... cette fois-ci, c'est moi qui l'ai accompagnée. Il m'était venu à l'esprit qu'elle ne parviendrait pas à retrouver son chemin pour rentrer chez elle.

— Vous l'aviez rencontrée du côté de l'aqueduc, si je ne me trompe.

— Précisément. Écoutez-moi. Tout en haut de la via Garibaldi, à l'angle que fait cette rue avec la Spianata, j'entends tout à coup appeler : "Vampa!" C'était un garçon boulanger, un gamin brun à bicyclette. La chienne se jette tout de suite sur lui, et je ne vous dis que cela, des embrassades, des mamours. Bref, de grandes fêtes réciproques. Et puis ils sont partis ensemble, lui sur sa bicyclette et elle derrière.

— Vous voyez, les femmes, plaisantai-je.

— Eh! oui, en quelque sorte! soupira-t-il. Elle était déjà loin, ils se préparaient à prendre la via Piangipane, quand, le croirez-vous? elle s'est retournée pour me regarder. Comme pour dire : "Excuse-moi de te planter là, vieux monsieur, mais, comprends-le, il faut vraiment que j'aille avec ce jeune homme!"»

Il rit tout seul, sans la moindre amertume.

«Mais, ajouta-t-il, vous ne devinerez jamais pourquoi, pendant la nuit, elle voulait s'en aller.

«Non mi dica che a tenerla sveglia era il pensiero dei piccoli. »

«E invece ha indovinato, guardi, proprio il pensiero dei piccoli! Le serve una prova? In camera mia, nell'angolo dove volevo che stesse, ho trovato più tardi una gran pozza di latte. Nel corso della nottata le era venuta la cosiddetta piena del latte : ecco perché non riusciva a quietarsi e si lamentava. Gli spasimi che deve aver provato li sa soltanto lei, povera bestia! »

Parlò ancora : della cagna, degli animali in genere e dei loro sentimenti, che sono così simili a quelli degli uomini — disse —, anche se, «forse», più semplici, più direttamente sottomessi all' imperio della legge naturale. Quanto a me, mi sentivo ormai sulle spine. Preoccupato che mio padre e mia madre, di certo tutti orecchi, capissero con chi stavo conversando, mi limitavo a rispondere a monosillabi. Speravo anche, in questo modo, di indurlo ad abbreviare. Ma niente. Pareva che non gli riuscisse di staccarsi dall'apparecchio.

Era giovedì. Combinammo di vederci il sabato seguente. Lui mi avrebbe telefonato subito dopo pranzo. Se faceva bello, avremmo preso il tram, e saremmo andati a Pontelagoscuro a vedere il Po. Dopo le ultime piogge il livello del fiume doveva essersi avvicinato di molto al segnale di guardia. Chissà che spettacolo!

— Ne me dites pas que la pensée de ses petits l'empêchait de dormir !

— Mais si, justement, vous avez deviné, c'est qu'elle pensait à ses petits ! En voulez-vous la preuve ? Dans ma chambre, dans le coin où j'avais voulu la mettre, j'ai trouvé, plus tard, une grande flaque de lait. Au cours de la nuit, elle avait eu ce qu'on appelle une montée de lait : c'est pour cela qu'elle ne parvenait pas à rester tranquille et geignait. Les angoisses qu'elle a dû éprouver, la pauvre bête est seule à le savoir ! »

Il parla encore : de la chienne, et des animaux en général et de leurs sentiments, qui sont tellement semblables à ceux des hommes, dit-il, encore que, « sans doute », plus simples, plus directement soumis à l'empire de la loi naturelle. Quant à moi, je me sentais maintenant sur des charbons ardents. Soucieux de ne pas permettre à mon père et à ma mère, qui étaient certainement tout ouïe, de comprendre avec qui je causais, je me bornais à répondre par monosyllabes. J'espérais également, de cette manière, l'inciter à abréger. Mais rien à faire. Il semblait réellement ne pas parvenir à s'éloigner du téléphone.

On était un jeudi. Nous prîmes rendez-vous pour le samedi suivant. Il devait me téléphoner tout de suite après déjeuner. S'il faisait beau, nous prendrions le tram et nous irions jusqu'à Pontelagoscuro, voir le Pô. Depuis les dernières pluies, le niveau du fleuve devait s'être beaucoup rapproché de la cote d'alerte. Quel beau spectacle ce devait être !

Ma poi, finalmente accomiatandosi:

«Addio, caro amico... stia bene», ripeté più volte, commosso. «Buona fortuna a lei e ai suoi cari...»

Mais ensuite, prenant finalement congé :

«Adieu, cher ami… portez-vous bien, répéta-t-il plusieurs fois, ému. Bonne chance pour vous et pour ceux qui vous sont chers… »

## 17

Piovve tutto sabato e tutta domenica. Anche per questo motivo, forse, scordai la promessa di Fadigati. Non mi telefonò, e nemmeno io gli telefonai : ma per pura dimenticanza, ripeto, non già di proposito. Pioveva senza un attimo di tregua. Dalla mia camera, guardavo attraverso la finestra gli alberi del giardino. La pioggia torrenziale sembrava accanirsi particolarmente contro il pioppo, i due olmi, il castagno, ai quali veniva via via strappando le ultime foglie. Soltanto la nera magnolia, al centro, intatta e gocciolante in modo incredibile, godeva visibilmente dei rovesci d'acqua che la investivano.

Domenica mattina detti ripetizione di latino a Fanny. Aveva già ripreso la scuola, ma stentava con la sintassi. Mi fece vedere una traduzione dall'italiano piena zeppa di errori. Non capiva, e mi infuriai.

1. Dans l'édition de 1958, il s'agit d'un sapin. « Seul le grand sapin, au centre, plus noir et plus barbu que jamais, ruisselant littéralement d'eau, semblait apprécier toute cette humidité. » À partir de l'édition de 1970, le « grand sapin » a été remplacé

# 17

Il plut tout le samedi et tout le dimanche. Pour cette raison aussi, sans doute, j'oubliai la promesse de Fadigati. Il ne me téléphona pas et je ne lui téléphonai pas, moi non plus : mais par simple oubli, je le répète, et non à dessein. Il pleuvait sans un instant de répit. De ma chambre, par la fenêtre, je regardais les arbres du jardin. Une pluie torrentielle semblait s'acharner particulièrement sur le peuplier, les deux ormes, le châtaignier, les dépouillant peu à peu de leurs dernières feuilles. Seul le noir magnolia[1], au centre, intact et ruisselant d'eau de manière incroyable, semblait visiblement apprécier les averses qui le frappaient.

Le dimanche matin, je donnai une leçon de latin à Fanny. Elle avait déjà repris l'école, mais elle peinait sur la syntaxe. Elle me montra un thème, bourré de fautes. Elle ne comprenait pas et je me mis en colère.

---

pour des raisons autobiographiques par *« la nera magnolia »*. C'est une des variantes les plus significatives du texte. Voir préface p. 30.

« Sei una cretina ! »

Scoppiò in lacrime. Scomparsa l'abbronzatura del mare, la pelle del suo viso si era rifatta pallida, quasi diafana, tanto da lasciar trasparire alle tempie il blu delle vene. I capelli lisci le cascavano senza grazia sulle spallucce sussultanti.

Allora l'abbracciai e baciai.

« Si può sapere perché piangi ? »

E le promisi che dopo pranzo l'avrei condotta al cinema.

Uscii solo, invece. Entrai all'Excelsior.

« Galleria ? », chiese la cassiera, che mi conosceva, dall'alto del suo pulpito.

Era una donna di età indefinibile, bruna, riccioluta, formosa, molto incipriata e dipinta. Da quanti mai anni stava là, pigramente occhieggiante di sotto le palpebre pesanti, grottesco idolo borghese ? L'avevo vista sempre : fin da quando, bambini, la mamma ci mandava al cinema con la donna di servizio. Andavamo per solito il mercoledì pomeriggio, perché giovedì non c'era scuola ; e salivamo ogni volta in galleria.

La mano grassa bianca, dalle unghie laccate, mi offriva il biglietto. C'era qualcosa di molto sicuro, di quasi imperioso, nella placidità di quel gesto.

« No, mi dia un posto di platea », risposi con freddezza, non senza dover vincere un imprevedibile senso di vergogna.

« Tu es idiote ! »

Elle fondit en larmes. La peau de son visage, maintenant qu'avait disparu le hâle marin, était redevenue pâle, presque diaphane, au point de laisser apparaître aux tempes le bleu de ses veines. Ses cheveux lisses pleuvaient sans grâce sur ses frêles épaules qui sursautaient.

Alors, l'étreignant, je l'embrassai.

« On peut savoir pourquoi tu pleures ? »

Et je lui promis de l'emmener au cinéma après le déjeuner.

Mais, finalement, je sortis seul. J'entrai à l'*Excelsior*.

« Corbeille ? » demanda du haut de son pupitre la caissière qui me connaissait.

C'était une femme d'âge indéfinissable : brune, frisée, bien en chair, très poudrée et très fardée. Depuis combien d'années était-elle là, vous lorgnant paresseusement de sous ses lourdes paupières, grotesque idole bourgeoise ? Je l'avais toujours vue là : depuis le temps où, quand nous étions enfants, maman nous envoyait au cinéma avec la bonne. Nous y allions, d'habitude, tous les mercredis après-midi, parce que le jeudi il n'y avait pas école ; et chaque fois, naturellement, nous montions à la corbeille.

Et voici que la main grasse et blanche, aux ongles laqués, me tendait mon billet. Il y avait quelque chose de très sûr de soi, presque d'impérieux, dans la placidité de ce geste.

« Non, donnez-moi une place de parterre », dis-je sèchement, non sans devoir dominer un imprévisible sentiment de honte.

E in quell'attimo medesimo mi tornò in mente Fadigati.

Porsi il biglietto alla maschera, penetrai nella sala, e nonostante la folla trovai subito da sedere.

Una strana inquietudine mi obbligava continuamente a distogliere gli occhi dallo schermo. Ogni tanto credevo di aver scorto attraverso il fumo e il buio la sua lobbia, il suo pastrano, le sue lenti scintillanti, e aspettavo con ansia crescente l'intervallo. Ma poi, ecco la luce. E allora, alla luce (dopo aver guardato in giro, nelle file di scanni dove più folte spiccavano le divise grigioverdi, o nei corridoi di fianco, accanto ai pesanti tendaggi delle porte d'ingresso, e perfino lassù, in galleria, stipata fino al soffitto da giovanotti reduci dalla partita, da signore e signorine in cappello e pelliccia, da ufficiali dell'esercito e della Milizia, da signori d'età e di mezza età tutti più o meno sonnecchianti), allora, alla luce, dovevo ogni volta riconoscere che non si trattava di lui, lui non c'era. Non c'era, no — mi dicevo, tentando di rassicurarmi —. Ma perché mai avrebbe dovuto esserci? A Ferrara esistevano, dopo tutto, altri tre cinema. E nei cinema non era di sera, dopo cena, che lui aveva sempre preferito andarci?

Quando uscii, verso le sette e mezzo, non pioveva più. Lacerata a strappi, la coltre di nubi lasciava intravedere il cielo stellato. Un vento teso e caldo aveva rapidamente asciugato i marciapiedi.

Et à cet instant précis, tout à coup, Fadigati me revint à l'esprit.

Je tendis mon billet à l'ouvreuse, pénétrai dans la salle et, malgré la foule, trouvai tout de suite une place.

Une bizarre inquiétude m'obligeait continuellement à détourner mes regards de l'écran. Plusieurs fois, dans la fumée et l'obscurité, je crus apercevoir son feutre, son manteau et ses lunettes scintillantes et j'attendais avec une anxiété croissante l'entracte. Mais ensuite, voilà la lumière. Et alors, à la lumière (après avoir regardé autour de moi, vers les rangées de fauteuils où les uniformes gris-vert étaient les plus nombreux ou vers les couloirs latéraux, près des lourds rideaux des portes d'entrée, et même là-haut dans la corbeille, bondée jusqu'au plafond de jeunes gens retour du match de football, de dames et de demoiselles en chapeau et manteau de fourrure, d'officiers de l'armée et de la milice, de messieurs âgés et entre deux âges, tous plus ou moins somnolents), et alors, à la lumière, je devais chaque fois reconnaître qu'il ne s'agissait pas de lui, lui n'était pas là. Il n'était pas là, non — me disais-je en tentant de me rassurer. Mais pourquoi eût-il dû y être? Après tout, à Ferrare, il y avait trois autres cinémas. Et, d'ailleurs, n'était-ce pas toujours le soir, après le dîner, qu'il préférait aller au cinéma?

Quand je sortis, vers sept heures et demie, il ne pleuvait plus. La couche de nuages, déchiquetée, en lambeaux, laissait apparaître un ciel étoilé. Un vent incessant et chaud avait rapidement séché les trottoirs.

Traversai il Listone, e presi per via Bersaglieri del Po. Dall'angolo di Gorgadello guardai di fianco verso le cinque finestre del suo appartamento. Tutto chiuso, tutto buio. Provai allora a telefonare dal vicino posto pubblico della T.I.M.O., in via Cairoli. Ma niente, silenzio, nessuna risposta.

Ritentai di lì a poco da casa, e di nuovo dalla T.I.M.O. il mattina successivo, lunedì : sempre con l'identico risultato.

«Sarà partito», mi dissi da ultimo, uscendo dalla cabina. «Quando tornerà, sarà certo lui a farsi vivo.»

Scendevo adesso per via Savonarola nella quiete soleggiata dell'una dopo mezzogiorno. Poche persone e sparse lungo i marciapiedi; dalle finestre aperte uscivano musichette di radio e sentori di cucina. Camminando, alzavo ogni tanto gli occhi in su, al cielo azzurro, perfetto, contro cui si incidevano duramente i profili dei cornicioni e delle grondaie. Ancora umidi di pioggia, i tetti intorno al piazzale della chiesa di San Girolamo apparivano più bruni che rossi, quasi neri.

Proprio davanti all'ingresso della Maternità mi imbattei in Cenzo, il giornalaio.

Je traversai le Listone et je pris la via Bersaglieri del Po. De l'angle de la via Gorgadello, je jetai un coup d'œil aux cinq fenêtres de son appartement, sur le côté. Tout était fermé, tout était éteint. J'essayai alors de l'appeler du téléphone public de la T.I.M.O.[1], tout proche, via Cairoli. Mais rien, le silence, aucune réponse.

Peu de temps après, j'essayai de nouveau de la maison, et le matin suivant, le lundi, une fois de plus de la cabine de la T.I.M.O. toujours avec le même résultat.

« Il doit être parti, finis-je par me dire, en sortant de la cabine. Quand il reviendra, il me fera certainement signe lui-même. »

Je descendais maintenant la via Savonarola dans la paix ensoleillée d'une heure après midi. Peu de gens, et épars sur les trottoirs ; par les fenêtres ouvertes, s'échappaient les rengaines de la radio et de bonnes odeurs de cuisine. En marchant, je regardais de temps en temps en l'air, le ciel d'un bleu parfait, sur lequel se découpait durement le profil des corniches et des gouttières. Encore humides de pluie, les toits autour de l'esplanade de l'église San Girolamo semblaient plus bruns que rouges, presque noirs.

Juste devant l'entrée de la Maternité, je me heurtai à Cenzo, le vendeur de journaux.

1. Sigle d'une société privée concessionnaire du téléphone en Italie du Nord.

«Come va la *S.P.A.L.*, quest'anno?», gli chiesi, fermandomi a comperare il «Padano». «Ce la facciamo a passare in B?»

Sospettoso forse che lo prendessi in giro, mi dette un'occhiata di traverso. Piegò il giornale, me lo porse insieme col resto, e se ne andò, urlando a squarciagola i titoli.

«Clamorosa sconfitta del *Bologna* a Torinooo! La *S.P.A.L.* esce imbattuta dal terreno di Carpiii!»

Infilavo la chiave nella serratura del portone di casa, e udivo ancora la sua voce lontana echeggiare per le vie deserte.

Di sopra trovai la mamma tutta allegra. Mio fratello Ernesto aveva telegrafato da Parigi, avvisando che sarebbe rientrato in Italia la sera stessa. Si sarebbe fermato a Milano mezza giornata, quella di domani. Contava comunque di essere a Ferrara per cena.

«E il papà l'ha saputo?», domandai, leggermente urtato dalle sue lacrime di gioia, e senza smetterla di esaminare il foglio giallo del telegramma.

«No. È uscito alle dieci. Doveva andare prima in Comunità, poi in banca, e il telegramma è arrivato verso le undici a mezzo. Chissà come sarà contento! Questa notte non riusciva a dormire. Diceva tutti i momenti: "Almeno Ernesto fosse a casa anche lui!".»

«Ha telefonato nessuno, per me?»

«No... o meglio sì, aspetta...»

« Comment va la S.P.A.L. cette année ? » lui demandai-je en m'arrêtant pour acheter le *Corriere padano*. « Parviendrons-nous enfin à passer en série B ? »

Soupçonnant sans doute que je me moquais de lui, il me lança un coup d'œil de travers. Il plia le journal, me le tendit avec ma monnaie et s'en alla, hurlant à tue-tête les titres.

« Retentissante défaite du *Bologna* à Turiiin ! La S.P.A.L. sort invaincue du terrain de Carpiii ! »

En mettant ma clé dans la serrure de la porte de chez moi, j'entendais encore sa voix lointaine résonner dans les rues désertes.

En haut, je trouvai ma mère toute joyeuse. Mon frère Ernesto avait télégraphié de Paris, pour prévenir qu'il serait de retour en Italie le soir même. Il s'arrêterait une demi-journée à Milan, celle de demain. Il comptait donc être à Ferrare pour dîner.

« Papa le sait déjà ? » demandai-je, légèrement vexé par ses larmes de joie, continuant à examiner la feuille jaune du télégramme.

« Non. Il est sorti à dix heures. Il devait d'abord passer à la Communauté et ensuite à la banque, et le télégramme est arrivé vers onze heures et demie. Ce qu'il va être heureux ! Cette nuit, il ne parvenait pas à dormir. Il répétait sans cesse : "Si seulement Ernesto était à la maison, lui aussi !" »

« Personne n'a téléphoné pour moi ?

— Non… ou plutôt oui, attends… »

Contrasse il viso nello sforzo di ricordare, e intanto guardava a destra e a sinistra : come se il nome della persona che aveva telefonato avesse potuto leggerlo scritto sul pavimento o sulle pareti.

«Ah, sì... Nino Bottecchiari...», disse alla fine.

«E nessun altro?»

«Mi pare di no. Nino si è molto raccomandato che tu gli telefoni... Perché non lo cerchi, qualche volta? Ha l'aria di essere un buon amico.»

Ci mettemmo a tavola noi due soli (Fanny non c'era, una compagna di scuola l'aveva invitata a pranzo). La mamma parlava di Ernesto. Già cominciava a preoccuparsi. Si sarebbe iscritto a legge o a medicina? E se avesse preso ingegneria, invece? In ogni caso l'inglese, che ormai doveva conoscere alla perfezione, gli sarebbe tornato senza dubbio utilissimo : negli studi, e nella vita...

Quel giorno mio padre tardò più del solito. Quando arrivò, eravamo già alla frutta.

«Grandi notizie!», esclamò, spalancando la porta del tinello.

Si lasciò cadere di peso sulla sua sedia con un «aah!» di soddisfazione. Era stanco, pallido, ma raggiante.

Guardò verso la porta di cucina per sincerarsi che Elisa, la cuoca, non stesse entrando in quel momento.

Son visage se contracta dans l'effort qu'elle fit pour se rappeler, et tout le temps elle regardait à droite et à gauche, comme si elle eût pu lire sur le sol ou sur les murs le nom de la personne qui avait téléphoné.

«Ah oui..., dit-elle enfin. Nino Bottecchiari...

— Personne d'autre?

— Je ne crois pas. Nino a beaucoup insisté pour que tu le rappelles... Pourquoi ne l'appelles-tu pas de temps en temps? Je crois que c'est un bon ami.»

Nous nous mîmes à table, nous deux seuls (Fanny n'était pas là : elle avait été invitée à déjeuner par une camarade de classe). Ma mère parlait d'Ernesto. Elle commençait déjà à s'inquiéter. Allait-il faire son droit ou sa médecine? Ou bien des études d'ingénieur? En tout cas, l'anglais, qu'il devait maintenant connaître à la perfection, allait lui être certainement très utile : pour ses études et dans la vie...

Mon père, ce jour-là, rentra plus tard que d'habitude. Quand il arriva, nous en étions déjà au dessert.

«De grandes nouvelles!» s'écria-t-il en ouvrant toute grande la porte de la salle à manger.

Il se laissa choir comme une masse sur sa chaise avec un «aah!» de satisfaction. Il était fatigué et pâle mais rayonnant.

Il jeta un coup d'œil vers la porte de la cuisine pour s'assurer qu'Elisa la cuisinière n'allait pas entrer à ce moment précis.

319

Quindi, sbarrando per l'eccitazione gli occhi azzurri, si allungò tutto al di sopra del tavolo con l'evidente proposito di vuotare il sacco.

Non ci riuscì. La mamma fu pronta a mettergli sotto il naso il telegramma spiegato.

«Anche noi abbiamo delle notizie importanti», disse, e sorrideva orgogliosa. «Che cosa ne dici?»

«Ah... è di Ernesto», fece il papà, distratto. «Quando arriva? Si è deciso, finalmente!»

«Come, quando arriva!», gridò la mamma, offesa. «Non hai letto? Domani sera, no?»

Gli strappò di mano il telegramma. Imbronciata, cominciò a ripiegarlo con cura.

«Non sembra neanche che si tratti di suo figlio!», brontolava a occhi bassi, mentre riponeva il telegramma nella tasca del grembiule.

Il papà si volse a guardarmi. Pieno di rabbia, invocava la mia testimonianza e il mio soccorso. Ma io tacevo. C'era qualcosa che mi impediva di intervenire, di conciliare quel piccolo bisticcio infantile.

«Su, sentiamo», accondiscese infine la mamma, però con l'aria di fare un piacere soprattutto a me.

Puis, écarquillant d'énervement ses yeux bleus, il s'allongea tout entier au-dessus de la table avec l'intention évidente de vider son sac.

Il n'y parvint pas. Ma mère ne perdit pas un instant pour lui mettre sous le nez le télégramme déplié.

«Nous aussi nous avons des nouvelles importantes», dit-elle, et elle souriait avec orgueil. «Qu'est-ce que tu en dis?

— Ah… c'est d'Ernesto, fit mon père, distrait. Quand arrive-t-il? Il s'est enfin décidé!

— Comment, quand il arrive! cria ma mère, vexée. Tu n'as pas lu? Demain soir, non?»

Elle lui arracha le télégramme des mains. Boudant, elle se mit à le replier avec soin.

«On ne dirait même pas qu'il s'agit de son fils!» grommelait-elle, les yeux baissés, en remettant le télégramme dans la poche de son tablier.

Mon père se tourna vers moi. Furieux, il faisait appel à mon témoignage et à mon secours. Mais moi, je me taisais. Il y avait quelque chose qui m'empêchait d'intervenir, d'aplanir cette petite dispute puérile.

«Allons, on t'écoute», dit enfin ma mère, condescendante, mais de l'air de vouloir faire plaisir à moi surtout.

# 18

Le novità che mio padre aveva da comunicarci erano le seguenti.

Mezz'ora prima, al Credito Italiano, gli era capitato di incontrare per caso l'avvocato Geremia Tabet, il quale, come noi ben sapevamo, non soltanto era sempre stato «dentro alle segrete cose» della Casa del Fascio di Ferrara, ma notoriamente godeva anche dell'«amicizia» e della stima di Sua Eccellenza Bocchini, il Capo della Polizia.

Mentre uscivano assieme dal *Credito*, Tabet aveva preso sottobraccio mio padre. Di recente era stato a Roma per affari — gli aveva confidato — : occasione, questa, che gli aveva dato modo di «mettere un momento il naso» di là dalla soglia del Viminale. Dati i tempi e le circostanze, pensava che il segretario particolare di Sua Eccellenza non lo avrebbe nemmeno annunciato. Invece no. Il prefetto dottor Corazza lo aveva subito introdotto nella gran sala dove il «padrone» lavorava.

# 18

Les nouvelles que mon père avait à nous apprendre étaient les suivantes.

Une demi-heure plus tôt, au Credito Italiano, il avait rencontré par hasard l'avocat Geremia Tabet, lequel, comme nous le savions bien, non seulement avait toujours été «dans les secrets» de la Casa del Fascio de Ferrare, mais jouissait aussi, c'était notoire, de l'«amitié» et de l'estime de Son Excellence Bocchini, le chef de la police.

Comme ils sortaient ensemble de la banque, Tabet avait pris le bras de mon père. Récemment, il était allé à Rome pour affaires — lui avait-il confié —, ce qui lui avait donné l'occasion d'aller «fourrer un instant son nez» de l'autre côté du seuil du Viminale[1]. Étant donné l'époque et les circonstances, il pensait que le secrétaire particulier de Son Excellence ne l'annoncerait même pas. Mais, bien au contraire, le préfet *dottore* Corazza l'avait tout de suite fait entrer dans la grande salle où travaillait le «patron».

---

1. Siège du ministère de l'Intérieur.

«Caro avvocato!», aveva esclamato Bocchini, scorgendolo entrare.

Si era alzato, gli era venuto incontro a metà del salone, gli aveva stretto calorosamente la mano, lo aveva fatto accomodare in una poltrona. Dopodiché, senza tanti preamboli, aveva affrontato la questione delle ventilate leggi razziali.

«Conservi pure la sua bella calma, Tabet», così si era espresso, «e induca alla tranquillità e alla fiducia, la prego, il maggior numero possibile di suoi correligionari. In Italia, *sono autorizzato a garantirglielo*, una legislazione sulla razza non sarà mai varata.»

I giornali, è vero, parlavano tuttora male degli «israeliti» — aveva continuato Bocchini —; ma unicamente per ragioni superiori, ne parlavano male, per ragioni di politica estera. Bisognava capire. In quegli ultimi mesi il Duce era venuto a trovarsi nella necessità «im-pre-scin-di-bi-le» di far credere alle democrazie occidentali che l'Italia fosse ormai legata a filo doppio con la Germania. Quale argomento avrebbe dunque potuto trovare più persuasivo di un po' di antisemitismo?

«Cher Maître!» s'était écrié Bocchini en le voyant entrer.

Il s'était levé, était venu à sa rencontre jusqu'au milieu de la pièce, lui avait chaleureusement serré la main et l'avait fait asseoir dans un fauteuil. Après quoi, il avait mis sans plus attendre la conversation sur la question des lois raciales à l'étude.

«Vous pouvez conserver votre beau calme, Tabet», c'est ainsi qu'il s'était exprimé, «et vous pouvez inciter, je vous en prie, à la sérénité et à la confiance le plus grand nombre possible de vos coreligionnaires. En Italie, *je suis autorisé à vous le garantir*, une législation raciale ne sera jamais promulguée.»

Les journaux, il est vrai, continuaient toujours à dire du mal des «israélites», avait poursuivi Bocchini, mais cela uniquement pour des raisons supérieures, ils en disaient du mal pour des raisons de politique étrangère. Il fallait comprendre. Ces derniers mois, le Duce s'était trouvé dans la nécessité «i-né-vi-ta-ble» de faire croire aux démocraties occidentales que l'Italie était désormais étroitement liée à l'Allemagne. Quel argument plus convaincant eût-il pu trouver, pour cela, qu'un peu d'antisémitisme?

Stessimo tranquilli. Sarebbe bastato un contrordine dello stesso Duce, e tutti i cani da pagliaio tipo Interlandi e Preziosi (il Capo della Polizia ostentava nei riguardi di costoro un sommo disprezzo) l'avrebbero piantata da un giorno all'altro di abbaiare.

«Speriamo!», sospirò la mamma, i grandi occhi marrone rivolti verso il soffitto. «Speriamo che Mussolini si decida a darlo presto, il suo contrordine!»

Entrò l'Elisa col piatto ovale della pastasciutta, e mio padre tacque. A questo punto scostai la seggiola. Tiratomi su, mi avvicinai al mobiletto della radio. Accesi. Spensi. Infine mi sedetti nella poltroncina di vimini, lì accanto.

Per qual motivo non partecipavo alle speranze dei miei? Che cosa c'era nel loro entusiasmo che non mi andava? «Dio, Dio...», dicevo fra me, serrando i denti. «Appena l'Elisa sarà uscita da questa stanza, sento che il papà ripiglierà a parlare.»

Ero disperato, assolutamente disperato. E certo non perché dubitassi che il Capo della Polizia avesse mentito, ma per aver visto mio padre subito così felice, o meglio così smanioso di tornare felice.

---

1. Telesio Interlandi était le directeur des journaux *Il Tevere* et *Difesa della razza*; il prit une part importante à la campagne antisémite en publiant en 1938 un livre intitulé *Contra Judeos*. Il cherchait à dégager l'originalité du racisme italien, qui se serait appuyé sur une tradition catholique et nationale. Giovanni Preziosi était le théoricien de l'antisémitisme à l'époque

Il fallait se tranquilliser. Un simple contrordre de ce même Duce suffirait pour que tous les roquets du genre Interlandi et Preziosi[1] (le chef de la police manifestait à l'égard de ceux-ci le plus grand mépris) cessassent d'un instant à l'autre d'aboyer.

«Souhaitons-le!» soupira ma mère, ses grands yeux marron tournés vers le plafond. «Espérons que Mussolini va se décider à le donner vite ce bienheureux contrordre!»

Elisa entra, portant le plat ovale des spaghetti, et mon père se tut. À ce moment, j'écartai ma chaise. Je me levai et me rapprochai du petit meuble de la radio. J'allumai. J'éteignis. Finalement j'allai m'asseoir dans le petit fauteuil de rotin, près de la radio.

Pour quelle raison ne partageais-je pas les espoirs de mes parents? Qu'y avait-il donc qui me gênait dans leur enthousiasme? «Mon Dieu, mon Dieu… disais-je à part moi, en serrant les dents. Dès qu'Elisa aura quitté la pièce, je suis sûr que papa va recommencer à parler!»

J'étais désespéré, absolument désespéré. Et non tant parce que je soupçonnais le chef de la police d'avoir menti que, plutôt, parce que je voyais mon père tout de suite si heureux ou, plus exactement, si impatient de l'être de nouveau.

---

fasciste, principalement dans sa revue *La vita italiana*. Mussolini passait pour n'avoir aucune sympathie pour ces deux hommes. Il avait déclaré, cinq ans auparavant, en 1932, dans le fameux livre d'Emil Ludwig, *Entretiens avec Mussolini* : «L'antisémitisme n'existe pas en Italie.»

Dunque era proprio questo che non sopportavo? — mi chiedevo —. Non sopportavo che lui fosse contento? Che il futuro gli sorridesse di nuovo come una volta, *come prima*?

Trassi di tasca il giornale e, data una scorsa alla pagina d'apertura, passai direttamente a quella sportiva. Inutile. Nonostante ogni mio sforzo di concentrare l'attenzione sulla cronaca della partita *Juventus-Bologna*, conclusasi a Torino, appunto come avevo udito gridare da Cenzo, con la «clamorosa sconfitta» del *Bologna*, niente, la testa mi sfuggiva sempre via.

La gioia di mio padre — pensavo — era quella dello scolaretto ingiustamente espulso, il quale, richiamato indietro per ordine del maestro dal corridoio deserto dove rimase per un poco di tempo in esilio, si trovi, a un tratto, contro ogni sua aspettativa, riammesso in aula fra i cari compagni : non soltanto assolto, ma riconosciuto innocente e riabilitato in pieno. Ebbene non era giusto, in fondo, che mio padre gioisse come quel bambino? Io però no. Il senso di solitudine che mi aveva sempre accompagnato in quei due ultimi mesi diventava se mai, proprio adesso, ancora più atroce : totale e definitivo. Dal mio esilio non sarei mai tornato, io. Mai più.

Levai il capo. L'Elisa se ne era andata, la porta di cucina appariva di nuovo ben chiusa. Tuttavia mio padre continuava a tacere, o quasi. Curvo sul suo piatto, si limitava a scambiare ogni tanto qualche frase senza importanza con la mamma, che gli sorrideva compiaciuta.

C'était donc cela que je ne supportais pas? me demandais-je. Je ne supportais pas qu'il fût heureux? Que l'avenir lui sourît de nouveau comme naguère, *comme avant*?

Je tirai le journal de ma poche, jetai un coup d'œil sur la première page et passai aussitôt à la page des sports. Inutilement. J'essayais de concentrer toute mon attention sur le reportage du match *Juventus-Bologna*, qui s'était terminé à Turin, exactement comme je l'avais entendu crier par Cenzo, par la «retentissante défaite» du *Bologna*, mais mon esprit continuait à s'échapper.

La joie de mon père, pensais-je, était celle d'un écolier qui, mis injustement à la porte de la classe, se voit, du couloir désert où il fut exilé quelque temps, tout à coup, inespérément rappelé en classe sur l'ordre du maître, au milieu de ses chers camarades : non seulement pardonné, mais reconnu innocent et pleinement réhabilité. Eh bien, n'était-il pas juste, au fond, que mon père se réjouît comme cet enfant? Moi, non, je ne le pouvais pas. Le sentiment de solitude qui ne m'avait pas quitté un seul instant, ces deux derniers mois, devenait, si possible, maintenant justement, encore plus atroce : total et définitif. Moi, de mon exil, je ne reviendrai jamais. Jamais plus.

Je levai la tête. Elisa était partie, la porte de la cuisine semblait à nouveau bien fermée. Pourtant mon père continuait à se taire, ou presque. Courbé sur son assiette, il se limitait à échanger de temps en temps une phrase sans importance avec ma mère, qui lui souriait avec satisfaction.

Lunghi raggi di un sole già pomeridiano trafiggevano la penombra del tinello. Venivano dal salotto attiguo, che ne traboccava. Quando avesse finito di mangiare, mio padre si sarebbe ritirato di là, a dormire steso sopra il divano di pelle. Lo vedevo. Separato, là, chiuso, protetto. Come dentro un roseo bozzolo luminoso. Col viso ingenuo offerto alla luce, dormiva avvolto nella sua mantella...

Tornai al mio giornale.

Ed ecco, in fondo alla pagina di sinistra, di riscontro a quella sportiva, gli occhi mi caddero su un titolo di media grandezza.

Diceva:

NOTO PROFESSIONISTA FERRARESE
ANNEGATO NELLE ACQUE DEL PO
PRESSO PONTELAGOSCURO

Credo che per qualche secondo il cuore mi si fermasse. Eppure non avevo capito bene, ancora non mi ero reso ben conto.

Respirai profondamente. E adesso capivo, sì, avevo capito già prima che cominciassi a leggere il mezzo colonnino sotto il titolo, il quale non parlava affatto di suicidio, s'intende, ma, secondo lo stile dei tempi, soltanto di disgrazia

De longs rayons d'un soleil qui appartenait déjà à l'après-midi transperçaient la pénombre de la salle à manger. Ils venaient du salon contigu, qui en était inondé. Quand il aurait fini de déjeuner, c'est là que mon père se retirerait pour dormir étendu sur le divan de cuir. Je le voyais. Isolé, là, enfermé, protégé. Comme dans un rose cocon lumineux. Il dormait enveloppé dans sa cape, offrant à la lumière son visage ingénu...

Je retournai au journal.

Et tout à coup, en bas de la page de gauche qui faisait pendant à celle des sports, mes yeux tombèrent sur un titre de grosseur moyenne.

Il disait, ce titre :

UN MÉDECIN BIEN CONNU DE FERRARE
SE NOIE DANS LES EAUX DU PÔ
PRÈS DE PONTELAGOSCURO[1]

Pendant quelques secondes, je crois, mon cœur cessa de battre. Et pourtant je n'avais pas bien compris, je ne m'étais pas encore bien rendu compte.

Je respirai profondément. Et maintenant je comprenais, oui, j'avais compris avant même de commencer à lire la demi-colonne qui suivait ce titre et qui, bien entendu, ne parlait absolument pas de suicide, mais, selon le style de l'époque, seulement d'accident.

1. Dans *Une plaque commémorative via Mazzini*, Geo Josz disparaît de Ferrare en 1948, et la rumeur publique évoque l'éventualité d'un suicide : le rescapé de Buchenwald se serait jeté dans le Pô depuis le pont de fer de Pontelagoscuro.

(a nessuno era lecito sopprimersi, in quegli anni : nemmeno ai vecchi disonorati e senza più ragione alcuna di restare al mondo...).

Non finii di leggerlo, comunque. Abbassai le palpebre. Il cuore aveva ripreso a battere regolare. Aspettai che l'Elisa, riapparsa per un attimo, ci lasciasse un'altra volta soli, e poi, quietamente, ma subito :

«È morto il dottor Fadigati», dissi.

(À cette époque-là, il n'était permis à personne de se supprimer : même pas à des vieillards déshonorés et n'ayant aucune raison de rester en ce monde…)

Quoi qu'il en soit, je ne lus pas l'article jusqu'au bout. Je baissai mes paupières. Peu à peu, les battements de mon cœur redevenaient réguliers. J'attendis qu'Elisa, réapparue un instant, nous laissât une autre fois seuls, et puis, calmement, mais tout de suite :

« Le docteur Fadigati est mort », dis-je.

## DU MÊME AUTEUR

*Dans la collection Folio*

LES LUNETTES D'OR ET AUTRES HISTOIRES DE
  FERRARE (n° 1394)
LE JARDIN DES FINZI-CONTINI (n° 634)

*Composition Interligne.*
*Impression CPI Bussière*
*à Saint-Amand (Cher), le 4 février 2010.*
*Dépôt légal : février 2010.*
*1ᵉʳ dépôt légal dans la collection : mai 2005.*
*Numéro d'imprimeur : 100276/1.*
ISBN 978-2-07-042829-8./Imprimé en France.

**173875**